AF198376

MÖRDERISCHES
FÜRTH

WERNER ROSENZWEIG

MÖRDERI-SCHES FÜRTH

EIN FRANKEN-KRIMI

VOLK VERLAG MÜNCHEN

Die Deutsche Bibliothek verzeichnet diese Publikation in der
Deutschen Nationalbibliografie; detaillierte bibliografische Daten
sind im Internet über https://portal.dnb.de/ abrufbar.

2. Auflage 2026
© 2022 by Volk Verlag München
Neumarkter Straße 23; 81673 München
Tel. 089 / 420 79 69 80; Fax: 089 / 420 79 69 86

Druck: Custom Printing. Printed in EU

Alle Rechte, einschließlich derjenigen des auszugsweisen Abdrucks
sowie der photomechanischen Wiedergabe, vorbehalten.

ISBN 978-3-86222-429-6

www.volkverlag.de

Prolog

Sie kamen sehr früh an diesem 4. Mai. Dunkelheit lag über der Stadt. Es war kurz vor fünf Uhr. Noch hatte die Sonne ihre glühende Scheibe nicht hinter dem östlichen Horizont hervorgeschoben. Es war beunruhigend still. Nur hie und da sah man ein Auto fahren.

Es waren fünf Männer, die zu dieser frühen Morgenstunde unterwegs waren, und sie gingen getrennte Wege. Drei von ihnen drängten sich in den gelb-orange-farbigen Piaggio Ape, den sie in Erlangen geklaut hatten, und fuhren zu dem alten Haus in der Badstraße. Sie sahen aus wie Bauarbeiter. Ihre Körper steckten in neongelben Schutzanzügen. In der Badstraße angekommen, sprangen sie aus ihrem Kleintransporter, einer von ihnen sperrte mit einem Dietrich das primitive Schloss des alten Hauses auf, dann verschwanden sie darin. Niemand hatte ihr Kommen bemerkt.

Die anderen zwei hatten sich als Polizeibeamte verkleidet und zuckelten mit ihrem weißen Skoda Fabia zum Parkplatz an der Wolkersdorfer Straße. Mitten auf dem Platz stand ein Wohnmobil der Marke Knaus Tabbert, Typ „Live Wave" mit italienischem Kennzeichen. Die Vorhänge waren noch zugezogen. Die beiden Männer parkten ihren Skoda in der Nähe und stiegen aus. Der größere der beiden schob die Ärmel seiner Jacke etwas zurück und sah auf seine Armbanduhr. Es war fünf Minuten vor fünf. Sie liefen auf das Wohnmobil zu und verharrten davor. Einer hielt sein rechtes Ohr an das Türblatt. Stille. Er hörte ein leichtes Schnarchen. Dann klopfte er an die Tür und rief: „Aufmachen, hier spricht die Polizei!"

Die beiden warteten einen Moment. Keine Reaktion. Erneut, dieses Mal lauter, schlug er gegen die Tür. „Hier ist die Polizei. Sie parken falsch. Fahren Sie Ihren Wagen weg!"

Dieses Mal rührte sich etwas im Inneren des Wohnmobils. Die Frau war aufgewacht und rüttelte ihren Mann. „Polizia", flüsterte sie ihm ins Ohr.

Der Mann bewegte sich und öffnete schlaftrunken seine Augen. Dann hörte er selbst das Gepolter von draußen. „Polizei, aufmachen!", ertönte es zum dritten Mal. Der Mann rieb sich die Augen, dann stand er auf. „Un momento", rief er verschlafen, „sto arrivando."

Er torkelte zur Tür und schloss auf. Kaum, dass er den Schlüssel im Schloss gedreht hatte, wurde die Tür mit Gewalt von außen aufgerissen. Draußen standen zwei Polizisten mit gezückten Pistolen.

*

Im einzigen Swingerclub der Stadt, im Wunschlos Glücklich, schliefen die dort arbeitenden Prostituierten gerade mal seit zwei Stunden. Es war ein komischer Betrieb. Einerseits war es ein Swingerclub, Männer, Frauen und Pärchen konnten ihren zweifelhaften Vergnügungen nachgehen. Andererseits war das Etablissement aber auch ein Puff. Einsame Männer, die keine Lust auf den Dark Room und die Lustwiese hatten, geschweige denn auf die der Bar angegliederte Tanzfläche, sondern gleich ihre Bedürfnisse befriedigen wollten, hatten Gelegenheit mit den angestellten Prostituierten zu vögeln. Gegen Entgelt versteht sich – das am Finanzamt vorbeigeschleust wurde.

Doppelmord

Es war ein sehr altes, verlassenes Haus, in das das italienische Ehepaar verschleppt wurde.

Als der Mann die Tür des Wohnmobils geöffnet hatte und diese von außen aufgerissen worden war, stürmten zwei finster aussehende Männer in Polizeiuniform herein. Es ging alles sehr schnell, lief ab wie in einem Alptraum. Die beiden Männer machten dem italienischen Paar klar, dass sie sich anziehen und mitkommen müssten. Da die Italiener kein Deutsch verstanden, lief die Konversation in holprigem Englisch ab. „You follow us", meinte einer der Männer und die vorgehaltenen Pistolen ließen keinen Zweifel daran, dass es keine Alternative gab.

Dem Paar wurden Handfesseln angelegt. Dann wurden sie zu einem weißen Skoda geführt und hineingestoßen. Man fuhr sie durch die Nacht, bis im Osten der neue Tag sein baldiges Kommen ankündigte. Dann hielt der Skoda.

Ein gelb-oranger Kleinwagen parkte unmittelbar vor dem alten Haus. Die vermeintlichen Polizisten unterhielten sich in einer Sprache, die dem italienischen Paar nicht geläufig war, es klang nach Osteuropa. Dann wurden sie aus dem Skoda gezerrt und in das alte Gemäuer gezerrt.

Das war vor einer halben Stunde gewesen. Nun saßen die beiden da, mit den Oberkörpern an die kaputte Wand eines kahlen Raumes gelehnt. Überall blätterte die Farbe ab. An den hohen Decken zeigten sich Stockflecken. Das musste mal ein Wohnzimmer gewesen sein. Der Fußboden war aus Holz und etliche Dielen standen nach oben.

Sie waren an Händen und Füßen mit Kabelbindern gefesselt und warteten darauf, was mit ihnen geschehen sollte. Draußen ging langsam die Sonne auf und warf bizarre Lichter durch die mit Brettern vernagelten Fenster.

Die Stunden flossen dahin, ohne dass jemand etwas von ihnen wollte. Ihre Entführer hatten es sich in einem anderen Raum des alten Hauses bequem gemacht. Sie hörten sie reden. Es mussten mehr als zwei sein. Mit der Zeit konnten sie fünf verschiedene Stimmen ausmachen. Dann telefonierte einer der Männer in der fremden Sprache. Anschließend diskutierten sie wieder.

Endlich kam Bewegung in die Sache. Drei der fünf kamen zu ihnen. Alle steckten in gelben Schutzanzügen, wie städtische Bauarbeiter sie trugen. Die Füße hatten sie in gleichfarbigen Gummistiefeln verborgen. Einer der drei – er hatte schon im Wohnmobil das Wort geführt – sprach sie auf Englisch an. „You interest in the Flößaustraße building", radebrechte er. „What you want?"

Daher wehte also der Wind.

Der gefesselte Italiener stellte sich blöde. Er zuckte nur mit den Schultern.

Die drei warteten auf eine Antwort. Als sie keine bekamen, zogen sie sich wortlos zurück. Sie telefonierten erneut. Wieder vergingen ein paar Stunden. Es musste auf die Mittagszeit zugehen. „You Pizza?" Einer der fünf tauchte plötzlich vor ihnen auf.

„Yes, Pizza Milanese", wünschte sich der Italiener.

„Pizza Calabrese", fügte seine Frau hinzu.

Sie bekamen, was sie bestellt hatten. Dann setzte wieder das Warten ein.

„I have to go to the toilet", rief die Frau nach einer weiteren Stunde.

Einer der Entführer erschien. Er schnitt ihr mit einem Messer die Hand- und Fußfesseln auf, packte sie an den Armen und riss sie hoch. Dann führte er sie zur Toilette. Es stank. Es gab kein fließendes Wasser. Der Frau graute.

Er wies ihr einen Eimer als Ersatz zu, der in der Ecke stand. „You go outside", herrschte sie ihn an.

Der Mann lächelte maliziös und schüttelte nur den Kopf. Voller Scham zog sie ihren Rock hoch, die Strumpfhose und den Slip herunter und pinkelte in den Eimer.

Wieder stundenlanges Warten. Am späteren Nachmittag holten sie die Frau in die verfallene Küche, den Aufenthaltsraum der fünf. „You tell. What you want with Flößaustraße? What you want here?", wurde sie gefragt.

„Make holiday", antwortete sie.

„Nonsense", rief einer verärgert. „What is your interest in the house in the Flößaustraße?"

Die Frau schwieg. Wie ihr Ehemann zuckte sie nur mit den Schultern.

Voller Wut schnitt einer der fünf ihre Fuß- und Handfesseln auf und schlug ihr ins Gesicht. Ihre Unterlippe platzte auf und Blut quoll hervor. Sie stürzte zu Boden. Halb benommen rappelte sie sich wieder auf.

Sie kam nicht weit. Einer der Männer stürzte sich auf sie und zerriss ihre Bluse. Ihr weißer BH kam zum Vorschein. Die anderen vier johlten. Gemeinsam warfen sie sich auf die Wehrlose und rissen ihr den Rock, die Strumpfhose und den Slip herunter. Sie warfen sie auf den Boden, spreizten ihre Beine und hielten sie fest. Einer der Männer zog seine Arbeitskleidung aus. Dann verging er sich an der Frau. Einer nach dem anderen vergewaltigte sie.

Danach, als sie mühsam aufstehen wollte, traf sie von hinten ein harter Schlag in den Rücken. Vor Schmerz schrie sie auf. Die folgenden Schläge mit dem Baseballschläger trafen ihren Kopf. Blut strömte auf ihre Bluse und vermischte sich mit dem Blumenmuster. Wieder und wieder schlugen sie zu. Es knackte. Die Frau blieb auf dem schmutzigen Küchenboden liegen. Ihr Kopf war eine einzige breiige Masse.

Der Italiener zerrte an seinen Fesseln, seit er die ersten Schreie seiner Frau gehört hatte. Als die fünf Männer das ehemalige Wohnzimmer betraten, hatte einer den blutigen Baseballschläger noch in der Hand. Sie machten ihren Gefangenen los, schleiften ihn in die Mitte des Raumes. Dann droschen sie auf ihn ein, bis auch er sich nicht mehr rührte.

Sie packten die beiden Leichen in große Plastiksäcke, schütteten den Eimer mit den Exkrementen der Frau in die Toilette und beseitigten, so gut es ging, alle weiteren Spuren. Ziemlich genau um halb sechs verließen sie das alte Haus und warfen die Säcke auf die Ladefläche eines Piaggio Ape, bevor zwei der Männer damit davonfuhren. Die drei anderen stiegen in den Skoda und fuhren hinterher.

An der Otto-Seelig-Promenade parkten sie den Skoda. Mit dem Kleintransporter machten sie sich auf den Weg hinunter zum Stadtpark. Sie hatten noch einiges zu erledigen, bevor sie sich auf den Weg zum Frankfurter Flughafen machen wollten.

Anton – einen Tag später

Die untergehende Sonne hing schwer am Fürther Westhimmel und leuchtete mit letzter Kraft in den offenen Wiesengrund der Pegnitz. Es war Sonntag, Ende der ersten Maiwoche. 20:30 zeigte die Uhr, als Anton Brückner, wie allabendlich, seine Wohnung in der Kutzerstraße verlassen wollte, um mit seinem Hund die gewohnte Runde zu drehen. Die dicken Regenwolken, die noch nachmittags einen schweren Platzregen ausgelöst hatten, waren nach Osten weitergezogen. Der Himmel erstrahlte wieder in schönstem, makellosem Blau und die Nässe war längst von der Sonne aufgesogen worden. Trotzdem waren erstaunlich wenige Spaziergänger unterwegs.

Anton war Rentner, 67 Jahre alt und ehemaliger Grundschullehrer. Seine Frau hatte er vor drei Jahren verloren. Leukämie. Seitdem war er sichtlich gealtert. Die Haare waren schlohweiß und am Hinterkopf hatte sich eine kahle Stelle gebildet, die immer größer wurde. In seinem ovalen Gesicht zeichneten sich tiefe Falten ab.

Der Verlust Martinas hatte ein tiefes Loch in Bruckners Leben gerissen. Er musste nicht nur lernen zu kochen, zu putzen, zu waschen, schlechthin den Haushalt neu zu organisieren. Nun gut, für eine Person nicht die Welt, könnte man denken, aber wenn man vorher gar nichts getan hatte, war es doch einiges. Die abendlichen Schafkopfrunden an jedem Dienstag mit Norbert, Dieter und Hans fielen immer häufiger aus. Die anderen drei kamen auch ins Alter und hatten ihre Zipperlein. Mal war es ein Bandscheibenvorfall, mal eine schwere Erkältung mit Fieber, aber die hatten alle noch ihre Frauen, mit Ausnahme von Hans Gerland, der ein eingefleischter Junggeselle geblieben war. Von ihm holte sich Anton die notwendigen Ratschläge, wenn es um das Kochen, Putzen, Waschen und Bügeln ging. Ob das mit Hans' Gesundheit noch lange gutgehen würde, darüber war sich Anton nicht im Klaren. Der Freund hatte in den letzten Monaten sowohl körperlich als auch mental enorm abgebaut. Aber noch trafen sie sich regelmäßig alle drei Wochen zu ihren Exkursionen durch die Stadt, während derer sie ihren Erinnerungen nachhingen. Nur Dieter stand dafür leider nicht zur Verfügung. Er war gleich für mehrere Monate nach Mallorca entschwunden. Er und seine Frau Eva hatten sich dort ein Haus gekauft.

Anton hatte Zeit, viel Zeit sogar, aber abends, wenn nur noch der Abwasch anstand und seine Lieblingshemden getrocknet auf der Leine hingen und aufs Bügeln warteten, da hatte Anton keine Lust mehr auszugehen. Tagsüber war er ja noch einigermaßen ausgelastet. Vor zwei Jahren hatte er sich nämlich im Tierheim Rasputin geholt, einen Cockerspaniel, der dem Zoll bei einer Routinekontrolle auf der A3 in die Hände gefallen war. Ein illegaler Welpen-Transport von Rumänien nach Holland. Das schwarz-weiß gefleckte Hündchen hatte es ihm sofort angetan, als er es im Tierheim gesehen hatte. Dieser treue Hundeblick mit den unschuldigen Augen ... Seitdem hatte Anton viel Zeit in Rasputins Erziehung gesteckt und der Hund war zu einem stattlichen Cockerspaniel-Männchen herangewachsen, das zwar nicht immer auf das erste Wort hörte, aber Anton loyal ergeben war.

„Rasputin, wir gehen Gassi." Anton hatte den Satz noch kaum ausgesprochen, schon fegte der Cocker schwanzwedelnd und mit seiner Leine im Maul heran, hielt erst vor der Wohnungstür inne, um auf Antons nächste Anweisung zu warten.

„Du bist ein Großer", lobte er ihn, dann ließ er den Schließmechanismus der Leine an Rasputins Halsband einrasten. „Moment, ich ziehe mir nur noch eine leichte Jacke über."

Rasputin jaulte verhalten, als ob er die Worte seines Herrchens bestätigen wollte.

*

Draußen war es nur ein kurzer Weg bis zum Pappelsteig, dem Hochwassersteg, der vom Stadtteil Espan in die östliche Innenstadt hinüberführte, zuerst durch den Pegnitzer Wiesengrund, dann durch den Fürther Stadtpark, bevor man die Altstadt erreichte. Doch so weit wollte Anton nicht. Er hatte es sich zur Gewohnheit gemacht, mit Rasputin einen bestimmten Weg zu nehmen, damit dieser sein „großes Geschäft" erledigen konnte: Am Ende des Pappelsteigs gingen sie normalerweise, nach Überquerung des Engelhardtstegs, immer nach links an der Pegnitz entlang, um über den Röllingersteg wieder ihrem Zuhause zuzustreben. Irgendwo dazwischen erleichterte sich der Hund dann im Unterholz.

Zumindest war das bisher so gewesen. Als die beiden diesmal den Pappelsteig erreicht hatten, der links und rechts von hohen Bäumen gesäumt war, entließ Anton den Spaniel von seinem Halsband. Rasputin kannte dieses Prozedere, bedankte sich japsend und lief voraus. Ab und zu blieb er stehen, auf sein Herrchen wartend. Heute schnupperte er an einem Spitzwegerich, der in einer Bodenritze des Steigs seinen Platz gefunden hatte und sich hier ausbreitete. Der Geruch sagte ihm, dass sich an dieser Stelle eine läufige Hundedame erleichtert hatte. Rasputin nahm die Spur auf und stob davon.

Während sein Hund den Düften der unbekannten Hündin nachjagte, verfiel Brückner in Gedanken. Der Fürther Stadtpark ... Als Einheimischer und Lehrer für Heimat- und Sachkunde kannte er natürlich dessen Geschichte. Es war 1802, als in Fürth ein neuer Friedhof eingeweiht wurde. 24 Jahre später wurde auf dem Gelände an der Nürnberger Straße die neue Auferstehungskirche fertig gestellt. 1867 kam dann der Fürther Maschinenfabrikant Johann Wilhelm Engelhardt auf die Idee, auf dem Areal zwischen Friedhof und Pegnitz eine öffentliche Grünanlage zu gestalten – auf eigene Kosten. Er hatte die Nöte der Stadt erkannt: Fürth war damals, im 19. Jahrhundert, die Stadt der 1.000 Schlote. Es fehlte das Grün, in dem die Arbeiter sich erholen konnten. So entstand die Engelhardtsanlage, die im Laufe der Folgejahre vergrößert wurde. 1951 hatte hier die Fürther Gartenschau stattgefunden.

„Grünen und Blühen" war damals das Motto. 1960 erfolgte die letzte Erweiterung der Anlage. Heute durfte man das 21 Hektar große Areal, das von vielen Fuß- und Radwegen durchzogen war, als die „heimliche Liebe" der Fürther bezeichnen. Das Areal wurde stadtseitig durch die Königs- und Nürnberger Straße sowie durch die Otto-Seelig-Promenade begrenzt. Auf der östlichen Seite floss die Pegnitz. Die Fläche bot viele Sehenswürdigkeiten und Orte zum Verweilen, z.B. den Rosen- und Rhododendrongarten, das Hiroshima-Mahnmal, den Baumlehrpfad und das Stadtparkcafé.

Brückner seufzte. Wie doch die Zeit verging. Als Kinder hatten sie sich im Stadtpark in den Wilden Westen geträumt und Cowboy und Indianer gespielt.

Rasputin kam wieder in Sicht. Am Ende des Pappelsteigs wartete er auf Anton und wollte geradeaus, immer der Spur der läufigen Hundedame nach. Sein Herrchen wollte dagegen nach links, immer am Fluss entlang. Der Hund bellte, als Anton abbog und blieb demonstrativ an der Weggabelung sitzen.

„Komm schon. Was du wieder gerochen hast. Wir gehen hier entlang, wie jeden Tag. Das weißt du doch. Kriegst auch ein Leckerli." Anton kannte das Spielchen und hatte immer ein paar Pansen-Kekse einstecken.

Kaum war das Zauberwort „Leckerli" gefallen, hatte Rasputin die Hundedame vergessen und fegte mit fliegenden Ohren heran. Lachend warf Anton den Keks in die Büsche. Das gehörte zum Spiel dazu. Der Hund schlug einen Haken, jagte hinterher und war nicht mehr zu sehen. Anton gab Rasputin Zeit sich zu erleichtern und ließ sich auf einer Bank nieder. Dann steckte er sich eine Marlboro an, rauchte genüsslich und wartete.

Die Zigarette war längst verglüht, ohne dass Rasputin wieder aufgetaucht war. Das kam Anton seltsam vor. Er rief und pfiff. Ein leises Winseln und dann ein lautes Bellen waren die Antwort. Anton kannte seinen Hund. Da war etwas.

Seufzend setzte sich Anton in Bewegung. „Nicht schon wieder ein totes Kaninchen in den Büschen", rief er seinem Hund zu. Er hörte weiteres Geheul.

„Wo bist du denn?", rief Anton, als er in das Blätterwerk der Büsche eintauchte. Wieder Winseln.

Hier war es ganz schön dunkel. Die Sonne hatte den Horizont schon hinter sich und nur mehr einen schwachen Schein am Firmament übrig gelassen. Anton schaltete die Taschenlampe seines Mobiltelefons ein. Viel erhellte er damit nicht. Ein Schwarm Schmeißfliegen flog auf. Endlich sah er seinen Hund, der an einem roten Damenschuh herumschnüffelte. „Rasputin, pfui!"

Dann sah er den zweiten Schuh, in dem noch ein Fuß steckte. Anton drang weiter in das Buschwerk vor. Die Frau lag auf dem Rücken, die Arme weit von sich gestreckt. Ihr Kopf war seltsam eingedellt, blutig. Ihre Kleidung war zerrissen. Neben ihr lag ein Mann auf dem Bauch. An seinem Hinterkopf prangte eine tiefe Wunde, aus der Ströme von Blut geflossen sein mussten. Seine kurzen braunen Haare waren komplett verklebt.

„Hallo?", rief Anton die beiden in gebückter Haltung an. Dabei war ihm eigentlich klar, dass sie nicht mehr antworten würden. Sicherheitshalber fühlte er nach den Halsschlagadern. Er spürte keinen Puls. Der Mann und die Frau waren tot.

„Wir müssen hier weg, Rasputin, und die Polizei verständigen." Er ließ die Hundeleine am Halsband einschnappen. Dann zerrte er rückwärtsgehend seinen Hund von den beiden Leichen weg. Anton wählte die 110.

Gerichtsmedizin, Erlangen

„Mit wem fangen wir an?" Die Frage hallte laut in dem gefliesten Raum nach, der mit Seziertischen, einer Kopf- und Rippenschere, Edelstahlmöbeln und chirurgischen Instrumenten vollgestellt war. Es roch nach Desinfektionsmitteln, doch wer genauer schnupperte, dem stach der aufdringlich beißende Geruch des Todes in die Nase. Auf zwei Tischen aus Chromnickelstahl lagen die Leichen eines unbekannten Paares. Sie zwischen 35 und 40 Jahre alt, er vielleicht fünf Jahre älter.

„Erst mal die Frau", schlug der Medizinische Sektions- und Präparationsassistent Gerhard Pflug, 37, vor.

Rechtsmediziner Professor Franziskus Stich, Leiter des Institutes für Rechtsmedizin in Erlangen und inzwischen 63 Jahre alt, nickte. Die beiden waren ein eingespieltes Team und hatten bereits hunderten von Leichen das Geheimnis ihres gewaltsamen Todes entlockt.

„Zuerst die Klamotten und das sonstige Zeug, das die Toten bei sich hatten." Der Professor rieb seine dicken Tränensäcke und strich sich über das faltige Gesicht. Dann hängte er sich das Mikro um, zog seine Maske zurecht und glitt in ein frisches Paar Latexhandschuhe. Mit einem „An die Arbeit!" reckte er seine hagere Gestalt und schaltete das Mikrofon ein. „Innere Untersuchung", nuschelte er hinein, „zuerst die Kleidung der weiblichen Toten." Er nahm die roten Stöckelschuhe der Frau in die linke Hand, drehte und wendete sie nach allen Richtungen und sprach: „Weinrote High Heels, vermutlich aus Rinderboxleder, Marke Alberto Zago, Größe 39." Das Gleiche veranstaltete er mit der geblümten, zerrissenen Bluse. Die war aus Seide und stammte aus einer Boutique in der Toskana, wie das Schild am Kragen verriet. „Poncho-Bluse in Rot mit Blütenmuster", nuschelte Stich, „der Breite nach aufgerissen, wurde wahrscheinlich bei Lorenzo e Bruni Pucci in Florenz erstanden. Der Rücken der Bluse ist mit Blut durchtränkt. Auch der BH ist defekt." Der weiße Rock und die gleichfarbige Sommerjacke, die am Kragenansatz ebenfalls mit Blut – „... wahrscheinlich das der Toten ..." – besudelt war, stammten aus deutscher Quelle. Anscheinend bei Wöhrl gekauft. Die Unterwäsche war auch in Deutschland hergestellt worden. „Soft-BH weiß, mit gemusterten Trägern und einer Körbchengröße von 75C", schnarrte Stich in sein Mikro. „Abschließend kommen wir zum herzförmigen Anhänger mit goldener Halskette und einem Ring. Offensichtlich Ehering der Frau, wahrscheinlich aus 750er Gelbgold mit Gravur 2009-06-03. Das Amulett an der Kette, etwa zwei auf zwei Zentimeter groß, besteht, so sieht es aus, ebenfalls aus Gold, 585er Gelbgold, mit seitlichem Öffnungsknopf." Stich ließ den Anhänger aufspringen.

„Darin befindet sich das Foto einer vierzackigen Krone mit zwei Getreideähren." Er flüsterte nun fast. „Keine Ahnung, was das symbolisieren soll. Nun gut. Bevor wir uns bei der Leichenschau die Hände verschmieren, am besten gleich die Kleidung des männlichen Toten", fuhr er, an Pflug gewandt, fort.

Der nickte und Stich nahm ein Paar leichter Sommerschuhe aus einem Plastikbehälter, roch daran, drehte sie vor seinen Augen und beschrieb: „Beige, englische Oxford-Schnürschuhe aus feinem, vollnarbigen Glattleder." Dann schnappte er sich Hose und Oberbekleidung. „Grün-weiß gestreiftes T-Shirt mit Schweinchen-Patch, Größe L, grüne Schlaghose aus Denim in marmorierter Waschung, Größe 50, beide aus dem Modehaus Breuninger, die Etiketten sind noch dran." Eine leichte Strickjacke, ein Paar Socken, eine Unterhose und eine Rolex lagen außerdem noch in dem Plastikutensil. Bei der Jacke handelte es sich um einen melierten Cardigan von Tommy Hilfiger aus Baumwolle mit der Logostickerei am Ärmelsaum links. Die Socken waren von Falke, Baumwoll-Mix. Die blauweiß gestreiften Boxershorts stammten vom selben Hersteller aus dem Sauerland. „Jetzt wird es interessant", gab Stich von sich. „Um einen Raubüberfall hat es sich jedenfalls nicht gehandelt. Sieh dir nur die Uhr an", meinte er zu Pflug. „Die kriegst du im Laden, ich schätze, nicht unter 10.000 Euro. Das ist eine Rolex Submariner."

„Im Laden", wiederholte Pflug belustigt. „Als ob es so ein edles Teil bei jedem Bäcker oder Metzger gäbe. Ist das alles an Kleidung und Schmuck?"

„Nur noch der Ehering. Er trägt ebenso die Gravur 2009-06-03." Stich sah in die beiden Plastikschatullen. „Keine Ausweise, kein Portemonnaie, kein Führerschein, kein Handy, keine Damenhandtasche?"

„Nichts, nada, niente", bestätigte Pflug. „Der oder die Täter haben die beiden gefilzt. Vermutlich, um ihre Identität zu verschleiern."

„Gut, soll nicht unsere Sorge sein", tat Stich die Sache ab. „Soll sich die Kripo darum kümmern. Wir schauen uns die Leichen an. Mal sehen, was die uns verraten." Mit diesen Worten schritt er auf den Seziertisch zu, auf dem die Frau unter einer Leinendecke lag. Er wischte das Tuch weg und lief um die Tote herum. „Eindeutig Schädel-Hirn-Trauma mit Kalottenfraktur", schnarrte er in sein Mikro. „Es handelt sich um offene Schädel-Hirn-Verletzungen. Die Schläge müssen mit großer Heftigkeit ausgeführt worden sein. Die äußere Hirnhaut ist zerrissen, Knochenteile des Schädeldaches sind sichtbar und zersplittert. Der Schädel der Toten ist verformt, große Mengen an Blut sind ausgetreten sowie Hirnflüssigkeit und Hirnmasse aus Ohren und Nase. Vermutlich führte eine sichelförmige, subdurale Hirnblutung zum Atemstillstand." Dann machte er sich am linken Oberschenkel der Leiche zu schaffen. „Spärliche, bläuliche Totenflecken, bedingt durch hohen Blutverlust", gab er an. „Sie reichen von der hinteren Rumpfwand bis zu den vorderen Achsellinien. Die Livores lassen sich noch wegdrücken, was auf einen Todeszeitpunkt irgendwann am Samstag schließen lässt. Keine sonstigen Auffälligkeiten am restlichen Körper, keine Narben oder Tätowierungen, aber Abschürfungen an den Hand- und den Fußgelenken. Die Frau muss vor ihrem Ableben gefesselt gewesen sein." Stich drehte die Tote in die Seitenlage. „Schlagverletzungen im Rücken", ergänzte er. Dann hievte er den Körper wieder in seine Ausgangslage zurück, ging zu einem Seitentisch und rührte einen Brei an.

„Können Sie der Frau mal den Mund öffnen und die Kiefer festhalten?", bat Stich seinen Assistenten. „Ich nehme den Zahnstatus ab."

„Die Frau wurde mehrmals vergewaltigt", stellte er einige Zeit später fest, als er das Kolposkop weglegte. „Risse an der oberen Vagina, aber keine Spermaspuren. Die Täter müssen Kondome verwendet haben."

Es dauerte nicht mehr lange und die äußere Begutachtung der Frau war abgeschlossen. Zuletzt vermaßen sie noch ihren Körper. „1,67 Meter", sprach Stich in sein Mikro. „Das Gewicht haben wir mit 61 Kilogramm festgestellt. Ist Ihnen sonst noch etwas aufgefallen, Pflug?"

Der Präparationsassistent schüttelte den Kopf.

„Gut, dann schreiten wir zur inneren Leichenschau", meinte Stich. „Skalpell?"

„Liegt direkt vor Ihnen."

Stich nahm das Messer in die Rechte und ging wieder auf die andere Seite des 2,6 Meter langen Tisches. Dann setzte er es am linken Schlüsselbein an. „Bereit?"

„Bereit!"

Er schnitt fest und schräg zum Brustbein hin. Dann wiederholte er das Gleiche vom rechten Schlüsselbein aus, um sich in einem Zug einen Weg bis zum Schambein hin zu suchen. Das aufgeschnittene Fleisch klaffte auseinander. Leicht gesulztes Blut trat aus. Stich entfernte mit einer Knochensäge das Brustbein, um freien Zugang zu den Organen zu erhalten. Anschließend entnahm er der Toten Herz, Leber und Lunge sowie den Magen, die Milz und die Nieren und gab alles in diverse Edelstahlschüsseln.

„Die Frau hat ungefähr vier Stunden vor ihrem Tod noch eine Pizza gegessen", sprach er ins Mikro, als er den Mageninhalt überprüft hatte. Er schnitt kleine Stückchen von den Organen ab, Proben für die späteren mikroskopischen und mikrobiologischen Untersuchungen. Dann legte er die Organe, nachdem er Größe, Form, Farbe und Konsistenz begutachtet hatte, wieder in die Körperhöhle zurück. „Der Frau fehlt der Blinddarm. – Kommen wir nun zur Öffnung der Schädelhöhle", gab er an und griff nach der oszillierenden Säge. Diese kreischte und wühlte sich durch die Schädelverletzungen des Opfers. Als Stich die Schädeldecke abnahm, lag das, was vom Gehirn übriggeblieben war, offen vor ihm. Die weiteren Untersuchungen ergaben keine Auffälligkeiten.

Die Leichenbeschau des drahtigen, schlanken Mannes mit dem Oberlippenbart ergab ähnliche Ergebnisse. Auch er hatte vor seinem Tod Pizza zu sich genommen. Auch er war brutal erschlagen worden und wies an Händen und Beinen Spuren von Fesselungen auf. Die beiden waren an denselben Symptomen verstorben: harte Schläge auf den Hinter- beziehungsweise Oberkopf.

Die Befunde waren eindeutig. Dennoch war das Ergebnis der Obduktion für Stich enttäuschend. Es gab keinerlei DNA-Spuren der Täter. Er konnte auch keine Hinweise geben, um wen es sich bei den beiden Toten handelte. Nach den Aussagen der Polizei konnte der Fundort nicht identisch mit dem Tatort sein. Wie waren die beiden Leichen in die Büsche des Stadtparks gekommen? Der Platz, an dem die Leichen gefunden worden waren, war per PKW nicht zugänglich.

Stich machte sich Gedanken, kam aber zu keinem Ergebnis. „Pflug, Sie übernehmen die Waschung der Leichen?" Die Frage klang so, wie Stich sie gestellt hatte, eher nach einer Anordnung. Dann entledigte sich der Professor seiner Arbeitsklamotten und verließ den Raum.

Kriminalpolizei, Fürth

Zur gleichen Zeit saßen Kriminalhauptkommissar Harald Bach und sein jüngerer Kollege, Kommissar Julian Schwarz, in ihrem Büro in der Kapellenstraße zusammen. Noch standen sie unter dem Eindruck des gestrigen Leichenfundes. Ihr Chef, Kriminalrat Josef Liebermann, hatte sofort die Gründung der Sonderkommission „Stadtpark" angeordnet. Wann kam es schon mal vor, dass in Fürth jemand ermordet wurde? Jahrelang war die Stadt die sicherste Großstadt in Bayern. Gut, da waren die beiden schwerverletzten Frauen im Januar dieses Jahres gewesen, aber da hatte es auch sehr zeitnah die Verhaftung des Täters gegeben. Aber Mord? Zumal ein Doppelmord! Wenn das nicht die Gründung einer Sonderkommission rechtfertigte.

Bach und Schwarz waren dabei, ihren Personalbedarf zu formulieren. Die Leute sollten ihnen direkt unterstellt werden. Eine undankbare Aufgabe. Sie resümierten. Was hatten sie, was nicht? Zwei Leichen, die vom Hund eines Rentners aufgestöbert worden waren. Keine Tatwaffe, keinen Tatort. Keine Identität der Opfer, keine Idee, wie die Ermordeten an den Ort ihres Auffindens gelangt waren, keine Täter-DNA, geschweige denn eine Spur, wer der oder die Mörder gewesen sein könnten. Das Einzige, was sie neben den Toten hatten, war der feste Wille, die Täter zu stellen.

Im Moment ruhte ihre Hoffnung auf dem Obduktionsbericht von Professor Stich. Vielleicht gab das Schriftstück des Rechtsmediziners ja etwas her? Vermisstenmeldungen gab es auch nicht, zumindest nicht in der näheren Umgebung. Bach und Schwarz hatten beide keine praktische Erfahrung mit der Bildung und Führung einer Sonderkommission. Wann war so eine schon mal in Fürth gegründet worden? Schwarz konnte sich nicht erinnern. In Bachs Gedächtnis tauchte ganz dunkel der Fall „Clara" auf. Das war Ende der 90er Jahre gewesen. Damals hatte ein Fenstermonteur versucht, eine Zwölfjährige zu missbrauchen. Als sie sich heftig gewehrt hatte, hatte er sie gewürgt und in das eiskalte Wasser eines Weihers gestoßen. Die Bewusstlose war ertrunken. Eine 60-köpfige Sonderkommission hatte über fünf Monate rund 12.500 Spuren verfolgt, bis sie den Täter verhaften konnte. Fürths größter Kriminalfall. Da war Julian Schwarz gerade mal acht Jahre alt gewesen.

Bach rieb seinen Dreitagebart. Draußen floss langsam die Rednitz vorbei, die sich nur wenige hundert Meter weiter an dem Spitz mit der Pegnitz vereinigte, um weitere acht Kilometer durch das Stadtgebiet zu fließen. Aber heute hatte er keinen Blick für den Fluss übrig, so schwierig schien ihm der Fall. Der Kriminalhauptkommissar blickte auf seine Notizen, die immer noch vor ihm auf dem Tisch lagen: drei Leute von der SpuSi, die schon am Sonntagabend beim Leichenfund mit dabei gewesen waren, drei von der KTU, ein Profiler, jemand zum Führen der Akten und ein zusätzlicher Ermittler aus den eigenen Reihen. Das waren elf, einschließlich ihm und Schwarz. Das sollte eigentlich genügen, sagte ihm sein gesunder Menschenverstand. Eine zusätzliche Hilfskraft vielleicht noch, jemand, der sich um den ganzen Bürokram kümmerte, wäre auch nicht schlecht. Zwölf also. Aber wo anfangen? Ob Stich schon mit der Obduktion fertig war? Bach rief Schwarz zu sich und griff zum Telefonhörer.

„Stich", meldete sich der Gesprächsteilnehmer am anderen Ende der Leitung.

„Hier ist Harald, Harald Bach aus Fürth. Ich habe den Lautsprecher an. Julian Schwarz hört mit. Hallo Franziskus, wie geht es dir? Lange Zeit nichts voneinander gehört."

„Rufst du mich an, um zu fragen, wie es mir geht", brummte der Professor in den Hörer, „oder vernehme ich da eine gewisse Ungeduld?"

„Beides", blieb Bach bei der Wahrheit. „Zuerst dein Befinden, aber natürlich möchte ich wissen, ob ihr mit der Obduktion der beiden Leichen schon begonnen habt."

„Es könnte besser gehen", klagte Stich. „Das Kreuz. Man wird eben auch nicht jünger. Aber was soll's? Es muss ja weitergehen. Bevor wir die Zeit mit meinem Gesundheitszustand verplempern: Ich weiß doch, wo dich der Schuh drückt. Wie weit seid ihr mit euren Ermittlungen?"

„Das ist ja unser Problem", antwortete Bach. „Wir haben praktisch nichts in Händen und sind gerade dabei, eine Soko ins Leben zu rufen. Ich hatte gehofft, dass du mir mehr sagen kannst."

„Also, die Obduktionen sind gelaufen. Mehr als die Todesursachen und den ungefähren Todeszeitpunkt kann ich dir allerdings nicht sagen", nahm Stich die Ergebnisse der Untersuchung vorweg. „Beide Exitus durch starkes Schädel-Hirn-Trauma. Da muss jemand ordentlich zugeschlagen haben. Ich vermute, mit einem Stock oder Baseballschläger, da wir beim Mann winzige Holzteilchen in den Kopfwunden gefunden haben. Auf jeden Fall ein stumpfer Gegenstand. Die beiden Schädel sind stark deformiert. Bei der Frau zeichnet sich außerdem eine Verletzung durch einen Schlag in den Rücken ab."

„Und sonst?"

„Nichts sonst. Mehr als die Kleider auf dem Leib hatten die beiden ja nicht dabei. Die muss jemand vorher ordentlich gefilzt haben."

„Und der Todeszeitpunkt?"

„Irgendwann am Samstag, würde ich sagen. Insektenbefall war jedenfalls schon gegeben. Wir haben jede Menge Schmeißfliegeneier in den offenen Wunden gefunden. Aber der Platzregen am Sonntagnachmittag hat natürlich viele Spuren weggewaschen. Keine Täter-DNA. Auffällig ist die teure Kleidung der beiden Toten. Der Mann trug sogar noch seine teure Rolex. Vielleicht ist das ein Ansatz für eure Ermittlungen. Also, um einen Raubmord kann es sich jedenfalls nicht gehandelt haben. Ich vermute eher etwas in Richtung Organisierte Kriminalität. Drogen waren aber nicht im Spiel. Euch wird nichts anderes übrigbleiben, als die Vermisstenlisten durchzufilzen."

„Da sind wir gerade dabei, haben aber noch kein vollständiges Feedback. Zumindest nicht von den nahen Städten außerhalb Fürths."

„Ach ja, da fällt mir noch etwas ein", kam Stich auf die Obduktion zurück. „Der Frau wurde vor Jahren der Blinddarm entfernt und sie wurde vor ihrem Tod vergewaltigt."

„Spermaspuren?"

„Keine. Das steht aber alles in meinem Obduktionsbericht. Der wird gerade geschrieben. Soll ich dir den vorab durchfaxen, wenn er fertig ist?"

„Wäre nicht schlecht", bedankte sich Bach.

„Wenn ihr noch irgendwelche Fragen habt, kannst du mich ja anrufen", ergänzte Stich. „Viel gibt der Bericht jedenfalls nicht her, außer dem Amulett, das wir bei der Frau gefunden haben. Eine vierzackige Krone mit zwei Ähren. Keine Ahnung, was das darstellen soll. Na ja, ihr werdet das ja sehen. Dem Obduktionsbericht liegen jedenfalls zwei Fotos davon bei. Da waren Profis am Werk. Täterseitig, meine ich. Du, Harald, ich muss in eine Besprechung. Ruf mich an, wenn du noch Fragen hast." Und weg war er. Bach und Schwarz blieben etwas ratlos zurück.

Bach blickte auf seinen Zettel mit der noch imaginären Sonderkommission. Es half alles nichts. Irgendwie mussten Schwarz und er da durch. Wieder kraulte er seinen Dreitagebart, der schon graue Ansätze über der Oberlippe zeigte. Der war sein Markenzeichen in der Kriminalpolizeiinspektion, weshalb ihm einige Kollegen den Spitznamen „Nikolaus" verpasst hatten. Er wusste das und es amüsierte ihn. Wobei Nikoläuse doch normalerweise lange, weiße Bärte hatten. Er, Bach, war dagegen ein ganz normaler Familienvater, nur mit einem Bartansatz. Er war 1,78 Meter groß, 80 Kilogramm schwer, dunkelhaarig mit Seitenscheitel links und einem Hang zur Religiosität. Seine Kinder, ein 18-jähriger Sohn und eine 16-jährige Tochter, besuchten beide ein Fürther Gymnasium. Seine Frau Doris war Bankangestellte in Zirndorf und hatte, nachdem die Kinder eingeschult waren, in der Sparkasse einen Halbtagsjob ergattert. Die Familie wohnte in einer Neubausiedlung in Weinzierlein, einem Dorf ganz in der Nähe, und wegen dieses Wohnorts musste er sich von den Kollegen manchen dummen Spruch anhören: „Übern Alten geht nix drüber" oder „Raus mit der Bumpel-Sau", erlaubten sie sich ihre Späßchen mit ihm. Das kam daher, weil in Weinzierlein eine weit über die Grenzen Frankens bekannte, aber fiktive Schafkopf-Akademie ansässig sein sollte. Jeder Schafkopf-Kartler kannte sie, aber noch niemand war je dort gewesen. Dabei hatte Harald Bach von Schafkopf keine Ahnung.

„Wollen wir Liebermann den Vorschlag zur Gründung der Soko so unterbreiten, wie von dir ausgearbeitet?", wollte Schwarz jetzt wissen.

„Fällt dir was Besseres ein?", kehrte Bach in die Realität zurück.

„Nein, nein, ist schon okay so. Meinst du, er gibt uns die ganzen Leute? Das sind die einzigen Bedenken, die ich habe."

„Er hat gesagt, er gibt uns volle Unterstützung. Zurechtstutzen kann er die Soko immer noch. Lassen wir es darauf ankommen."

Gut, wenn du meinst."

„Dann gehe ich jetzt zu ihm. Mal sehen, was er sagt", überlegte Bach laut, stand auf und warf sich sein Jackett über.

„Viel Glück", attestierte ihm Schwarz. Der junge Kommissar, gerade mal 29 geworden, war noch ledig, lebte aber seit drei Jahren mit einer Jura-Studentin zusammen. Veronika Preiss war drei Jahre jünger als er. Das Paar hatte sich im Stadtteil Poppenreuth eine Dreizimmerwohnung gemietet. Während Veronika die Woche über die meiste Zeit an der Friedrich-Alexander-Universität in Erlangen verbrachte, assistierte Julian seinem Kollegen und Vorgesetzten Bach nach bestem Wissen und Gewissen. Er war ein ehrgeiziger junger Mann, Überstunden machten ihm nichts aus. Wenn er sich in ein Thema verbissen hatte, ließ er nicht locker, bis er das Problem gelöst hatte. Das schätzte Bach sehr an ihm. Ausdauer, logisches Denkvermögen und ein starker Wille kamen bei ihm zusammen. Wenn er nicht beruflich kombinierte, hatte sich Schwarz der Modellfliegerei verschrieben. Fast jede freie Minute zog er sich in das dritte Zimmer der Wohnung zurück, um dort zu kleben, zu raspeln und zu löten, um sein Modell einer „Fokker Red Baron" aus Holz und Metall fertigzustellen. Veronika ließ ihn gewähren. Sie hatte mit der Vorbereitung zum ersten Staatsexamen selbst genug am Hals. Sie wollte Richterin werden.

Schwarz ließ seine bisherige Karriere Revue passieren: Die Voraussetzungen für den gehobenen Dienst brachte er locker mit. Das dreitägige Auswahlverfahren hatte ihm keine Schwierigkeiten bereitet. Assessment Center, computergesteuerter Test und polizeiliche Untersuchung – alles kein Problem, er war einer der Besten gewesen. Die allgemeine Hochschulreife hatte er, die sportlichen Voraussetzungen auch. Mit seinen 1,80 Metern konnte er über die Mindestgröße von 1,63 nur lachen. Sein Body-Mass-Index lag bei 20, also eigentlich ideal, und aus geordneten wirtschaftlichen Verhältnissen stammte er auch. So war er 2009 in die Dienste der Erlanger Polizei eingetreten und hatte ein dreijähriges duales Studium an der Hochschule für den öffentlichen Dienst in München absolviert. Anfang des letzten Jahres war er auf eigenen Wunsch nach Fürth versetzt worden. Wegen ihr. Er dachte an Veronika, die sich gerade zuhause mit Paragraphen rumärgerte.

So merkte er gar nicht, dass Bach von Liebermann schon zurück war. „Alles genehmigt", meldete er stolz. „Wir sollen Vorschläge machen, wen wir haben wollen. Liebermann spricht dann mit den Kandidaten und ihren Vorgesetzten. Kommst du mal, ich möchte auch deine Meinung dazu hören."

Norbert Kolb

Norbert Kolb, 68 Jahre alt, war kein Weichei, aber er hatte einen kleinen Hang zum Selbstmitleid. Sein Haupt war noch voller brauner Haare mit nur wenig weiß und eine Brille brauchte er auch immer noch nicht. Dafür war sein Gehör nicht mehr so gut. Eigentlich hätte er ein Hörgerät gebraucht, aber das war seiner Meinung nach nur etwas für alte Leute. Er war mit seinen 1,90 Metern der Größte der vier Kartler und ein Baum von einem Mann. Wären da nicht die Falten in seinem Gesicht, hätte man ihn durchaus für zehn Jahre jünger halten können. Und Norbert war eine alte Ratschkathl. Er wusste alles, was in Furth so passierte. Ständig hing er mit seinen Nachbarn und Freunden zusammen. Zehn Jahre hatte er für die CSU im Stadtrat gesessen und nutzte auch heute noch jede Gelegenheit zur Kommunikation. Mit anderen Worten, er war gut vernetzt.

Die Krankheit seiner Frau Hilde konnte er allerdings nicht mehr länger ausblenden. Bei ihr ging schon seit einiger Zeit im Kopf alles durcheinander. Anfangs hatte er versucht, ihre Demenz zu vertuschen. Nicht weil er sich für sie schämte, nein, dazu liebte er seine Hilde zu sehr. Wenn er ehrlich zu sich selbst war, dann lag es daran, dass er es einfach nicht wahrhaben wollte. Was hatten sie nicht alles noch für Pläne gehabt? Und das sollte jetzt nicht mehr möglich sein? Das war einfach nicht fair! Einmal entschuldigte er seine Abwesenheit beim Schafkopf mit Anton, Hans und Dieter sogar mit einem Bandscheibenvorfall. Er könne leider nicht kommen. Er könne sich ja kaum rühren. Das war jetzt schon einige Zeit her. Da ging es Hilde sogar noch besser. Aber mittlerweile ... Sie hatte ihr Leben lang leidenschaftlich gerne und gut gekocht. Ihr Langzeitgedächtnis war auch trotz ihrer Krankheit in Ordnung, damals, als man bei ihr die Demenz festgestellt hatte. Heute vergaß sie schon mal, das Essen zu würzen. Ständig ließ sie den elektrischen Herd eingeschaltet und die Kochplatten glühten. Ihr Kurzzeitgedächtnis war eine totale Katastrophe, sie konnte sich nichts mehr merken. Letzthin wollte sie sich in ihrem Nachthemd auf einen Wochenendspaziergang begeben. Mitten durch Fürth. Am Tag. Es wurde immer schlimmer.

Sie kann nichts dafür, hatte ihm Dr. Blatthaus gesagt, sie verliert ihre kognitiven Fähigkeiten. Auch emotional und sozial würde sich vieles ändern. Er solle sich überlegen, ob er seine Frau nicht in ein erfahrenes Pflegeheim geben wollte.

Der kleine dicke Doktor mit der Platte und der roten Fliege, die er um den feisten Hals trug, redete sich leicht. „Das kann ich mir mit meiner kleinen Rente nicht leisten", argumentierte Norbert. Von den 30.000 Euro, die auf seinem Bankkonto lagen, sagte er nichts.

„Sehen wir mal", meinte Blatthaus, rieb sich seinen unübersehbaren Bauch und federte auf seinem Schreibtischstuhl hin und her.

Mit der Zeit wurde es noch schlimmer mit Hilde. Der Neurologe Blatthaus malte Schreckensszenarien: Ihre Frau wird Sie im Endstadium vielleicht gar nicht wiedererkennen. Sie müssen mit Wutausbrüchen rechnen. Ihre Muskulatur baut sich ab. Sie müssen mit Bettlägerigkeit rechnen. Und Tod.

Wie lange hält sie das noch durch?", wollte Norbert wissen.

„Nun, das kann ich auch nicht sagen, aber Erfahrungswerte sprechen von sieben bis zehn Jahren." Blatthaus schwitzte und schob seine Brille zurecht. „Ich mach mal das Fenster etwas auf. Es ist heiß hier herinnen." Er stand auf und betätigte den Fensterhebel.

„Und da kann man gar nichts dagegen tun?", wollte Norbert wissen.

„Sehen Sie, Ihre Frau hat die Alzheimer-Krankheit. Degenerative Demenz. Etwa 60 Prozent der Erkrankten weisen diese Symptome auf. Mit 65 Jahren ist Ihre Frau eigentlich etwas zu jung dafür. Frauen erkranken häufiger als Männer. Das kommt wahrscheinlich durch die etwas höhere Lebenserwartung. Bei Ihrer Frau ist das mit 65 zwar seltsam, aber auch Erbanlagen können dafür verantwortlich sein."

„Mein Schwiegervater hatte Alzheimer", warf Norbert ein.

„Sehen Sie. Woher die Krankheit kommt, ist jedenfalls nicht restlos geklärt. Auch heute noch nicht. Es fängt damit an, dass der Erkrankte immer wieder die gleiche Frage stellt oder die gleiche Geschichte erzählt."

„Hilde hat ihre Hausschlüssel nicht mehr gefunden. Dann hat sie immer mich verdächtigt, dass ich die weggenommen habe. Oder im Supermarkt hat sie bezahlt, ohne auf das Wechselgeld zu warten. Sie ist einfach gegangen. Die Kassiererinnen mussten sie darauf aufmerksam machen, dass sie noch Rückgeld bekommt."

„Auch das sind typische Anzeichen", machte ihm der Neurologe klar. „Die Leute verlieren den sicheren Umgang mit Geld."

Und wozu raten Sie mir?"

„Zunächst ist Geduld angesagt", erläuterte ihm Blatthaus. „Viel Geduld. Vor allem im Umgang mit Kritik. Schimpfen Sie Ihre Frau nicht, wenn sie etwas falsch macht. Kein Mensch hört das gerne. Aber ich sage Ihnen, Sie halten das auf Dauer nicht durch." Damit kam er indirekt wieder auf das Pflegeheim zurück.

„Aber ich kann Hilde doch nicht einfach weggeben", jammerte Norbert.

„Wer spricht denn von weggeben", beschwichtigte der Arzt. „Kennen Sie denn überhaupt ein Pflegeheim?"

„Nein. Und das Geld habe ich auch nicht. Die monatliche Belastung ist einfach zu hoch", warf Norbert erneut ein.

„Ganz ruhig, eines nach dem anderen", erklärte ihm Blatthaus. „Was das Geld anbelangt, bei welcher Krankenkasse ist denn Ihre Frau?"

„Bei der AOK, mit mir zusammen."

„Bei der AOK", wiederholte der Arzt. „Und bekommt sie Rente?", wollte er wissen.

„Meine Frau hat ihr Leben lang nicht gearbeitet. Da ist nichts", jammerte Norbert.

„Ja, das ist ärgerlich", stimmte der Arzt zu. „Na jedenfalls ist die AOK schon mal gut. Die machen bei Demenz wenig Probleme. Was Sie brauchen, ist ein Pflegegrad für Ihre Frau. Das sieht ja ein Blinder mit Krückstock, dass sie Pflegegrad 5 braucht."

Was bedeutet das, ich kenne mich mit so was nicht aus. Ich war im Außendienst bei Siemens, Montage", erklärte Norbert. „Wie komme ich an den Pflegegrad, da braucht man doch so ein Gutachten?"

„Ja, da müssen Sie einen Gutachter des Medizinischen Dienstes der Krankenversicherung beauftragen. Den Antrag dazu können Sie von mir bekommen. Ich kenne da eine Dame, sie ist dafür zuständig. Das Ganze läuft seit 2017 nach dem Neuen Begutachtungsassessment, kurz NBA genannt. Die Dame kommt ins Haus und stellt Ihrer Frau maximal 64 Fragen. Ich kann da gerne unterstützen. Wenn Sie wollen ..."

„Das wäre nett. Und was zahlt die Kasse denn? Ich meine, im Monat. Ich bin mit den Bestimmungen nicht so vertraut."

„Also, wenn Ihre Frau nach dem Gutachten den Pflegegrad 5 erreicht und stationär aufgenommen werden muss, sind das momentan 2.005 Euro monatlich, welche die Pflegekasse bezahlt. Für Verpflegung und Unterkunft müssen Sie natürlich selber aufkommen. Das geht dann von Ihrer Rente ab. Das gilt auch für die Investitionskosten des Pflegeheimes. Das heißt, wenn die etwas renovieren oder erneuern müssen. Unter uns: Ich rate Ihnen, wenn Sie Bares auf dem Bankkonto haben, heben Sie es ab und verstecken Sie das Geld unter dem Kopfkissen. Vermögen zählt nämlich ebenfalls. Darf ich fragen, wie viel Rente Sie beziehen?"

„Das sind nur 1.200 Euro im Monat", gab Norbert widerwillig Auskunft. „Ich war eine Zeit lang selbstständig als Buchhalter, aber das lief nicht so gut."

„Nur 1.200 Euro", sinnierte Blatthaus, „das liegt ja nur knapp über dem Existenzminimum. „Da müsste wahrscheinlich das Sozialamt einspringen. Mal sehen, was sich sonst noch herausholen lässt. Ich meine da Zuschüsse für Pflegehilfsmittel und sonstige Leistungen. Das kann ich Ihnen gerne ausrechnen. Dazu brauchen wir aber erst das Gutachten", ließ Blatthaus nicht locker.

Norbert kam ins Grübeln. Er rechnete im Kopf. „Und was kostet mich das Ganze etwa in Summe?"

Der Neurologe wich aus. „Das kommt auf die Leistungen des Pflegeheims an. Ich kenne da den Leiter eines Pflegeheimes recht gut. Er hat da einige Pflegekräfte aus dem Osten. Die verdienen nicht so viel. Vielleicht kann er uns ein Sonderangebot machen. Wenn Sie auch im Heim für Ihre Frau gewisse Pflegedienste selbst übernehmen, müsste das schon gehen."

„Darf die Kasse das dann wissen?"

„Wo kein Kläger, da kein Richter", schmunzelte Blatthaus maliziös.

Soko „Stadtpark"

Hauptkommissar Bach hatte seine Wunschkandidaten zusammengeschrieben. Aus der Spurensicherung Lisa Bachnik, Tim Andersson, der Schwede, und Peter Grimm. Sie wurden ergänzt durch Helmut Schaub, Gregor Kasperbauer und Simone König aus der KTU. Was den Profiler, Giselher Krumm, anging, so hatte sich Liebermann selbst umgehört und diesen von der Kripo Nürnberg ausgeliehen. Die zusätzliche Ermittlerposition sollte Kommissar Anwärterin Carola Schleicher ausfüllen. Als Bürokraft und Mädchen für alles hatte Bach seine ehemalige, pensionierte Sekretärin Berta Daum auf dem Papier stehen. Sie war, als sie in Pension ging, aus Kosteneinsparungsgründen nicht ersetzt worden. Bach wusste, dass sie die Arbeit vermisste und noch voll belastbar war. Blieb noch die Aktenführerin Gertrude Beil. Sie hatte sich von der Verkehrspolizei für die Kripo beworben und an ihrer früheren Arbeitsstelle Erfahrungen mit solchen Arbeiten gesammelt. Nun war Liebermann dafür zuständig, die Leute auch wirklich von ihren momentanen Aufgabengebieten loszueisen.

Bach und Schwarz waren nicht untätig geblieben, nachdem Stich seinen Obduktionsbericht durchgefaxt hatte. Sie hatten die Abfrage nach Vermissten auf das gesamte Bundesgebiet ausgedehnt. Bei allen bayerischen Standesämtern lagen Anfragen vor, wer am dritten Juni vor zehn Jahren geheiratet hatte und zusätzlich ging dieselbe Frage an alle katholischen Diözesen und evangelischen Landeskirchen. Man konnte ja nicht wissen, ob der 3. Juni auf das standesamtliche oder das kirchliche Datum der Hochzeit hinwies. Noch hatten sie keine Rückmeldungen vorliegen. Die Fotos der beiden Opfer hatten sie reproduzieren lassen und an alle regionalen Zeitungen gegeben. Wer kennt die zwei Personen, hatten sie gefragt.

Zusätzlich bemühten sie bundesländerübergreifende Datenbanken der Polizei, allen voran INPOL und checkten dort abgelichtete Fotos. Sie dehnten ihre Suche ins NADIS, das Nachrichtendienstlichen Informationssystem, ins ZStV, das Zentrale Staatsanwaltschaftliche Verfahrensregister, in die ATD, die Antiterrordatei und in die RED, die Rechtsextremismus-Datei, aus. Das Ganze lief.

Bei der Rolex hatten sie keinen Erfolg. Die Uhr hatte zwar eine Menge Daten eingestanzt, aber eine Seriennummer fehlte. Ohne das dazugehörige Zertifikat waren sie aufgeschmissen. Was konnten sie noch tun? Blinddarmoperationen checken? Wann, wo, wer? Zu viele Daten. Voller Verzweiflung richteten sie eine E-Mail an Lorenzo e Bruni Pucci in Florenz, hängten zwei Bilder an, eines von der Bluse und eines von der Ermordeten selbst und stellten die Frage, ob man sich dort, im fernen Oberitalien, noch an die Käuferin erinnern könne. Sie erhielten keine Antwort. Die Boutique hatte vor einem Jahr Insolvenz angemeldet, es gab sie nicht mehr.

Bach und Schwarz vermuteten richtig, dass es sich bei dem Bild im Amulett der Frau um das Symbol einer Organisation handelte. Aber welcher? Sie fotografierten die Ähren und die Krone. Das entstandene Bild jagten sie durch ihre Computer und staunten über das Ergebnis. Das Symbol war das Logo der Sacra Corona Unità, einer Mafiaorganisation in Apulien.

„Schicken Sie sofort eine E-Mail an die Kollegen in Rom mit den Bildern der beiden Ermordeten", wies Bach Schwarz an, „und fragen Sie nach, ob sie das Ehepaar kennen."

*

Das Telefon klingelte. Liebermann war dran. „Ich habe mich gekümmert", verkündete er stolz. „Der Profiler wird sich in einer halben Stunde bei Ihnen vorstellen. Die Kollegen aus der SpuSi und der KTU treten morgen ihren Dienst an. Sie bleiben in ihren Abteilungen sitzen, sind Ihnen aber temporär direkt unterstellt. Für Berta Daum, den Profiler und Gertrude Beil müssen Sie Arbeitsplätze einrichten. Daum und Beil kommen nächste Woche am Montag, der

Profiler, wie gesagt, sofort. Wo Sie ihn hinsetzen, machen Sie mit ihm selbst aus. Ach ja, noch eines, fast hätte ich es vergessen: Der große Besprechungsraum 1 steht ab sofort Ihnen und Ihren Leuten für die Dauer der Ermittlungen vollständig zur Verfügung. Sie brauchen ja Platz. Dort kann sich die Soko ausbreiten. Wenn Sie noch etwas brauchen, sagen Sie es. Ich erwarte natürlich Ergebnisse."

So einfach machte sich das Liebermann. Als ob so eine Sonderkommission ein Allerheilmittel war. Wenigstens hatten sie nun Leute, die sie auf die diversen Polizeidatenbanken ansetzen konnten.

25 Minuten später wurde Bach vom Pförtner angerufen. „Hier steht ein Giselher Krumm von den Kollegen in Nürnberg", verkündete er, „der will zu Ihnen."

„Schicken Sie ihn in das Besprechungszimmer 2 im ersten Flur", antwortete Bach, warf sich sein Jackett über und informierte Schwarz, der gerade mit Veronika am Telefon schäkerte.

„Ich komme gleich nach", warf der ein, „nur noch eine Minute."

*

„Ich habe zwar ein Studium der Psychologie", verkündete kurz darauf der 40-jährige Krumm, „erstelle aber keine psychologischen Täterprofile. Insofern ist die Berufsbezeichnung Profiler vielleicht etwas irreführend. Fallanalytiker ist mir lieber."

„Wie konkret können Sie sich bei uns einbringen?", wollte Bach wissen.

„Nun, in der Fallanalyse werden Schlüsse auf der Basis kriminalistischer Erkenntnisse gezogen", gab Krumm an. „Zum Beispiel anhand von Indizien, Spuren am Fund- und Tatort und den Umständen der Straftat."

Wovon wir im Moment so gut wie nichts haben", warf Bach ein.

Jeder Täter hinterlässt Hinweise", ließ sich Krumm nicht aus der Ruhe bringen. „Solche Indizien sind beispielsweise Anzeichen, aus denen sich mit großer Wahrscheinlichkeit auf die Entwicklung, einen Sachverhalt, eine Situation oder den Zustand einer Sache schließen lassen. Hier komme ich ins Spiel und schließe aus den

Umständen der Straftat auf das Verhalten des oder der Täter. Vielleicht lässt sich ja ein Muster erkennen. Nicht die Psychologie, sondern die Kriminalistik, also die Lehre von den Mitteln und Methoden der Bekämpfung der Straftat, ist der Schlüssel zum Erfolg. Wir stehen in diesem Fall ja erst am Anfang. Außerdem helfe ich natürlich auch bei den sonstigen Ermittlungen."

Der Mann war von sich und seinen Fähigkeiten überzeugt. Das musste man ihm lassen. Wie er so da saß! Ruhig, gelassen, verbindlich.

Jeder Täter hinterlässt Hinweise ... Da hatten sie wirklich nicht viel vorzuweisen. Aber was hatte Krumm auch noch dazu gesagt? Wir stehen ja gerade erst am Anfang.

Eine Woche später

Hans Gerland war mit der U-Bahn von der Station Hardhöhe gekommen. Anton Brückner hatte zu Fuß schon einen weiten Weg hinter sich. Er war mit Rasputin an der Leine über den Stadtpark, die Königstraße entlang und bis zur 1982 eingeweihten Stadthalle gelaufen. Hier war der Treffpunkt für ihren heutigen, alle drei Wochen stattfindenden Spaziergang durch ihre Heimatstadt. Hans und Anton waren ehemalige Lehramtskollegen aus der Grundschule in der Friedrich-Ebert-Straße. Hans unterrichtete am liebsten Deutsch, Anton dagegen Heimat- und Sachkunde. Diese Spaziergänge durch ihre Heimatstadt hatten sie mit Pensionseintritt begonnen.

Norbert konnte nicht mitkommen. Er musste auf Hilde aufpassen. Dieter war auf Mallorca.

Heute wollten sie über die Maxbrücke schlendern, dann durch die Königstraße am Grünen Markt vorbei mit einem Abstecher zur Michaelskirche, weiter durch die Gustavstraße und bis zur U-Bahnstation Rathaus. Es war Dienstag, ein Tag im Mai, und das Wetter hielt, was der Wonnemonat versprach. Leichte Kumuluswolken zogen am Himmel entlang. Es war zehn Uhr und das Thermometer zeigte bereits 23 Grad Celsius an. Ein idealer Tag für eine Stadtwanderung, vor allem wenn man es gemächlich angehen lassen konnte und Zeit hatte.

Rasputin begrüßte Hans schwanzwedelnd und zerrte an seiner Leine. „Ist ja schon gut. Krieg dich wieder ein", ermahnte ihn Anton.

Die drei zogen los. Ihr Weg führte sie am Kulturforum vorbei, dem ehemaligen Schlachthof, hin zur Maxbrücke. Still glitt die Rednitz darunter hinweg. Hier irgendwo sollte die Furt gewesen sein, die der Stadt ihren Namen gegeben und die Handelsleute auf ihrem Weg von Regensburg nach Frankfurt benutzt hatten. Fürth war eine alte Stadt, erstmals 1007 urkundlich erwähnt. Ihre Ursprünge vermutete man bereits im 8. Jahrhundert. Zumindest war aktenkundig, dass König Heinrich II. den Flecken „locus furti" einst an das Bistum Bamberg verschenkt hatte.

Die drei schwenkten in die Königstraße ein. „Hast du in letzter Zeit etwas von Norbert gehört?", begann Hans die Unterhaltung. „Hilde soll ja schwer an Alzheimer erkrankt sein."

„Das hat er mir letzthin auch erzählt. Ich wusste gar nicht, dass Hilde dement ist. Das hat der Norbert lange Zeit für sich behalten."

„Ist ja auch ein unangenehmes Thema", meinte Hans. Dann wurde er abgelenkt: „Weil wir gerade am Trauben- und Rednitzhof vorbeikommen: Weißt du, dass in früheren Zeiten hier beinahe jedes zweite Haus ein Gasthof gewesen ist?"

„Klar, das lag an der alten Handelsroute", meinte Anton. „In der Königstraße 3 war das Gasthaus Goldener Hirsch, die Nummer 5 war das Beckenhaus zum Lindwurm und die 7 das Gasthaus Zum Mohren. Schau, die breiten Giebel und die langgestreckten Firste weisen auf einen gewissen Wohlstand hin." Er warf Hans einen neugierigen Seitenblick zu. „Was macht der Norbert denn jetzt? Gibt er Hilde ins Heim?"

„Ich glaube, das weiß er selbst noch nicht. Das muss er sich erst noch ausrechnen lassen. Er meint, er könne sich das nicht leisten. Du weißt doch, wie knauserig er ist. Und seine Rente ist ja auch alles andere als üppig."

„Da braucht man doch einen Pflegegrad, wenn man in eine Pflegestation will", kannte Anton sich aus.

„Richtig, das ist es, was noch fehlt. Das Gespräch mit der Gutachterin ist anscheinend bereits gelaufen, aber das Ergebnis steht noch nicht fest."

Sie kamen zum Grünen Markt und ließen sich auf einer der Steinbänke nieder. „Schau nur", wechselte Hans wieder das Thema und sah sich um. „Einfaches Fachwerk und Sandsteinhäuser mit barocken Fassaden und Schweifgiebeln. Die zeugen vom wirtschaftlichen Aufschwung der Stadt."

„Ja", ging Anton darauf ein, „damals, im 18. Jahrhundert. Aber Handel und Wandel haben ja nicht nur Geld gebracht, sondern auch vielfältige soziale Kontakte – bis heute. Schau dich nur hier am Grünen Markt um. Seit der Umgestaltung ist er wieder ein Zentrum von Geselligkeit geworden."

Die beiden sahen hinüber zum Gauklerbrunnen, auf dem begeisterte Kinder herumkletterten. „Wollen wir den kurzen Abstecher zur Stadtkirche machen?"

„Klar, Rasputin will sowieso weiter. Er zieht schon die ganze Zeit an seiner Leine."

Hans und Anton liefen auf den Turm der Michaelskirche zu, die neben dem Rathaus zu den Wahrzeichen Fürths zählte. Die Kirche selbst war das älteste Gebäude der Stadt. Um 1100 errichtet hatte sie sogar die Wirren des Dreißigjährigen Krieges überstanden. Anton zog es zur Südseite des Gebäudes. Hier war eine Gedenktafel an den Schwedenkönig Gustav Adolf, den Retter des Deutschen Protestantismus, in das Sandsteinmauerwerk eingelassen. „Die Tafel kam aber erst 1932 an die Kirche", wusste Anton. „Der Schwedenkönig soll im Pfarrhaus logiert haben. – Der Kirchturm wurde übrigens erst nach dem Langhaus erbaut", fügte er nach einer Atempause hinzu.

Hans nickte.

„Und weißt du, dass seit dem 13. Jahrhundert der Erzengel Gabriel der Patron der Kirche ist?"

„Das höre ich zum ersten Mal", gestand Hans. „Ich weiß aber, dass die Kirche mit unserer Michaeliskirchweih zu tun hat."

„Klar", fuhr Anton fort. „Zu Beginn der Kärwa, am Vorabend, gibt es hier einen Gottesdienst für die Schausteller und Kaufleute. Dann sind die Bänke und die drei Emporen im Kirchenschiff gut gefüllt. Schließlich ist der 29. September Namenstag des Schutzpatrons. Die Michaeliskirchweih beginnt immer am darauffolgenden Samstag."

„Weißt du was", meinte Hans. „So ein Spaziergang macht hungrig und durstig zugleich. Wollen wir uns im Grünen Baum eine Halbe genehmigen und dazu ein Krustenschäufala?"

„So lasset euch berichten von Bieren, Wirten und Brauereien, von Königen und Landsknechten, von Söldnern und Zechern, von Bauherren und Zünften aus über 400 Jahren", zitierte Anton.

„Wo hast du das denn her?"

„So beginnt die Geschichte der Gaststätte. Wusstest du, dass der Grüne Baum der älteste Fürther Gasthof ist, 1607 aus einer Bauernhofanlage entstanden? Erst vor kurzem nach einer längeren Renovierungszeit wiedereröffnet. Was gut für uns ist!"

Sie schritten zielstrebig die Gustavstraße entlang, in der sich ein Gasthaus ans andere reihte, wie die Perlen auf einer Kette. In den 1950er-Jahren, als viele Angehörige der US-Armee in der Stadt lebten, hatte sich die Straße zum Vergnügungsviertel entwickelt, Prostitution eingeschlossen. Heute entspannten sich Fürther in dieser Fressmeile, plauderten Junge und Junggebliebene in abwechslungsreicher Atmosphäre, eingerahmt von spitzen Fachwerkgiebeln und schlichten Sandsteinfassaden.

Es dauerte nicht lange und Hans, Anton und Rasputin standen vor dem zweigeschossigen, giebelständigen Sandsteinquaderbau mit der Nummer 34. Sie gingen hinein in die Wirtsstube mit ihren blankgescheuerten Holztischen und nahmen Platz. Die Einrichtung roch noch immer neu, war aber rustikal und eine Augenweide. Die Bedienung erschien und sie orderten zweimal das Schäufala und zwei Halbe. „Das Bier bring ich gleich", versprach die Dame.

Als sie weg war, kam Anton erneut auf Norbert und seine Frau zu sprechen. „Die Demenz von der Hilde", begann er. „Meinst du, dass wir Norbert unsere Unterstützung anbieten sollten?"

Was meinst du mit Unterstützung?"

„Na ja, bei der Auswahl des Pflegeheimes, meine ich, falls er seine Frau dorthin gibt. Norbert kennt sich damit doch nicht aus."

„Wir aber auch nicht", entgegnete Hans. „Da habe ich auch schon darüber nachgedacht. Norbert lässt sich da wahrscheinlich nicht hineinreden. Außerdem hat er darüber schon mit dem Neurologen, diesem Dr. Blatthaus, gesprochen."

Mit diesem Fatzke?", sorgte sich Anton. „Mit dieser schleimigen, dicken Wanze, die nur auf das Geld der Patienten aus ist? Der hat Martina auch falsch behandelt. Meinte, ihre Leukämie sei ein Nervenleiden, Störung der Psyche. Als wir dann doch einen anderen Facharzt hinzugezogen haben, war es längst zu spät. Ich halte gar nichts von dem. Im Gegenteil, ich mache ihn für Martinas frühen Tod verantwortlich. Aber weise das mal jemanden nach!"

„Da kann ich nicht mitreden", meinte Hans, „aber ein gutes Gefühl habe ich auch nicht dabei. Hoffentlich wird Norbert nicht über den Tisch gezogen. Wir sollten ihn drauf ansprechen. Machst du das?"

„Kann ich tun", versprach Anton und machte ein besorgtes Gesicht. „Ich rufe ihn gleich morgen an."

„So, die Schäufala sind auch fertig", fegte die Bedienung heran und trug ein Tablett auf ihren Schultern. Sie stellte das Tragebrett ab, rückte ihren ansehnlichen Busen unter dem Dirndl zurecht und reichte den Gästen zwei übergroße, knusprige Schweineschultern, die in einer Biersoße schwammen. Dazu gab es einen tiefen Teller mit Sauerkraut. „Noch zwei Halbe?", fragte sie, nachdem sie die Situation am Tisch gecheckt hatte.

„Auf einem Bein kann man nicht stehen", gab Hans zu und bestellte noch zwei Bier.

Rasputin, der geduldig dösend unter dem Tisch lag, stach der Duft des zarten Schweinefleisches sofort in die Nase. Bettelnd kam er hervorgekrochen und sah sein Herrchen mit feuchten Augen an.

„Hast du ein Glück, dass die Schäufala so riesig sind", warf ihm Anton zu und ließ ein Stück der knusprigen Schwarte zu Boden fallen.

Als Hans, Anton und Rasputin ihre Bäuche gefüllt hatten, liefen sie die Gustavstraße weiter, bis zum Ende. Das Thermometer war inzwischen auf 26 Grad geklettert und noch immer versprach der Himmel einen sommerlichen Nachmittag. Es war kurz vor ein Uhr, als sie, immer noch wohlig satt, den Waagplatz erreichten, ein Ort, der sich durch besondere Heimeligkeit auszeichnete. Als gebürtige Fürther wussten sowohl Anton als auch Hans, dass dies an dem „Kleinsten Haus" lag, das ein winziges Café beherbergte. An jedem Samstag fand hier auch der Bauernmarkt statt.

Anton und Hans gingen ihren Weg links durch die Tordurchfahrt weiter und erreichten das monumentale Fürther Rathaus, das den Königsplatz dominierte. Zehn Jahre lang war an diesem Zeichen städtischen Wohlstands gebaut worden, von 1840 bis 1850. Nach langer Suche erst hatte man den geeigneten Bauplatz gefunden, damals noch am Ostrand der Stadt gelegen. Auffallend war der 55 Meter hohe Turm, dem der Palazzo Vecchio in Florenz als Vorbild gedient hatte. Zu bestimmten Anlässen oder Zeiten wurde er durch 1.900 LED-Lämpchen illuminiert, zum Beispiel zur Fürther Kirchweih oder in der Vorweihnachtszeit. Verlässlich war jeden Mittag das Glockenspiel zu hören, das 2007 auf dem Rathausdach installiert worden war. Mit zarten Hammerschlägen ließ es die Melodie von „Starway to heaven" von Led Zeppelin hören.

Der Spaziergang durch diesen Teil der Altstadt ging langsam seinem Ende zu. Hans verabschiedete sich, vollgefressen und träge, an der U-Bahnstation Rathaus. Anton und Rasputin strebten über den Stadtpark ihrem Zuhause zu. „Vergiss nicht, Norbert anzurufen", erinnerte Hans Anton, als er in den Tiefen der U-Bahnstation verschwand.

Die ersten Ermittlungen

Die Soko „Stadtpark" hatte ihre Ermittlungen aufgenommen. Giselher Krumm war sich nicht zu schade, sich jeden Tag am Pappelsteig hinzustellen und vorüberflanierende Spaziergänger zu fragen, ob sie am Samstag, dem 4. Mai hier gewesen seien. Er hatte immer dieselben Fragen: Waren Sie im Stadtpark, im Bereich des Pappelsteigs? Ist Ihnen etwas aufgefallen? Haben Sie besondere Beobachtungen gemacht?

Am dritten Tag hatte er endlich Glück. Ein Rentnerehepaar, Margot und Friedhelm Stein, wollten an dem besagten Samstag durch den Stadtpark laufen, konnten aber nicht, weil das ganze Gelände um den Pappelsteig mit einem rot-weißen Plastikband abgesperrt war. „Da waren fünf Männer. Die konnten nicht gut Deutsch. Man machte uns aber deutlich, dass die Stelle durch den Eichen-Prozessionsspinner verseucht sei und die Raupen Anfang Mai schlüpfen. Die Raupen haben nesselnde Brennhaare, die für Menschen gefährlich sind und auf der Haut allergische Reaktionen hervorrufen können", sagten sie.

„Um wieviel Uhr war das denn?", wollte Krumm wissen.

„So gegen 18 Uhr", meinte Friedhelm Stein.

„Richtig, von der Auferstehungskirche schlug es sechs Mal herüber", steuerte Margot bei.

„Und die Männer, die Sie aufhielten, waren ...", setzte Krumm das Gespräch fort.

„... keine Ahnung, sahen nach Bauhof oder so aus", ergänzte Friedhelm. „Jedenfalls trugen sie leuchtend gelbe Arbeitskleidung und waren mit einem orange-gelben Piaggio Ape Kleintransporter unterwegs. So ein Straßenfloh auf drei Rädern."

„Aha", stieß Krumm aus, „und woher kam dieses seltsame Gefährt?"

„Das haben wir nicht gesehen. Das stand schon da, als wir ankamen. Vermutlich von oben, von der Otto-Seeling-Promenade."

„Wie viele Männer haben Sie denn gesehen?"

„Das waren fünf vermummte Gestalten" erinnerte sich Friedhelm.

Vermummt?"

„Ja, die trugen so komische Schutzanzüge. Wie ein Ganzkörperkondom hat das ausgesehen und sie hatten eine Spritzanlage für chemische Pflanzenschutzmittel dabei."

„Und die Gesichter?" Krumm ahnte, welche Antwort kommen würde.

„Konnten wir nicht sehen. Die trugen ja Atemschutzmasken. Wegen der Raupen."

„Und wegen des Pflanzenschutzmittels", ergänzte Margot.

„Haben die Männer denn etwas von ihrem Kleintransporter weggetragen?" Giselher Krumm war ziemlich neugierig.

„So nah dran waren wir wieder auch nicht." Friedhelm übernahm wieder das Wort. „Wir kamen drüben von Espan herüber und wurden am Ende des Engelhardtstegs angehalten. Warum fragen Sie uns das alles?", wollte Friedhelm wissen.

„Haben Sie von dem sonntäglichen Leichenfund an dieser Stelle gehört?", befriedigte Krumm die Neugierde des Mannes.

„Nur gelesen. Schrecklich. Wir waren die Woche davor von Sonntag bis einschließlich Donnerstag in Bad Füssing. Wellnessen in den Thermen", fügte Margot hinzu. „Die Zeitungen sind ja voll von den Berichten über den Doppelmord. War das hier?"

„Ja, hier hat man jedenfalls die Leichen gefunden. Gleich dort drüben." Krumm zeigte auf ein undurchdringliches Gebüsch.

„Mein Gott, da geht man den Weg an der Pegnitz entlang und ahnt nicht, dass in den Büschen zwei Tote liegen." Margot schlug die Hände über dem Kopf zusammen. „Und Sie meinen, dass ...", vermutete sie.

„..., dass die Männer nicht vom Bauhof waren, sondern hier die Toten abgelegt haben", ergänzte Krumm.

„Abgelegt?" Margot wurde immer neugieriger.

„Ja, wir gehen davon aus, dass die beiden woanders ermordet wurden."

„Wo denn?", fasste Margot nach.

„Das wissen wir noch nicht. Sie waren uns jedenfalls eine große Hilfe. Können Sie in den nächsten Tagen bei uns in der Polizeiinspektion vorbeisehen, um das Protokoll Ihrer Aussagen zu unterschreiben?"

„Dann haben wir vielleicht mit den Verbrechern gesprochen?" Margot war entsetzt. „Können die uns gefährlich werden?"

„Ich denke nicht, und das Protokoll bleibt geheim und dient nur unseren Ermittlungen", beruhigte Krumm sie.

„Wie sieht es aus? Wie weit sind Sie denn? Gibt es für die Ergreifung der Täter eine Belohnung? Ich meine, nach so einer wichtigen Zeugenaussage."

„Margot!", ermahnte sie ihr Mann.

„Ich meine doch nur. Man darf doch fragen."

„Nein, Belohnungen sind noch nicht ausgelobt", musste Krumm die Frau enttäuschen „und über meine Arbeit darf ich Ihnen nichts Näheres erzählen. Wir stehen noch ganz am Anfang."

*

Eine Abfrage beim städtischen Bauhof in der Mainstraße ergab, dass es am 4. Mai keine Aktion gegen die Eichen-Prozessionsspinnerraupe gegeben hatte. „Das war doch ein Samstag, da arbeiten wir gar nicht", meinte die Dame am Telefon etwas pikiert, „außerdem vergeben wir solche Aufträge extern an einen erfahrenen Kammerjäger, und einen Piaggio Ape Kleintransporter haben wir auch nicht in unserem Fuhrpark." Es war nun klar, wie die beiden Leichen in den Stadtpark gekommen waren.

„Fünf Männer", philosophierte Krumm, „da scheint eine Organisation dahinterzustecken, „Ein Clan, eine Bande oder die Mafia. Wurde bei der Toten nicht ein Amulett mit Mafia-Logo gefunden?"

„Die Mafia", staunte Bach. „Das kann ich nicht glauben. Die Mafia in Fürth?"

„Es gibt nicht nur die Mafia. Irgendeine mafiaähnlich organisierte Gemeinschaft meine ich", verteidigte sich Krumm.

Eine Woche später wurde auf einem Langzeitparkplatz am Nürnberger Flughafen ein herrenloser Piaggio Ape gefunden. Die Parkgebühren waren immer noch entrichtet. Der Kleinwagen war einer motorisierten Polizeistreife aufgefallen, die sich wunderte, was ein Bauhoffahrzeug auf einem Langzeitparkplatz verloren hatte und weil inzwischen eine Suchanfrage der Fürther Polizei vorlag. Die Untersuchung durch die Spezialisten der KTU und der

SpuSi brachten leider keine neuen Erkenntnisse. Die großen Plastiksäcke auf der Ladefläche wiesen DNA der Opfer auf, aber sonst war das Fahrzeug klinisch rein. Es stellte sich bald heraus, dass das Sonderfahrzeug einer Gärtnerei in Erlangen gehörte und mit Fake-Autokennzeichen aus Fürth versehen worden war. „So handeln nur Mitglieder der Organisierten Kriminalität", war sich Krumm sicher.

„Apropos Organisierte Kriminalität", hakte Bach ein, „was macht unsere Anfrage in Italien?"

„Die Kollegen in Rom kennen das Ehepaar nicht. Nun haben sie unsere Anfrage nach Apulien weitergegeben. Das wird noch etwas dauern, bis wir eine Antwort bekommen."

Die russische Bande

Seitdem der russische Gouverneur und Oligarch Alexander Sergejewitch Dostojewski den Swingerclub Wunschlos Glücklich übernommen hatte, hatte sich in der Organisation des Clubs so einiges verändert. Deutschem, teurem Personal wurde nach und nach gekündigt. Sie wurden durch schlechter bezahlte Arbeitskräfte ersetzt. Frauen aus Osteuropa, vor allem aus der Ukraine. Damen des horizontalen Gewerbes. Sie hießen Oleksandra, Ulyana, Yelyzaveta und hatten auch noch andere Vornamen. Einige von ihnen waren vorher im Pflegedienstgeschäft deutscher Großstädte tätig gewesen, hatten auf Anweisung Ihrer Bosse Leistungen abgerechnet, die nicht erbracht worden waren. Aber inzwischen kam der Medizinische Dienst der Krankenkassen solchen kriminellen Praktiken zu schnell auf die Schliche. So wechselten etliche - freiwillig oder auch nicht - die Branche, zogen in die deutsche Provinz und machten die Beine breit. Das war weniger anstrengend. Das kam Dostojewski gerade recht. Der russische Gouverneur hatte gute Verbindungen ins internationale, kriminelle Milieu. Er stand auf Schutzgelderpressung, Glücksspiel und Menschenraub. Geldwäsche betrieb er in großem Stil. Organisierte Kriminalität eben. Das Geschäft mit dem Sex war sein neuer

Geschäftszweig. Es war so einfach und so lukrativ. Deutschland hatte so lasche Gesetze. Das Geld sprudelte nur so.

Natürlich trat Dostojewski nicht als Käufer des Swingerclubs auf. Dafür hatte er seine Leute. Ein deutscher Arzt war ein glaubwürdiger und anerkannter Investor. Das Kapital dazu kam natürlich vom Provinzgouverneur. Wie Alexander schon immer sagte: Mit Geld kann man alles und jeden kaufen.

Dostojewski hatte in Sachen Geschäft eine klare Strategie: Wo kann man das meiste Geld verdienen? Legal oder illegal, ganz egal. Diese Frage stellte er sich immer. Wo ein geringes Angebot und eine große Nachfrage vorhanden sind, war die Antwort. Dafür zahlten die Kunden am meisten. Fürth war ideal. Nur 20 bis 30 offizielle Prostituierte waren in der Stadt registriert. Das war wenig für eine Stadt mit über 130.000 Einwohnern und einem entsprechend großen Hinterland. Im Gegensatz zu anderen deutschen Großstädten war in Fürth die Prostitution im Stadtkern erlaubt, außerhalb des Stadtkerns dafür nicht. Die natürlichen geografischen Grenzen des erlaubten Bereichs bildeten die Flüsse Pegnitz und Rednitz. Im Süden reichte das Gebiet bis zur Flößaustraße. Mit Männern und hauptsächlich Frauen aus dem russischsprachigen Raum war mit Sex ein gutes Geschäft zu machen. Besonders lukrativ war das Geschäft mit Zwangsprostituierten. Deutschkenntnisse waren natürlich von Vorteil, aber nicht zwingend. Prostituierte in einem Swingerclub? Auch da hatte Dostojewski seine eigenen Ideen. Mädchen aus der Ukraine waren in seinen Augen dafür prädestiniert. Sie fügten sich leicht, fragten nicht viel und waren hübsch.

*

Dostojewski war Gouverneur der russischen Provinz Dagestan im Nordkaukasus und Günstling Putins. Politisch erfolgreich war er, wenn es ihm gelang, im Inneren für Ruhe zu sorgen und seinem Präsidenten auch sonst politisch nicht zu schaden. Viel wichtiger waren ihm aber die vielen Hunderttausend Rubel, die allmonatlich auf den Konten der kommunistischen Partei in Moskau als Spenden landeten. Putin ließ ihn in Ruhe und störte seine Kreise nicht. Wozu auch? Der Kremlchef besaß ja selbst knapp 40 Milliarden Euro.

Die meiste Zeit hielt sich Dostojewski in seinem Moskauer Büro, direkt an der Moskwa, auf. Hier spielte die Musik. Was sollte er in Dagestan? Es war ein armer Landstrich mit buntem Völkergemisch. Schon die alten Römer und die Perser stritten hier um die politische Vorherrschaft. Außer Öl und Schafen gab es nichts. Gut, da war noch Derbent, mit über 5000 Jahren die älteste Stadt Russlands und der Festung Narin-Kala, UNESCO Welterbe, aber das waren auch keine Gründe, längere Zeit dort zu verbringen. Nein, da hielt Dostojewski sich lieber in der russischen Hauptstadt auf. Hier spielte die Musik. Hier war er am Puls der Zeit. Hier spielte sich das Leben ab.

Er sah hinab durch die getönten, raumhohen Fenster seines Büros auf den träge dahinkriechenden Fluss. Auf der anderen Seite der Moskwa tummelten sich Scharen von Touristen auf dem Roten Platz. Die Zwiebeltürme des Kremls streckten ihre Spitzen in den grau verhangenen Himmel. Das Telefon schepperte. „Ein Gespräch aus Deutschland", meldete seine Sekretärin aus dem luxuriösen Vorzimmer.

Alexander griff zum abhörsicheren AVM FRITZDECT Repeater, mit dem sich verschlüsselte Telefonate führen ließen.

„Hier spricht Nummer 34", vernahm er seinen Gesprächspartner aus Deutschland. „Wie geht es Ihnen?"

„Danke prächtig. Was machen die Geschäfte in Fürth?" Das Gespräch fand auf Deutsch statt. Alexander hatte zehn Semester Betriebswirtschaft an der Uni Regensburg studiert. Der 47-jährige war ein vorsichtiger Mensch. Namen gab es in seiner Organisation am Telefon nicht. Egal ob abhörsicher oder nicht. Es gab nur Nummern.

„Es läuft", antwortete Nummer 34. „Das Geschäft mit dem Sex läuft gut. Aber das ist nicht der wahre Grund meines Anrufs. Ich wollte mich bei Ihnen bedanken. Ihre Leute haben erfolgreiche Arbeit geleistet, indem sie die italienische Konkurrenz ausgeschaltet haben. Was mir nicht so gut gefällt, ist die Tatsache, dass die Leichen hier in Fürth abgelegt wurden und die Zeitungen noch immer tagtäglich darüber berichten. Ein Doppelmord in Fürth. Das ist natürlich eine Sensation. Glücklicherweise gibt es keine Verbindung zum Wunschlos Glücklich. Trotzdem, das ist verbesserungsbedürftig. Ihre Leute hätten die unbequemen italienischen Konkurrenten einfach unauffällig verschwinden lassen sollen. Das wäre besser gewesen. Was haben sich die fünf nur dabei gedacht, die Leichen in ein Gebüsch des hiesigen Stadtparks zu schmeißen? Gut, dies nur als kleine Anregung. Die Polizei ist jedenfalls ahnungslos. Warum ich ebenfalls anrufe: Unsere ukrainischen Mädchen werden stark nachgefragt. Es sind zu wenige. Wir bräuchten noch zwei bis drei mehr. Können Sie noch welche schicken? Wir bräuchten die Neuen möglichst bald, spätestens aber im Juli."

Mit Deutschkenntnissen?", wollte die Nummer 1 wissen.

„Ja, wenn möglich, das wäre nicht schlecht", gab die Nummer 34 an „und jung, je jünger desto besser. Und wenn eine Dunkelhäutige dabei wäre, wäre das ideal."

„Ich kümmere mich persönlich darum", versprach die Nummer eins. „Sie kriegen die Mädchen so schnell es geht. Und sonst", wollte Dostojewski noch wissen, „wie macht sich Danylenko im Swingerclub?"

„Man muss ihn immer anstoßen, die Abrechnungen an das Finanzamt rechtzeitig zu erledigen. Er ist einfach zu langsam und zu unselbstständig."

„Sie schauen ihm auf die Finger?"

„Und ob", bestätigte die Nummer 34. „Fast jeden Tag."

„Wie sieht es mit seiner Rolle als offizieller Geschäftsführer des Clubs aus?"

„Auch da muss ich ihm täglich sagen, was er zu tun und zu lassen hat. Aber, wie gesagt, die Geschäfte laufen sehr gut, das Haus ist fast jeden Tag voll."

Alexander rieb sich die Hände, als das Telefonat vorbei war. Er schenkte sich ein Glas Lagavulin ein, zweifingerbreit, obwohl es gerade erst Mittagszeit war. Whisky oder Wodka das war egal. Seine Leber vertrug alles. Dann steckte er sich eine Herzogowina Flor an und knickte vorher das Pappröhrchen zweimal ein. Der

Rauch stieg gegen die Decke. Mit seinen 47 Jahren war er bereits ein gemachter Mann. Das war nicht immer so. Im Jahr 2000 war er als junger Soldat mit einem Schwarm russischer Berater nach Belgrad gekommen. Es war die Zeit des Balkankrieges, als die NATO im Jahr 1999 das ehemalige Jugoslawien angriff und Russland sich dadurch bedroht fühlte. Damals lernte er Stanko Petrovic kennen, einen Serben, der schon damals mit Waffen handelte. Die Verbindung zu Stanko hatte er nie aufgegeben. Auch heute noch nutzte er dessen Verbindungen als Waffenlieferant. Die Zeiten des Balkankrieges waren zwar vorbei, aber Waffen brauchte man immer. Er dachte an seine Frau Olga. Die konnte das Geld gar nicht so schnell ausgeben, wie er es verdiente. Auch an seiner Ausstattung sparte er nicht. Heute trug er ein rotes Hemd von Tommy Hilfiger und eine schwarze Designerjeans von Fartech. Seine Füße steckten in gleichfarbigen Cowboystiefeln aus Lackleder. Er schenkte sich aus dem dekorativen Glasflacon vom Lagavulin nach. Ein zweiter Sex-Club in Fürth oder in Erlangen, das wäre doch was. Ach was, was wollte er mit einem zusätzlichen Swingerclub? Warum nicht zwei, in Fürth und in Erlangen? Alexander strotzte nur so von Unternehmungsgeist. Dann könnte Nummer 34 seinen eigentlichen Beruf an den Nagel hängen und alle Häuser leiten, ein garantiertes Monatseinkommen vorausgesetzt, den Rest auf Erfolgsbasis. Der Russe schlürfte seinen Whisky, der den leeren Magen wärmte und das Gehirn leicht umnebelte. Den Italienern hatte er es gezeigt, indem er ihre Leute ausschalten ließ. Die würden für eine Weile Ruhe geben und ihre Wunden lecken. Es sah so aus, als wollten die in Fürth auch in das Sexgeschäft einsteigen. Diese Stadt war aber sein Markt, da brauchte er keine Konkurrenz. Sollten sie doch schauen, wo sie anderweitig fündig würden. Es war immer besser, jede Konkurrenz gleich im Keim zu ersticken. Glücklicherweise hatte ihm Nummer 34 rechtzeitig von den Italienern erzählt. Der Deutsche war sein Geld wert. „Passen Sie auf", hatte er zu ihm gesagt, „hier treiben sich ein paar Itaker von der Sacra Corona Unità herum, die wollen in Fürth anscheinend ebenfalls ins Sex-Geschäft einsteigen. Ich weiß nicht, wie sie auf meinen

Namen gekommen sind. Jedenfalls haben sie mich kontaktiert und Interesse am Wunschlos Glücklich gezeigt. Ich konnte sie hinhalten. Als ich ihnen sagte, dass ich gar nicht der Eigentümer des Swingerclubs bin, sondern Sie, haben sie mir angeboten, für sie zu arbeiten. Ich sollte Sie hintergehen." Hintergehen, glücklicherweise hatte Nr. 34 ihm gegenüber eine gehörige Portion Loyalität bewiesen. Das hätte auch ganz anders ausgehen können. Wenn Dostojewski etwas nicht mochte, dann war es Verrat in den eigenen Reihen. Das Ansinnen der Italiener musste bestraft werden. Er musste auf die italienische Konkurrenz aufpassen. Nicht, dass sie sich anderswo in der Stadt niederließen, wenn die beim Wunschlos Glücklich nicht weiterkamen. Unverschämt, dass die Mafia an dem Sexgeschäft in Fürth teilhaben wollte. Er hatte gerade noch seine Leute mobilisieren können, die die Drecksarbeit für ihn erledigten.

Italienische Konkurrenz

Die italienische Konkurrenz gab aber keine Ruhe. Auf einem alten Herrschaftssitz, mitten in der Weinregion des apulischen Städtchens Squinzano, etwa 30 Kilometer südwestlich von Brindisi, saßen sie zusammen: der Vangelo, der Sestino und der Capo Montante, die Führungskräfte der apulischen Mafiaorganisation Sacra Corona Unità. Der Capo reckte ein blutiges Messer in die Höhe, die anderen beiden berührten es mit ihrer rechten Hand. „Ich schwöre auf die Spitze dieses blutgetränkten Messers, für immer dieser Gesellschaft von freien, aktiven und bejahenden Männern der Sacra Corona Unità treu zu bleiben und überall ihren Gründer Guiseppe Rogoli zu vertreten." Sie hatten erneut den Eid gesprochen, der ihre Seelen verband. Das gehörte zum Ritual. Dann nahmen sie am Esstisch Platz.

Die Sacra Corona Unità, was so viel wie „Heilige vereinigte Krone" heißt, war unter den Organisationen wie Camorra, Cosa Nostra und Ndrangheta die kleinste der italienischen Mafiaorganisationen, entstanden in den frühen 1980er Jahren. Ihre etwa 50 Clans hatten vor allem Einfluss in den apulischen Provinzen Brindisi, Lecce und Bari. Sie hatten in den Adriahäfen das Sagen, arbeiteten mit osteuropäischen Mafiaorganisationen zusammen und beherrschten mit den türkischen „Grauen Wölfen" und einer albanischen Mafiafamilie die Schmuggelwege für Drogen über Griechenland, den Balkan und bis in den Nahen Osten. Außerhalb Apuliens waren sie in Europa noch in Deutschland, Griechenland, Belgien, den Niederlanden und in Serbien tätig. Neue Mitglieder wurden getauft und geweiht, worauf das Sacra hinwies. Unità symbolisierte, dass ihre Mitglieder wie die einzelnen Glieder einer Kette eng zusammenhielten, und Corona bezog sich auf den Rosenkranz und die Enge während des Marschierens in einer Prozession.

„Lorenzo und Giulia Rossi sind tot", sprach der Capo den Grund des heutigen Treffens direkt an, „ermordet." Der Vangelo und der Sestino erschraken.

„Wie das?" Tommaso Conti, der Vangelo, hatte sich als erster gefangen.

„Verrat, Täuschung, Geschäftsneid, nenne es wie du willst", erwiderte der Capo Edoardo D'Angelo.

Wie?" Wieder war es Tommaso, der die Frage stellte.

„Sie wurden erschlagen. Das berichten jedenfalls die Zeitungen in Fürth." Der Capo schnaufte schwer.

„Wer steckt dahinter?" Francesco Leones Zornesadern an seinen Schläfen schwollen an. Er war der dritte im Bunde, der Sestino und ebenfalls Mitglied der Società segreta, der geheimen Anführer-Gruppe der Organisation.

„Es sieht danach aus, dass es die Russen waren", antwortete Edoardo. „Aber das bedarf noch näherer Untersuchungen. Wir vermuten es jedenfalls. Lorenzo konnte mir noch berichten, dass das Wunschlos Glücklich sich im Eigentum eines Russen befindet. Eines Alexander Sergejewitch Dostojewski. "

„Was ist geschehen?", drängte Tommaso auf den Sachverhalt.

„Lorenzo und Giulia hatten die Aufgabe, in der bayerischen Stadt Fürth zu untersuchen, ob sich der Einstieg in das Geschäft mit dem Sex lohnt."

„Warum nicht eine der größeren deutschen Städte wie Berlin, Hamburg oder München?", warf Tommaso ungeduldig ein.

Weil wir in dem Geschäft noch unerfahren sind", wusste der Capo. „Wir müssen noch lernen und wollen klein anfangen. Deshalb die süddeutsche Provinz."

„Erzähle weiter", forderte Tommaso ihn auf.

„Viel ist da nicht zu sagen. Lorenzo und Giulia befanden sich in ihrem Reisemobil auf einer Rundreise durch Nordbayern. Fürth liegt schon länger in unserem Fokus, weil es dort nur wenige professionelle Prostituierte gibt. In der Stadt sind sie schließlich fündig geworden. Sie hatten ein passendes Objekt gefunden, das angeblich einem deutschen Arzt gehört. So schien es jedenfalls. Sie kontaktierten und sprachen mit ihm. Das war Mitte März. Dabei stellte sich heraus, dass der wahre Eigentümer ein Russe ist. Ein gewisser Alexander Sergejewitsch Dostojewski, Provinzgouverneur von Dagestan und russischer Oligarch. Ich habe ihn gegoogelt. Ein professioneller Tunichtgut und Gangster."

Wurden unsere Leute bedroht?", wollte Francesco wissen.

„Weiß ich nicht. Aber jetzt sind sie tot. So viel dazu. Die beiden haben dem Deutschen ein Übernahmeangebot gemacht. Erst danach ist er damit rausgerückt, dass ihm das Objekt gar nicht gehört, sondern dem Russen."

„Du hast ihn gegoogelt. Kannst du näher ausführen wer er ist?" Francesco war neugierig geworden.

„Wie gesagt, ein russischer Oligarch namens Alexander Sergejewitsch Dostojewski. Er ist Gouverneur der russischen Republik Dagestan. Ein ziemlich schräger Vogel. Wäscht Geld, erpresst Leute und ist im Glücksspiel tätig. Angeblich ist er ein Günstling Putins."

„Wer sagt das?" Wieder war es Tommaso der die Frage stellte.

„Ein guter Bekannter von der Ndrangheta. Ich habe mich zusätzlich erkundigt. Dostojewski soll unberechenbar und gefährlich sein. Er schlägt wie wild um sich. Genau wie Putin. "

„Dann sollten wir vorsichtig sein", folgerte der Vangelo. „Wieviel Leute hat er denn unter Waffen?"

„Keine Ahnung", meinte D'Angelo. „Das war auf die Schnelle nicht herauszukriegen."

„Was ist mit dem Campingfahrzeug, mit dem Lorenzo und Giulia unterwegs waren?" Tommaso machte sich Sorgen.

„Ist längst wieder in Italien. Unsere Leute haben es zurückgefahren. Wir wollten nicht, dass es in die Hände der deutschen Polizei fällt", entgegnete der Capo.

„Wie hat man es so schnell gefunden?"

„Das Fahrzeug war mit einem GPS-Peilsender ausgestattet. Es stand auf einem Parkplatz in der Wolkersdorfer Straße in Fürth, keine Ahnung, wo das ist", führte der Capo aus.

„Und was machen wir jetzt?", wollte Francesco wissen.

„Deswegen sitzen wir ja zusammen", meinte D'Angelo, „um einen Beschluss zu fassen. Was meint ihr?"

„Das ist doch klar", stellte Tommaso fest. „Weitermachen und die Mörder bestrafen. Wir dürfen uns doch von ein paar dahergelaufenen Russen nicht in unsere Geschäfte pfuschen lassen!"

„Was ist deine Meinung, Francesco?", fragte der Capo.

Leone wiegte seinen Kopf hin und her. „Das könnte Krieg bedeuten. Wir kennen die andere Seite nicht."

„Nicht im Detail", gab D'Angelo zu.

„Egal", meinte Leone, „Tommaso hat schon Recht. Das können wir uns wirklich nicht bieten lassen. Wenn das bekannt wird ... Wir machen uns ja lächerlich! Wer soll dann noch Respekt vor uns haben? Also doch Krieg!"

„Und wenn aber die Mörder gar nicht mehr in Deutschland sind, sondern längst wieder zurück in Russland?" Der Capo hatte ein ganz besonderes Zuckerl für Tommaso und Francesco bereit.

„Dann schaden wir diesem Russen dort, wo es ihm am meisten weh tut", warf Tommaso ein.

„Und das wäre?" Der Capo ließ nicht locker.

„Er muss doch irgendwelche Handlanger in Deutschland haben. Diesen Deutschen zum Beispiel, mit dem unsere Leute gesprochen haben."

„Francesco?"

„Meinetwegen", meinte der, „mal sehen, wie der Russe darauf reagiert, wenn wir diesen Mann beseitigen."

„Okay, dann haben wir einen einstimmigen Beschluss", stellte der Capo fest. „Essen wir. Es gibt Gurkenmelone Carosello und Barratiere als Vorspeise, Pferderoulade mit Bandnudeln und grünem Spargel als Hauptgang. Beim Wein bleiben wir beim Roten Negro Amaro?"

Das alte Haus in der Badstraße

In der Badstraße, in der Nähe des Alten Jüdischen Friedhofs, stand ein alter, viergeschossiger Satteldachbau mit Sandsteinfassade auf einem riesigen Grundstück seit Jahren leer. An den Hausecken waren dunkle Pissflecken zu sehen. Das Gebäude sah ziemlich ramponiert aus. Die Fenster waren mit Brettern vernagelt. Zweifellos war es mal ein attraktives Mietshaus mit großem Garten gewesen. Seit Ende des 19. Jahrhunderts stand das Haus in der Straße. Es gehörte einem Mann, der nicht in Fürth, sondern in Erlangen lebte. Nun war der Makler, der den Auftrag hatte, das Haus zu verkaufen, bei der Kripo vorstellig geworden.

„Überall, in der Küche und im Wohnzimmer in einer der Wohnungen sind getrocknete Blutflecke", klagte er. „Ich habe sie erst gestern bei einem Kontrollgang entdeckt. Ich denke wenigstens, dass es sich um Blut handelt. Das letzte Mal, als ich dort war, waren die Flecken noch nicht da. Sie müssen sich das ansehen."

Kriminalkommissar Emil Stock, 40 Jahre alt, hörte sich die Geschichte an. Er hatte, solange sein Boss in der Soko war, den Kriminaldauerdienst übernommen. Bei Spuren von Blut klingelte sofort etwas in seinem Kopf und er rief seinen Vorgesetzten an, der gerade eine Besprechung mit seinen Leuten anberaumt hatte.

„Chef, da ist ein Makler, der behauptet, dass er in einem von ihm betreuten unbewohnten Haus in der Badstraße Blutspuren entdeckt hat", teilte er ihm mit, als er ihn endlich in der Leitung hatte. „Ich habe mir gedacht ..."

Bach reagierte sofort. „Halten Sie den Mann fest. Wir kommen gleich. Alles liegen und stehen lassen", wies er seine Mannschaft an, die gerade Platz genommen hatte. „Wir fahren in die Badstraße. Bachnik, Andersson und Grimm, Sie packen Ihre Siebensachen und kommen mit. Gleiches gilt für Schaub, Kasperbauer und König. Schwarz und Krumm, Sie fahren mit mir. Man hat in der Badstraße, in einem leerstehenden Haus, eine Menge Blut entdeckt. Glaubt man jedenfalls. Ich fresse einen Besen, wenn ..."

Eine Viertelstunde später jagten zwei Streifenwagen und ein ziviler Opel Omega die östliche Kapellenstraße hinunter, bogen in die Würzburger Straße ab und erreichten schließlich über die Ufer- und Weiherstraße die angegebene Adresse. Ein Mercedes SUV fuhr voraus, in welchem der Makler Gerd Welker saß.

Sie standen vor dem Haus, das verwahrlost und dreckig aussah. Wind und Wetter hatten die ehemals rote Backsteinfassade grauschwarz verfärbt. Hier und da war ein Fenster eingeschmissen und mit Brettern und Pappe geflickt. Bunte Graffiti zierten den Sockelbereich. Gerd Welker holte einen dicken Schlüsselbund aus seiner Aktentasche, griff sich zielstrebig einen altertümlich aussehenden Hausschlüssel und sperrte die hölzerne Haustür auf. Dann geleitete er über eine Treppe von fünf Stufen den Polizeitrupp zur Wohnung im Hochparterre. Wieder klackte ein Schlüssel im Schloss. Kommissar Schwarz hielt Welker zurück, als er ebenfalls die Wohnung betreten wollte. „Das ist möglicherweise ein Tatort", erklärte er ihm. Die Leute von der SpuSi und der KTU schmissen sich in ihre Ganzkörperschutzanzüge, zogen sich Plastiksocken über die Schuhe und betraten mit ihren Koffern als erste die düstere Behausung. „Hier sieht man ja fast nichts", schrie Lisa Bachnik, die vorausgegangen war. „Macht doch mal einer das Licht an." Aber es gab kein Licht. Das Anwesen war längst von der städtischen Stromversorgung getrennt. Es dauerte eine Weile, bis drei Flutlichtstrahler aufgestellt und die Bretter vor den Fenstern entfernt waren. Erst dann zogen auch Bach, Schwarz und Krumm sich Schutzanzüge und Plastiksocken über und betraten die Wohnung. Die Wände waren hoch, die Farbe an ihnen zum größten Teil abgeblättert. Stuckornamente zierten die Decken. Der Holzfußboden war an einigen Stellen morsch. Grüner Schimmel hatte sich in den Ecken der Wände gebildet. Es sah trostlos aus. Wer sollte hier noch einziehen?

„Sehen Sie sich das mal an, Chef", rief Bachnik aus der Küche. Ein großer brauner Fleck zog sich den Boden entlang bis in den Flur. Im Wohnzimmer dasselbe. Getrocknetes Blut am Boden. Eindeutig.

„Warum wird Blut eigentlich braun?", fragte der Makler.

„Weil das Blut rote Blutkörperchen enthält und in denen ist Eisen", erklärte ihm Bachnik. „Haben Sie schon mal einen eisenhaltigen Nagel gesehen, der über längere Zeit einfach so da liegt?"

„Er rostet", erwiderte der Angesprochene.

„Das gleiche passiert mit Blut", wusste die Polizistin, „es rostet und wird braun."

„Hier sind Knochensplitter", meldete Peter Grimm, der im Wohnzimmer war. „Könnte sich um Teile des Hinterhauptbeins handeln."

Giselher Krumm war in seinem Element. Er war sich so gut wie sicher, dass sie den Tatort gefunden hatten, an dem das unbekannte Ehepaar umgebracht worden war. Allerdings fehlte noch immer das Tatwerkzeug. Er machte sich mit einer Taschenlampe auf den Weg, die restlichen drei Stockwerke intensiver zu untersuchen. Fehlanzeige. Bis auf die verlassenen Utensilien eines ungebetenen Übernachtungsgastes im dritten Stockwerk fand er nichts. Er würde die SpuSi noch hierherschicken, bevor sie unten ihre Arbeit beendeten.

*

Der Verdacht bestätigte sich: Das eingetrocknete Blut, das Bachnik und ihre Kollegen in der Badstraße abgekratzt hatten, passte zu dem ermordeten Ehepaar. Die Tatwaffe wurde trotz intensivster Suche nicht gefunden. Nun kannte man zumindest den Tat- und den Fundort, die nicht weit auseinanderlagen. Wie hätte man die

Leichen auch wegbringen sollen, wenn nicht mit einem Auto? Ob fünf oder mehr Männer an dem Mord beteiligt waren, darauf wollte sich Krumm nicht festlegen. Dazu waren die Zeugen, das Ehepaar Stein, zu weit entfernt gewesen vom Ort des Geschehens im Stadtpark. Die Kripo hatte jedenfalls neue Ansatzpunkte: Mit dem Eigentümer des alten Hauses musste gesprochen werden, der ungebetene Übernachtungsgast war zu ermitteln, der Transportweg der Leichen war zu untersuchen, und woher wussten die Mörder überhaupt, dass das Haus in der Badstraße leer stand? Woher kannten sie es? Das konnte kein Zufall sein. Die gab es in der Kriminalistik nicht. Krumm hatte sich vorgenommen, sein Tätigkeitsfeld in den nächsten Tagen in die Badstraße zu verlegen. Die Nachbarn mussten was gesehen haben. Einen orange-gelben Piaggio Ape-Kastenwagen vielleicht, der am Straßenrand stand, einen Obdachlosen, der um das Haus herumstrich und sich auffällig benahm, unbekannte Männer, die in das abbruchreife Gebäude hineingingen oder herauskamen. Irgendetwas Auffälliges. Die Befragung des Hauseigentümers wollte er Bach und Schwarz überlassen. Routinearbeit. Am meisten interessierte ihn die Frage, wie die Mörder auf das alte Haus gekommen waren. Wer hatte ihnen das gesteckt?

Der Hauseigentümer

Bach und Schwarz fuhren mit ihrem Opel Omega nach Erlangen. Nach der Autobahnauffahrt Fürth-Poppenreuth reihten sie sich in den laufenden Verkehr der A 73 ein. Sie wollten den Hauseigentümer des verwahrlosten Hauses in der Badstraße besuchen und befragen. Viel Hoffnung, dass sie etwas Neues erfahren würden, machten sie sich nicht. Aber was sein musste, musste eben sein. Im Süden Erlangens gerieten sie an eine Unfallstelle und in einen Stau. Bach setzte das Blaulicht auf das Dach des Wagens, schaltete es ein und scherte aus. „Schon mal was von Rettungsgasse gehört", schimpfte er, als Autofahrer vor ihnen die Autobahn versperrten.

Nur mühsam kamen sie voran. Als sie die Unfallstelle passierten, sahen sie, dass ein Lkw voller Kies einen Achsbruch erlitten hatte und querstand. Die Kollegen aus Erlangen waren schon da, sicherten die Unfallstelle und leiteten den Verkehr vorbei. Bach grüßte die Kollegen und fuhr vorsichtig weiter. Hinter ihm stauten sich die Fahrzeuge. Nun hatte er wieder freie Bahn. Er ignorierte die Verkehrsschilder, die ihm eine Geschwindigkeitsbegrenzung von 80 km/h anzeigten und preschte davon. Bei Erlangen-Bruck verließ er den Frankenschnellweg und hielt sich an der Paul-Gossen-Straße links. Er schaltete die Sirene und das Blaulicht aus. Sie mussten in den Erlanger Stadtteil Büchenbach. Nun überquerten sie den weiten Erlanger Regnitzgrund. Das Navi verriet ihnen, dass sie noch vier Minuten Fahrzeit hatten.

In der Nähe des Holzwegs und nicht weit weg vom Dummets- und Neuweiher, am nördlichen Rand von Büchenbach, stand ein Traumbungalow. Der L-förmige Bau stand auf einem über 2000 Quadratmeter großen Grundstück mit Blick auf Felder und Wiesen. Am Dummetsweiher konnte man Graureiher stehen sehen, die auf Fische und Frösche lauerten. Im Inneren des L lag eine riesige Terrasse, davor ein Swimmingpool. Der Hausherr, Paul Wiesinger, nutzte das schöne Wetter und war gerade dabei, die Lounge-Sitzgruppe aufzubauen, als die beiden Polizisten die Türglocke läuten ließen.

„Kommen Sie außen herum", tönte es aus dem Lausprecher. Bach und Schwarz öffneten das unverschlossene Gartentor und nahmen den mit Kies bestreuten Weg ums Haus, der von Rhododendron-Stauden gesäumt war. „Da können Sie ja gleich mithelfen", meinte Wiesinger lachend. Dann legte er sein Smartphone zur Seite und begrüßte die beiden Kriminalbeamten per Handschlag. „War nur ein Scherz, das mit dem Mithelfen", erklärte er, „nehmen Sie doch auf einem der Sessel Platz. Ich hoffe, es stört Sie nicht, wenn ich weiterarbeite?"

Bach und Schwarz ließen sich in die Sessel aus grauem Korbgeflecht plumpsen. „Doch, wir würden es vorziehen, wenn Sie sich ganz auf unsere Fragen konzentrieren könnten", merkte Bach an und hoffte dabei, aus den Reaktionen Wiesingers Schlüsse ziehen zu können.

„Na gut, fangen Sie an", forderte Wiesinger ihn auf. „Es geht um das alte Haus in Fürth, wenn ich Ihre Sekretärin richtig verstanden habe?"

„Sekretärin?"

„Die Dame am Telefon, die gestern bei mir angerufen hat. Was wollen Sie wissen?"

„Das Haus in der Badstraße gehört Ihnen?", vergewisserte sich Bach.

„Ja leider. Ich habe das von meiner Tante väterlicherseits geerbt und sie hat jahrelang nichts mehr machen lassen. Ich weiß, das ist kein schöner Anblick, so mitten in der Stadt. Ich wollte eigentlich neu bauen, aber Abreißen ist nicht erlaubt, das Haus steht unter Denkmalschutz. Das ist auch der Grund, warum ich keine Lust habe, zu sanieren. Dann müsste ich mich nämlich mit den Behörden wegen der strengen Renovierungsauflagen herumärgern. Wissen Sie, ich bin selbstständiger Architekt und da weiß ich, was auf mich zukommen würde. Nee, nicht mit mir. Da warte ich lieber, bis es ein Investor kauft und Luxuswohnungen daraus macht. Wollen Sie es kaufen?

„Nein danke, ich brauche keine zwei Häuser", gab Bach zurück. „Wer passt denn darauf auf?"

„Aufpassen? Da gibt es nichts, worauf aufpassen sich lohnt. Ich habe das Ganze einem in Fürth ansässigen Makler übergeben. Der schaut sich ab und zu um."

„Und wenn dort lichtscheues Gesindel herumschleicht?", warf Schwarz ein.

„Sollen sie doch. Von mir aus können sie die Bude sogar abfackeln. Wäre nicht schade darum," bemerkte der Architekt. „Aber Sie kommen doch nicht, um mit mir über den ideellen Wert der Anlage zu reden. Das interessiert die Kripo doch nicht, schon gar nicht die Mordkommission."

„Haben Sie in der Zeitung von dem Fürther Doppelmord gelesen?", wollte Bach wissen.

„Wer hat das nicht?", stellte der Architekt die Gegenfrage.

„Die beiden Mordopfer wurden in Ihrem Haus erschlagen."

„Oh!" Wiesinger war sichtbar geschockt. „Wer steckt denn da dahinter?"

„Das möchten wir auch gerne wissen", warf Bach ein. „Wo waren Sie denn am Samstag, 4. Mai?"

„In Kufstein, Kurzurlaub vom 1. bis zum 6. Mai."

„Das kann jemand bestätigen?"

„Meine Frau und das Hotel Alpenrose", gab Wiesinger an.

„Wer außer Ihnen weiß, dass das Haus leer steht?", bemühte sich Schwarz.

„Eine Menge Leute", kam die prompte Antwort. „Mein Makler, die Nachbarn in der Badstraße und jeder, der an dem Haus vorbeigeht, oder glauben Sie daran, dass die Bretter vor den Fenstern im Erdgeschoss auf Bewohner hinweisen?"

„Das ist nicht witzig, es geht um Mord. Wer hat alles einen Schlüssel?", konkretisierte Bach die Frage.

„Mein Makler und ich. Sonst niemand. Wobei die Wohnungstüren im Haus normalerweise nicht verschlossen sind", gestand Wiesinger. „Und die Haustüre, sehen Sie sich das Schloss an, ein echtes Hindernis ist das auch nicht. Ein einfacher Dietrich genügt. Sie sind sich ganz sicher, dass die Morde in dem Haus geschahen?"

„Jedenfalls haben wir - beziehungsweise Ihr Makler – dort Blutspuren gefunden, die zu den Ermordeten gehören", bestätigte Bach. „Ja, es sieht so aus."

„Und jetzt?" Der Architekt wollte wissen, wie es weiterging. „Muss ich nun ein Sicherheitsschloss einbauen lassen?"

„Ich denke nicht", gab Bach zur Antwort. „Haben Sie denn Interessenten für das Haus? In welchem Jahr ist es überhaupt erbaut worden?"

„1893. Und ob es einen ernsthaften Kaufinteressenten gibt, da müsste ich meinen Makler selbst erst befragen. Ich habe ihm gesagt, er soll mir mit vorgeblich Interessierten vom Leib bleiben. Wenn er einen ernsthaften Käufer hat, dann soll er sich melden. Um es kurz zu machen, das Haus in der Badstraße interessiert

mich nicht. Ich sehe es rein als Verkaufsobjekt und ich bin nicht in
finanziellen Nöten, habe es also nicht nötig, es unter Preis zu verkaufen. Lieber warte ich noch." Das klang wie ein Wort zum
Abschied. Bach und Schwarz hatten keine weiteren Fragen. Selbstverständlich würden sie das Alibi von Wiesinger überprüfen lassen, aber sie bezweifelten, dass sich daraus Ungereimtheiten ergeben würden. Der Besuch in Büchenbach war für die Katz gewesen.

Die Badstraße

Während Bach und Schwarz in Büchenbach weilten, hatte Krumm
in der Badstraße zu ermitteln begonnen und befragte alle Nachbarn um das verkommene Haus herum, ob sie in letzter Zeit dort
Auffälligkeiten wahrgenommen hätten.

„Da werds an ja angsterbang, wennsd danieber schaust", erklärte
eine 75-jährige Dame und zog den Vorhang zurück, um Krumm
einen besseren Blick auf das Objekt von gegenüber zu gewähren.
„Was mana Sie, was fier a Gschwerl sich jedn Toch da driebn rumtreibt. Eine Bagasch, soch ich Ihna. Zigarettenberschli, Leit, die an
Preller ham, Gschwerl halt. A Schand is des. Ich geh mittlerweilen
scho goar nimmer naus. Weil letzthin habi dengt, gehst nu amal
umern Stock rum, nachts um halba zehna. Allmächd, souwasna,
verschwindet doch aner von dene Bazis im Gartn vo dem Haus.
Und kummt net wider raus. Ich hab extra nu gwart. Der is nimmer
kumma. Der is woahrscheinli auf der rückwärtign Seitn eigstiegn.
Der hat da drieben übernacht.

„Wie sah er denn aus?", wollte Krumm wissen.

„An Boart hat er ghabt", erinnerte sich die ältere Dame, „und a
Plattn. „Ich glab, des haßt Blaumann, Ja, an Blauman hat er ang-
habt, mit an Latz. Drunter a blau-weiß karierts Hemmerd."

„Aha, und wie alt etwa?"

„Net alt. Vielleicht um die fufzich", antwortete die Befragte.

Krumm notierte sich alles. „Oben, wer wohnt über Ihnen?",
zeigte er sich wissbegierig.

„Die Fra Hornung und ihr Lover", erhielt er zur Antwort. „Gehns ner die Treppn nauf, die sen arbeitslos, leben vo Hartz IV. Die sen scho daham."

Also machte sich Krumm auf ins nächste Stockwerk. Ein gealtertes Hippiepaar öffnete ihm die Tür. Er trug grauen Pferdeschwanz, Vollbart und eine runde Nickelbrille wie John Lennon. Sie war ebenfalls grau, die langen Haare fielen offen über eine wohl selbst gestrickte Strickjacke aus grober Wolle, dazu trug sie einen langen Rock mit Blumenmuster. Krumm wies sich aus. „Kann ich reinkommen?", bat er. „Ich habe da ein paar Fragen." Die Wohnung war vollgestopft mit leicht angestaubten asiatischen Souvenirs und Mobiliar; Elefanten, bunte Tücher, Räucherstäbchenhalter und geschnitzte Tischchen mit leeren Teetassen überall. Dazwischen ein stinkendes Katzenklo. Herr Müller, der Lover von Frau Hornung, hatte glasige Augen und roch nach Gras. Das störte Krumm nicht, nicht seine Baustelle. Wieder kam er auf das Anwesen gegenüber zurück und stellte seine Fragen.

„Am Samstag, dem 4. Mai, meinen Sie?" vergewisserte sich Herr Müller mühsam konzentriert. Sein schweres Ankh-Amulett, das er an einer Kette um den Hals trug, schwang hin und her. „Da stand so ein komisches kleines Auto, wie ein Tuk Tuk, den ganzen Tag vor dem Haus. Hat ausgesehen, als ob es der Stadt gehört. So ein schön leuchtendes gelb-orange, fast wie auf Goa damals!" endete er selig lächelnd.

„Wir," setzte Frau Hornung etwas kohärenter als ihr Gefährte fort, „haben uns schon gefreut, dass mit dem alten Haus nun etwas passiert, und haben uns noch gewundert, dass die am Samstag arbeiten. Um die Mittagszeit, so gegen halb eins, kommt ein Mann heraus und fährt in einem weißen Skoda weg der auch dort geparkt hatte. Eine halbe Stunde später kommt er wieder zurück, mit Pizzaschachteln unter dem Arm. Dann hat es bis ungefähr halb sechs am Nachmittag gedauert. Ich habe mich schon gewundert, dass die Arbeiter dort drüben Überstunden machen - arme Lohnsklaven des Kapitals. Jedenfalls ging die Haustür wieder auf und fünf Männer kamen heraus, in gelben Arbeitsoveralls. Sie trugen große, schwere Plastiksäcke. Zweimal gingen sie hin und her. Dann haben sie die beiden Plastiksäcke auf den Kastenwagen geworfen. Zwei sind dann in das kleine Auto eingestiegen und davongefahren. Die anderen drei sind in dem weißen Skoda hinterher. Wir meinten, am Montag kommt der Bagger und die Abrissbirne und die machen das alte Haus platt. Aber nichts. Gestern dann wieder Spektakel. Es war vormittags. Eine Meute Bullen mit Blaulicht kam angebraust. Die waren den ganzen Tag da. Was war denn da los?"

Giselher Krumm ging nicht auf die Frage ein. „Sie sagen, die fünf Männer hätten zweimal etwas aus dem Haus getragen?"

„Ja, es waren schwarze Plastik-Säcke mit Trageschlaufen an den Seiten."

„Und drei Männer sind in einen Skoda gestiegen?"

„Ja, in einen weißen Fabia. Der hat die ganze Zeit hinter dem Tuk Tuk geparkt."

„Konnten Sie das Kfz-Kennzeichen erkennen?"

„Nicht sicher, aber ich glaube, es war eine Frankfurter Nummer.

„Haben Sie auch gesehen, wie die beiden Fahrzeuge ankamen?"

„Nee, die standen schon da, als wir frühstückten.

„Wie waren die fünf Männer denn gekleidet?"

„Die hatten alle so komisch gelb leuchtende Arbeitskleidung an", merkte Frau Hornung an. „Die sahen aus wie Arbeiter vom städtischen Bauhof. Im Nachhinein habe ich mir überlegt, dass sie in dem alten Haus vielleicht irgendwas aufgeräumt haben."

*

Krumm wollte an diesem aufregenden Tag noch mehr erreichen. Gegen 12 Uhr war er mit seinen Befragungen fertig. Er hatte vor, vielleicht auch noch den Obdachlosen zu stellen, dessen Übernachtungsstelle er in dem alten Haus entdeckt hatte. Matratze und Bettzeug waren viel zu wertvoll für so einen armen Menschen, als dass man sie einfach so im Stich lässt. Er fuhr nach Hause, entfernte vorher aber das Polizeisiegel an der Haustür des alten Gebäudes. Nichts sollte auf die Anwesenheit der Polizei hinweisen.

Um kurz vor sechs Uhr abends huschte er wieder in das alte Haus und benutzte einen Schlüssel, den ihm der Makler überlassen hatte. Im Inneren des Hauses war es schon dunkel. Gewaltige Schatten dominierten. Krumm schaltete die Taschenlampe ein, um sich den Weg ins dritte Stockwerk zu erleichtern. Ab und zu huschte eine Ratte an ihm vorüber. Dort angekommen, setzte er sich in die dunkle Ecke eines früheren Kinderzimmers. Die Zeit verging wie in Zeitlupe. Er döste vor sich hin. Es war unbequem, der Rücken tat ihm weh.

Einige Stunden später schreckte er hoch. War da etwas? Ein Geräusch. Er sah auf das Leuchtziffernblatt seiner Armbanduhr. Kurz vor halb zwölf. Auch der Hintern tat ihm nun weh. Da war es wieder. Ein Knacken im Erdgeschoss. Krumm war hellwach. Adrenalin schoss in seine Blutbahnen. Schleppende Schritte kamen die Treppe hoch. Ein Huster. Krumm stellte sich in die Dunkelheit und zückte seine Pistole. Eine Taschenlampe leuchtete auf. Wer auch immer kam, suchte seine Schlafstätte auf. Krumm wagte kaum zu atmen. Er wartete noch eine Weile, bis Ruhe eingekehrt war. Eine halbe Stunde verging, dann hörte er schnarchende Geräusche. Der Fallanalytiker schlich auf leisen Sohlen zum Hauseingang hinunter. Eine Holzdiele knarzte. Krumm lauschte in die Dunkelheit. Es blieb alles still. Er holte sein Handy aus der Tasche, schaltete es ein und wählte die Privatnummer von Harald Bach. Viermal ertönte das Freizeichen, dann ging jemand ran.

„Bach."

„Ich weiß, es ist schon ziemlich spät, aber ich habe den Obdachlosen, den in dem alten Haus in der Badstraße", flüsterte er in das Mikro. „Er schläft."

„Wo sind Sie?"

„In dem alten Haus."

„Bleiben Sie dort, ich bin in 20 Minuten da."

Der Obdachlose

Der Mann hatte eine Glatze und trug einen Blaumann mit einem weiß-blau karierten Hemd. So viel konnten die beiden Beamten erkennen, als sie den Schlaftrunkenen vorläufig festnahmen. Er wehrte sich nicht, stank nach billigem Fusel und war ziemlich angetrunken. Es war ihm offensichtlich egal, was mit ihm geschah. Bach und Krumm brachten ihn in der Kapellenstraße in eine Ausnüchterungszelle, wo er seinen Rausch ausschlafen konnte.

*

Am nächsten Tag sah die Sache schon etwas anders aus. Der Obdachlose schimpfte wie ein Rohrspatz, als er aus seinem Rausch erwachte. „Das ist Freiheitsberaubung", zeterte er, „ich habe gar nichts getan, außer dass ich das leerstehende Haus als Schlafstätte genutzt habe. Ich habe doch niemanden gestört! Ich will mit dem Verantwortlichen reden."

Das konnte er haben. Bach, Schwarz und Krumm warteten bereits auf ihn.

„Sie heißen?", ignorierten sie seine Tiraden. „Können Sie sich ausweisen?"

„Ich bin der Luggi", stammelte der Mann.

„Und wie noch?", blieb Schwarz hart.

„Luggi, also Ludwig Sonnleitner." Der Rotz troff ihm aus der Nase und er wischte ihn mit dem linken Ärmel weg. Sein Blaumann war schon ziemlich abgewetzt und mit Löchern übersät. Die nackten Füße steckten in alten Badelatschen. Überhaupt machte er einen sehr ungepflegten Eindruck. Auf seiner Glatze breitete sich der Schorf aus und das Leben auf der Straße hatte sich in Form von tiefen Falten in sein Gesicht gefressen. Im rechten Ohrläppchen baumelte ein blechernes Kreuz.

„Haben Sie einen festen Wohnsitz?"

„Fester Wohnsitz? Sehr witzig."

„Eine postalische Adresse?", verkündete Schwarz.

„Habe ich nicht, brauche ich auch nicht. Ich lebe seit drei Jahren auf der Straße." Es stellte sich im weiteren Verlauf des Gesprächs heraus, dass Ludwig Sonnleitner einen ziemlich steilen Absturz erlitten hatte. „Meine Frau, die alte Zicke, wollte die Scheidung. Die Weiber!", meinte er verachtend. „Ich sollte von meinem kleinen Arbeitergehalt auch noch Unterhalt für meine drei Kinder bezahlen. Da wäre fast nichts mehr für mich übrig geblieben. Also habe ich gleich ganz hingeschmissen, habe gekündigt und bin auf die Straße gezogen. Ursprünglich stamme ich ja aus Wolfsburg, aber hier in Franken ist alles billiger und die Menschen sind netter."

Wie alt sind Sie?", fuhr Schwarz fort.

„54." Luggi Sonnleitner sah aus wie Mitte 60, aber das behielt jeder im Raum für sich.

„Kommen wir zu dem Haus in der Badstraße", forcierte Schwarz die Befragung. „Übernachten Sie dort häufig?"

„Schon. Wenn man mich lässt und meine Nachtruhe nicht stört." Dabei sah er Bach und Krumm vorwurfsvoll an. „Ich störe dort doch niemanden."

„Haben Sie in dem Haus auch die Nacht vom 3. auf den 4. Mai verbracht?", wollte Schwarz wissen.

„Mein Gott, das ist schon wieder so lange her. Da muss ich erst nachrechnen."

„Das war das vorletzte Wochenende", half Schwarz nach. „Heute ist Freitag, der 17. Mai."

„Das vorletzte Wochenende", dachte Sonnleitner angestrengt nach.

„Der Freitag auf den Samstag, an dem Sie das Haus nicht verlassen konnten, weil Sie Besuch bekamen", half Bach nach.

„Der Samstag war das", gab der Obdachlose von sich. „Ja das stimmt, da war ich im Haus an der Badstraße."

„Na, warum denn nicht gleich", stimmte Schwarz ein. „Und was haben Sie beobachtet?"

Gar nichts. Ich habe mich nicht gerührt vor lauter Angst."

„Gehört haben Sie auch nichts?"

„Gehört schon. Die Männer waren ja laut genug. Ich habe nur befürchtet, dass sie die Treppe hochkommen und mich finden."

„Was haben die denn gesprochen?"

„Das weiß ich nicht. Ich habe sie nicht verstanden. Das war eine andere Sprache. Irgendwas aus dem Osten, denke ich. Vielleicht Russisch, kann aber etwas anderes auch gewesen sein."

Bach und Schwarz waren ziemlich erstaunt. „Russisch?", wiederholten sie im Gleichklang.

„Ich weiß es nicht genau, hat jedenfalls so geklungen", gab Sonnleitner von sich.

„Um wieviel Uhr haben die Männer denn das Haus betreten und wann wieder verlassen?", wollte Schwarz nun wissen.

„Wann sie gekommen sind, weiß ich nicht. Ziemlich früh jedenfalls. Draußen war es noch dunkel und ich habe noch geschlafen. Eine Frau hat geschrien. Davon bin ich aufgewacht."

„Und dann?"

„Dann habe ich mich ganz ruhig verhalten und habe gelauscht. Mein Herz hat geschlagen wie verrückt. Ich habe überlegt, ob ich an ihnen vorbei fliehen sollte. Aber ich wusste erstens nicht, ob die Haustüre verschlossen war, zweitens hatte ich keine Ahnung, wie lange die bleiben würden, und drittens wusste ich nicht, wo sich die Männer aufhielten. Ich wusste ja auch nicht, wieviel Leute sich da unten herumtrieben. Ich habe auch überlegt, in das oberste Stockwerk unterhalb des Daches zu fliehen. Aber was sollte ich da oben? Wenn sie mein Schlafzeug entdeckt hätten, hätten sie mich dort oben auch erwischt. Also bin ich geblieben und habe weiter gelauscht. Die Zeit ist so langsam vergangen."

„Konnten Sie denn heraushören, wie viele Männer es waren?", warf nun Krumm ein.

„Keine Ahnung. Mehrere. Es waren jedenfalls mehrere unterschiedliche Stimmen. Ich war nicht sicher, ob die Frau zu ihnen gehörte oder nicht. Erst später habe ich in der Zeitung von dem Mord gelesen."

„Und da haben Sie sich nicht bei uns gemeldet?" Krumm war wütend.

„Dann hätte ich ja meine Übernachtungsstelle aufgeben müssen", klagte Sonnleitner.

„Bleiben wir bei der Chronologie", drängte Bach. „Wie ging es dann weiter?"

„Irgendwann um die Mittagszeit verließen einer oder zwei von denen das Haus. Jedenfalls wurde die Haustür zugeschlagen. Dann kamen sie wieder. Kurz darauf duftete es im ganzen Haus nach Pizza. Ich hatte einen Riesenhunger. Der Nachmittag zog sich dann dahin, ohne dass etwas geschah. Die Männer telefonierten mehrmals. Irgendwann hörte ich die Frau schreien, dass sie auf die Toilette muss. Danach war wieder lange Ruhe. Stunden später hörte ich die Frau furchtbar schreien und die Männer grölen. Dann die dumpfen Schläge. Zuerst schrie die Frau. Dann hörte ich auch einen Mann. Und immer wieder die Schläge. Gehen die aufeinander los, habe ich mich gefragt. Danach dauerte es noch eine halbe oder dreiviertel Stunde und die ganze Bande verließ das Haus. Ein Stein fiel mir vom Herzen. Ich blieb noch etwa eine Stunde ganz still da. Vielleicht kommen sie zurück, dachte ich mir. Dann irgendwann traute ich mich aus meinem Versteck. Ich schlich die Treppe runter. Dann sah ich im Schein meiner Taschenlampe das viele Blut. In der Küche, im Wohnzimmer, überall. Fast hätte ich gekotzt. Ich bin dann stiften gegangen, nach Nürnberg. Mehr als eine Woche ist das nun her. Gestern war es das erste Mal, dass ich wieder in der Badstraße übernachtet habe, und dann erwischen mich diese beiden da." Dabei zeigte er auf Bach und Krumm.

Im Wunschlos Glücklich

Das Wunschlos Glücklich lag ruhig in der wolkenverhangenen Flößaustraße. Die Sonne hatte sich verabschiedet und es sah nach Regen aus. Ein Tief war angesagt und auch die Temperaturen waren gefallen. Erste Tropfen fielen. Trotzdem stand die Eingangstür unter dem überdachten Eingang offen. Gleich wenn man reinkam, stand links ein wuchtiger Empfangstresen. Hatten die Gäste den passiert, gelangten sie in einen großen Aufenthalts- und Umkleideraum mit bunten Sitzmöbeln, kleinen Glastischen und einer Vielzahl absperrbarer Wertfächer. Es waren bestimmt 200. Von hier aus führte eine Tür in das Innere des Swingerclubs. Einen langen Gang entlang, von dem links und rechts Türen abgingen. „Dark Room" stand auf der einen, „Lustwiese" auf der anderen. Ging man den Gang weiter, führte der Weg zu einer luxuriösen Bar mit vielen Barhockern am Tresen. Die Wände waren mit Spiegeln verkleidet. Jenseits der Bar erstreckte sich eine weite Tanzfläche mit Edelstahlstangen von der Decke bis zum Boden. Hinter der Bar lag ein kleiner Aufenthaltsraum für die Angestellten, der auch als Lagerstätte für Getränke und Lebensmittel diente. Auch eine Küche fehlte nicht. Zwei weitere Zimmer befanden sich im Erdgeschoss. Eines war als „Schauraum" bezeichnet, das andere mit „Magic Holes". Die Toiletten und Duschen waren im Keller untergebracht, ebenso der 10x15 Meter große Swimmingpool und die verschiedenen Saunen. Dazu gehörte ein fünf auf fünf Meter großes, luxuriöses Abkühlbecken. In den oberen Stockwerken waren die Arbeitszimmer der weiblichen Angestellten untergebracht. Diese oberen Etagen waren nur über ein Chipsystem zugänglich. Gäste, vor allem männliche, konnten die kleinen runden Plastikchips an der Bar erwerben. Dann wurde gevögelt, was das Zeug hielt. Nur das oberste Stockwerk war mit „Privat, kein Zugang" gekennzeichnet. Hier lagen das Büro von Danylko Danylenko und die Schlafzimmer der weiblichen Arbeitskräfte.

*

Das Haus, in dem der Swingerclub untergebracht war, stand seit September 1910 an Ort und Stelle, direkt an der Ecke Zeppelinstraße. Kaum jemand vermutete von außen, dass darin ein Swingerclub mit angeschlossenem Bordell untergebracht war, standen doch in der Flößaustraße lauter ganz normale Mietshäuser. Früher gab es im Erdgeschoss dieses Hauses die Gastwirtschaft Gelbe Rose. Später hieß die Wirtschaft dann Zeppelinhaus. Der viergeschossige Bau mit dem steilen Mansardendach und einspringender Ecke zeigte gestufte Giebel. Auffallend waren das Stuckdekor und die vielen Zwerchgiebel mit Reliefbildern. Stilistisch ein Bau des Jugend- beziehungsweise Heimatstils. Früher hatte es noch einen eingefriedeten Vorgarten gegeben, der dann zum Parkplatz umgebaut worden war.

Die Flößaustraße lag in der Fürther Südstadt und zog sich in östlicher Richtung bis zur Karolinenstraße hin. Hier hatten im April 1945 die letzten Kampfhandlungen des Zweiten Weltkrieges stattgefunden. Heute dachte niemand mehr an den Krieg, schon gar nicht im Wunschlos Glücklich. Wenn sich der Tag dem Abend neigte, sich die Parkplätze rund um den Swingerclub füllten und Männlein wie Weiblein ihre sexuellen Neigungen schweifen ließen, ging die Post ab.

*

Auch Doktor Blatthaus war heute im Swingerclub zugegen. Nicht als Gast oder Kunde, eher als Aufpasser. Er saß mit Danylko Danylenko, dem offiziellen, ukrainischen Leiter des Sexclubs im gemeinsamen Büro im obersten Stockwerk des Gebäudes und rieb sich zufrieden die Hände. Drei Tage die Woche war er hier im Wunschlos Glücklich. Inoffiziell. Er wollte nicht, dass das Finanzamt davon Wind bekam. Vor allem nicht von der Vergütung für die Dienstleistung, die er erbrachte. Die Auszahlung erfolgte stets in bar, direkt auf die Kralle. Alles schwarz. Dafür sorgte Danylko, der Buchhalter. Er trennte die offiziellen Umsätze von den nicht offiziellen Einnahmen. Blatthaus musste den Ukrainer aber etwas kontrollieren. Nicht alles, was Danylko Danylenko machte, war in Ordnung. In die monatlichen Abrechnungen schlichen sich zu viele Fehler ein. Aber so wie Blatthaus mit Dostojewski über Danylko sprach, das war auch nicht in Ordnung. Blatthaus ließ kein gutes Haar an ihm. „Wir sind so gut wie ausgelastet", meinte er zu dem Ukrainer, der gerade mit seinen Abrechnungen beschäftigt war. „Wir haben das Haus fast jeden Abend voll."

„Ja, bringt viel Arbeit", stöhnte Danylko und drosch weiter auf die Tastatur seines Computers ein. „Aber ist gut."

Wie weit bist du?", wollte Blatthaus wissen.

„Ist sich April bald fertig."

„Hast du schon einen Überblick, wie hoch der Monatsumsatz sein wird?"

„Knapp eine Million Euro", schätzte Danylko.

„Ein schöner Batzen", meinte Blatthaus, „da bleibt wieder ordentlich was hängen."

Danylko interessierte das nicht. Er bezog ein festes Monatsgehalt.

Wenn das so weiterging, konnte Blatthaus den Bankkredit für sein neues Haus in der Hornschuchpromenade früher zurückzahlen als ursprünglich angedacht. Er hatte Alexander Sergejewitch Dostojewski ja längst vorgeschlagen, sich finanziell stärker in der Region zu engagieren. Fürth würde einen zweiten Swingerclub vertragen. Erlangen brauchte auch so eine Goldgrube. Er überlegte, ob er Alexander nochmal darauf ansprechen sollte. Schaden konnte es nicht. Und er an der Spitze.

Blatthaus hatte schon immer sehr flexible moralische Vorstellungen gehabt. Natürlich würden sie das Finanzamt wieder heftig bescheißen. Und wenn dann auch noch eine fesche Braut für ihn dabei wäre, so wie das Dostojewski letzthin angekündigt hatte. Er erinnerte sich an das Foto von Daria Kowalewa, eine dunkelhäutige Schönheit. Alexander hatte von den drei Mädchen, die bald kommen würden, Bilder geschickt. Darunter war auch Daria, eine Nigerianerin aus Kiew. Mann, war das eine Frau. Etwa 1,70 Meter groß, schlank, extrem gute Figur, lange schwarze, leicht gekräuselte Haare, ein Gesicht wie ein Engel, vielleicht 25 Jahre alt, einen Busen wie Dolly Buster. Wenn das nichts für ihn war! So ein Weib an seiner Seite stünde ihm gut. Das könnte schon was werden. Als Blatthaus sich Daria nackt vorstellte, bekam er einen Steifen.

Die Rache der italienischen Mafia

D'Angelo hatte den Racheplan wegen des Mordes an Lorenzo und Giulia nicht vergessen. Er beauftragte zwei Camorristi, Carlo und seinen Neffen Pietro, zwei einfache Soldaten der Organisation, mit einem Mordauftrag. Er instruierte sie ganz genau und gab ihnen ein Foto des Opfers mit. „Lasst ihn langsam und qualvoll sterben", hämmerte er ihnen ein.

Am Samstag, den 18. Mai waren sie früh um acht Uhr mit ihrem Golf GTI losgefahren. Ihr Weg auf der A 14, immer die Adria entlang, zog sich. Bei Modena nahmen sie die A 22 Richtung Verona. Gott hatte die Welt auch nicht an einem Tag erschaffen, deshalb verließen sie bei Avio die Autobahn und zuckelten auf Malcesine am Gardasee zu. Um 19 Uhr hatten sie ihre Zwischenstation erreicht und checkten im Hotel Merediana, in der Via Navene Vecchia ein. Auf die Frage, wo man in der Nähe gut essen könne, schickte man sie in die „Speckstube". Ein großer Garten erwartete sie, mit massiven Holztischen und einer zentralen Grillstation. Sie hatten Hunger und bestellten beide eine knusprige Haxe, über Buchenholz gegrillt, dazu jeweils eine Portion Pommes und einen kleinen Salatteller. Als das Essen kam, bestellten sie ihr zweites Bier. „Wie wollen wir es machen?", brach Carlo leise das Schweigen am Tisch. „Der Capo hat gesagt, langsam und qualvoll sterben lassen." Die Narbe auf seiner rechten Gesichtshälfte zuckte.

„Mit dem Messer", flüsterte Pietro zurück. „Ein Stich in die Halsschlagader und er blutet aus."

„Spinnst du, das geht viel zu schnell. Ich fahre doch nicht 16 Stunden hin und die gleiche Strecke wieder zurück, nur um jemandem ein Messer in den Hals zu rammen. Messer ist schon okay, aber wir häuten ihn."

*

Von der Lößaustraße in die Hornschuchpromenade war es nicht weit. Dr. Blatthaus machte einen kleinen Spaziergang. Es war Sonntag, der 19. Mai. Normalerweise verbrachte der Mediziner seine Wochenenden nicht im Sexclub, aber Danylenko, der alte Tölpel, hatte da ein Problem mit seiner Monatsabrechnung. Es dauerte, bis sie den Fehler gefunden hatten. Der Ukrainer war einem Zahlendreher zum Opfer gefallen. Vor zehn Minuten waren sie fertig geworden. Sie waren spät dran. Nun konnte Blatthaus seine Forderungen für den Monat April an Dostojewski stellen. Es war gegen 17 Uhr, als Blatthaus sich auf den Heimweg begab. Jetzt noch ein schnelles Bad, bevor er sich um 19 Uhr auf den Weg „Zu den sieben Schwaben" begeben wollte. Er freute sich schon auf den zarten Tafelspitz, den er sich heute zum Abendessen gönnen würde. Morgen war ein besonderer Tag. Die drei Neuen würden kommen. Mit Daria Kowalewa, der schwarzhäutigen Schönheit. Er schnalzte mit der Zunge. Aber noch war es nicht so weit, noch lief er die Luisenstraße hinunter, um dann rechts in die Hornschuchpromenade abzubiegen. Als er diese erreichte, blieb er stehen und bewunderte wie immer die Straße. Hier war es, wo 1835 die erste deutsche Eisenbahn, der „Adler", von Nürnberg kommend, angekommen war. Neun Minuten hatte die Dampflok bei einer Reisegeschwindigkeit von 40 Stundenkilometern für die 6 Kilometer lange Strecke gebraucht. Eine unerhörte Geschwindigkeit für die damalige Zeit. Hier in der Hornschuchpromenade residierte und repräsentierte die Fürther Oberschicht mit ihren Stadtvillen, erbaut entlang der damaligen Trasse. Fabrikbesitzer, Bankiers, Bauunternehmer, Groß- und Hopfenhändler kauften sich hier ein. Blatthaus war stolz, dass er es geschafft hatte, hier ein Haus zu erwerben, das er nun sein Eigentum nennen konnte. Die Straße war geprägt vom Historismus der Stadt. Stilelemente aus Gotik, Renaissance und Barock schmückten die Häuser. Die Dächer prunkten mit Zwerchgiebeln, Türmchen und anderen dekorativen Giebeln. Der Neurologe war inzwischen weitergegangen und an seinem Domizil angekommen. Er zückte den Hausschlüssel und betrat durch ein gerundetes Entrée die Diele mit weißer Vertäfelung und Ovaldecke mit goldfarbener, wie Damast wirkender Bemalung. Eine Prunk-Deckenleuchte hing herab. Blatthaus fühlte sich wie ein kleiner König. Er schritt die Treppe zum Salon im ersten Stock hinauf.

Auch hier: Stuckdekor, eine intarsierte Schiebetür zum Wohnzimmer, im Zimmer eine reich verzierte Holzdecke mit Jagdmotiven und Hängelüstern. Auch die restlichen Zimmer verfügten über herrliche Stuck- und Kassettendecken. Wie jedes Mal erfreute sich sein Auge daran, dann erblickten sie etwas Unerwartetes.

Zwei finstere Gestalten grinsten ihm aus der Bibliothek entgegen. Einer hatte eine tiefe Narbe auf der rechten Wange und hielt eine Pistole auf ihn gerichtet. Blatthaus war nicht einer der Mutigsten. „Geld? Wollen Sie Geld?", fiel ihm ein.

„Buongiorno Dottore", begrüßte ihn einer der Männer. „Wir nix wollen Geld."

Blatthaus fiel ein Stein vom Herzen. „Was wollen sie dann? Was machen Sie hier?", rief er. „Wie sind Sie hier hereingekommen?"

„Oh, Schloss kein Problem für uns. Eine Kleinigkeit." Pietro wedelte mit einem kleinen Dietrich. „Was wir mache und was wir wolle? Ganz einfach. Wir nehme Rache für Mord an Lorenzo und Giulia Rossi."

„Kenne ich nicht." Hier musste es sich offenbar um eine Verwechslung handeln. Blatthaus wurde etwas mutiger. Außerdem hatte er niemanden umgebracht. „Ich habe niemanden getötet", hörte er sich sagen.

„Certo, aber gesproche und an Russen verraten. Sie haben abgelehnt Lorenzos und Giulias Angebot für Wunschlos Glücklich."

„Aber der Sexclub gehört mir doch gar nicht", versuchte Blatthaus sich hinauszureden.

„Machte nix", argumentierte die Narbe dagegen, „Sie haben verraten Lorenzo und Giulia an Dostojewski."

„Aber ich habe die beiden doch nicht umgebracht", winselte Blatthaus.

„Machte nix", wiederholte die Narbe sich, „aber verraten. Deshalb Sie sterben jetzt."

*

Aus dem Tafelspitz wurde nichts. Der Neurologe lag nackt und an Händen und Füßen gefesselt auf seinem riesigen Bett. Im Mund steckte ein dicker Knebel aus einem Geschirrtuch. Seine Augen rollten angstvoll hin und her. Er schwitzte. Alle Versprechungen und selbst die Angebote sich freizukaufen hatten nichts genützt. Die beiden Mafiosi blieben hart. Die Narbe zog ein großes, scharfes Stilett aus der Tasche und ließ es aufschnappen. Die Klinge funkelte gefährlich im Schein der Deckenleuchte. „Wir anfangen jetzt, Dottore", sprach er teuflisch, „Sie einen langsamen Tod sterben werden."

Dann begann er sein mörderisches Werk mit einem T-Schnitt, der unterhalb der Schlüsselbeine und in der Mitte des Bauches verlief. Blatthaus heulte auf und zerrte an seinen Fesseln. Die Haut sprang auf und Blut lief über den Körper des Neurologen in das Bettzeug und die Matratze. Als das Narbengesicht begann, ein Stück Haut abzuziehen und von der Muskelschicht zu trennen, fiel Blatthaus das erste Mal in Ohnmacht. Die beiden Mafiosi wussten, dass die Bewusstlosigkeit nicht lange anhalten würde. Die Schmerzen, die im Körper des Mediziners wüteten, würden ihn bald wieder aufwachen lassen. Sie warteten. Als Blatthaus bald darauf stöhnte und die Augen wieder öffnete, machten sie weiter. Es waren unerträgliche Schmerzen, die dem Körper des Opfers zugefügt wurden, als Carlos Messer erneut in die blutenden Wunden fuhr, um das nächste Stück Haut abzutrennen. Der Neurologe heulte auf, aber der Knebel erstickte die Schreie. Die Männer lachten. Carlo häutete weiter. Wieder fiel Blatthaus in eine Ohnmacht. Eine Stunde lang wiederholte sich das Procedere. Irgendwann war fast die Hälfte von Blatthaus Haut entfernt worden. Blatthaus Körper kämpfte gegen den massiven Blutverlust. Aber seine Kräfte gingen zu Ende. Der Kreislaufzusammenbruch stand kurz bevor. Schließlich erlag er einem tödlichen Schock durch Blut- und Flüssigkeitsverlust. Um 22 Uhr war Nummer 34 tot und Carlo klappte sein Messer zu, nachdem er es in der Küche unter fließendem Wasser gereinigt hatte. „Was machen wir jetzt?", wollte er von Pietro wissen. „Wir haben unseren Auftrag ausgeführt."

„Jetzt wäscht du dich zuerst", wies ihn Pietro auf Italienisch an, „und wechselst die Kleidung. Du siehst aus wie eine blutende Sau. In der Zwischenzeit sehe ich mich in der Küche um, ob etwas Essbares im Haus ist." Pietro fand Tiefkühlpizzen in der Gefriertruhe und legte die erste in die Mikrowelle. Dann wartete er, bis Carlo mit seiner Reinigung fertig war. Weil ihm langweilig war, kritzelte er mit einem Bleistift auf dem Einkaufszettel herum, der auf dem Küchentisch lag. Als ihm bewusst wurde, was er da gezeichnet hatte, entsorgte er den Zettel in den Mülleimer.

„Was gefunden?", wollte die Narbe wissen.

„Es gibt Pizza", antwortete Pietro.

„Wenn wir die gegessen haben, schlafen wir eine Runde. Morgen geht es in aller Frühe wieder zurück in die Heimat."

„Müssen wir nicht noch Spuren beseitigen?", fragte Pietro.

„Nein, die Russen sollen die Botschaft verstehen und bevor die deutsche Polizei etwas merkt, sind wir über alle Berge!"

„Halten wir wieder in der „Speckstube"?", bat Pietro und beschloss, Carlo nichts von dem Zettel im Müll zu sagen.

„Wenn du willst."

Drei Neue

Dostojewski hatte Wort gehalten, er hatte am Montag drei neue Mädchen geschickt. In Kiew stiegen sie in die Mittagsmaschine und flogen nach München. Dort erwartete sie der ICE nach Nürnberg. Daria Kowalewa, die Dunkelhäutige, Natalia Stepowa, die erst letzte Woche achtzehn geworden war, und Ewa Shashimi, die Kaukasierin mit den hohen Wangenknochen und den leicht geschlitzten Augen. Sofia Zadoroshnja aus Kiew hatte die jungen Frauen ausgewählt und ihnen das Blaue vom Himmel versprochen. Alle drei träumten von dem guten Geld, das sie verdienen würden: Daria wollte viel sparen, um ihre Mutter zu unterstützen, Natalia hatte einen kleinen Sohn, der bei den Großeltern lebte, und Ewa hoffte, bei Germany's Next Topmodel entdeckt zu werden.

In Nürnberg wartete Tatjana aus dem Wunschlos Glücklich an Bahnsteig 5 auf die drei. Tatjana nannte sich selbst gerne Teamleiterin, in den Augen der anderen war sie die Puffmutter. Der Zug fuhr in den Bahnhof ein. Dann tauchte Tatjana auf. Sie hielt Fotos von den dreien in der Hand. „Mein Name ist Tatjana", stellte sie sich vor, „ihr dürft mich Madame nennen." Die drei nahmen ihre Koffer auf und folgten Madame.

Kurz darauf endeten die Träume der drei mit einem harten Sturz in die Realität der Zwangsprostitution. Erst wurden ihnen die Pässe abgenommen. Am Tag nach ihrer Ankunft zeigte sich Madame noch recht freundlich, wie eine große Schwester. Sie fuhr mit ihnen zum Einkaufen. Die drei brauchten unbedingt ordentliche Kleidung. Ihnen gingen die Augen über, so reichhaltig war das Angebot. Als die Menge an transparenten Büstenhaltern, Slips und anderen Dessous immer größer wurde, meinte Ewa, dass dies nun wohl reiche. „Nein, das ist schon in Ordnung, das werdet ihr brauchen", verriet Madame und lachte dabei.

Am nächsten Abend zeigte Tatjana ihr wahres Gesicht: „So", sprach sie, „ab heute wird gearbeitet." Manfred, Dieter und Xaver, drei Stammgäste, hatten sich das Vorrecht auf das erste Mal mit den Neuen teuer erkauft. Tatjana hatte Ihnen erklärt: „Reitet sie ordentlich ein." Als Natalia Stepowa, die Achtzehnjährige, sich wehrte und Xaver mit ihren Fingernägeln ins Gesicht fuhr, versetzte der ihr einen Schlag ins Gesicht, dass ihr die Unterlippe aufplatzte.

„Dir werd ichs scho zeign, du Luder", sprach er atemlos, „etz geht's erst richti los. Etz werd ich dir aber sogn, wo der Bartl den Most hult. Glabst des, fährt mir die Schnalln mit ihre Krralln ins Gsicht. Des machst mir aber a bloß amol."

Tatjana hatte mit den Neuen alle Hände voll zu tun. Spät am Abend rief sie die eingeschüchterten Mädchen zusammen. „Meint ihr, ihr seid hier auf Urlaub", schrie sie die drei an. „Ihr arbeitet hier zuerst eure Schulden ab! Was glaubt ihr denn, wer für eure Reisekosten, Wohnen und Essen, für eure Schminke und eure Kleidung bisher aufgekommen ist? Wenn ihr nicht wollt, dann schicken wir euch wieder in die Ukraine zurück und lassen euch dort anschaffen. Glaubt ihr, dort geht es euch besser? Dort bekommt ihr jeden Tag Schläge und habt kein eigenes Zimmer wie hier. Ich kann euch auch verkaufen. Nach Italien zum Beispiel. Dort sind die Männer nicht so gut zu euch wie hier. Die wollen nur den ganzen Tag rammeln wie die Hasen. Da wird euch die Muschi qualmen wie ein Fabrikschlot." Und sie endete mit den Worten, „Sollte einmal die Polizei ins Haus kommen, dann sagt ihr, dass ihr freiwillig hier seid, um Geld zu verdienen. Kapiert? Sonst setzt es was!"

Die drei Mädchen sahen zu Boden.

„Verstanden?", wiederholte Tatjana ihre Frage.

Die jungen Frauen nickten. Sie ergaben sich. Die Hölle lag vor ihnen, eine Hölle mit dreißig bis vierzig Freiern pro Woche. Ein Leben voller Gewalt. Und voller Alkohol und Drogen, die dazu dienten, Geist und Körper zu betäuben, um zu vergessen, welche „Dienstleistungen" von nun an von ihnen verlangt wurden.

Stichs Urteil

Der Montag und der Dienstag vergingen ereignislos. Als Blatthaus am Mittwoch noch immer nicht im Wunschlos Glücklich erschienen war - telefonisch war er auch nicht zu erreichen -, machte sich Danylko langsam Sorgen. Blatthaus rief auch nicht zurück. Am Donnerstagmorgen, auf dem Weg zur Arbeit, sah Danylenko bei Blatthaus in der Hornschuchpromenade vorbei. Niemand öffnete ihm. In der Flößaustraße angekommen bat er Tatjana, von einer öffentlichen Telefonzelle die Polizei anzurufen und Blatthaus als vermisst zu melden. Er trichterte ihr ein, sich kurz zu fassen und sich nicht in ein längeres Gespräch verwickeln zu lassen. Auf Fragen sollte sie am besten gar keine Antwort geben. Tatjana tat, was ihr aufgetragen wurde.

Die Polizei sandte eine Streife zur angegebenen Adresse. Doch diese stand vor verschlossener Tür. Die Beamten zogen wieder ab und nahmen sich vor, am Nachmittag nochmal vorbeizukommen. Um 15.50 Uhr standen sie wieder an gleicher Stelle und begehrten

Einlass. Nichts. Sie riefen in der Zentrale an und forderten weitere Instruktionen. Man riet ihnen, einen Schlüsseldienst anzufordern und in der Wohnung nachzusehen, ob alles in Ordnung sei. Vielleicht war Blatthaus ja nur in Urlaub gefahren.

Um 16.20 Uhr riefen sie erneut in der Zentrale an und forderten die SpuSi, die KTU und einen verantwortlichen Kriminalbeamten von der Mordkommission an. So etwas hatten sie noch nicht gesehen. Sie hätten ein furchtbares Blutbad entdeckt, berichteten sie.

Emil Stock hatte wieder Dienst und machte sich auf den Weg. Er rief von unterwegs in der Rechtsmedizin in Erlangen an. Dr. Stich wollte gerade gehen. „Na gut, dann komme ich eben noch schnell vorbei", bellte er ins Telefon.

*

Niemand hatte das Schlafzimmer mit dem Toten betreten. Stich mochte es nicht, wenn er an einen Tatort gerufen wurde, der vorher von einer Kohorte Polizisten kontaminiert worden war. Die SpuSi und die KTU hatten auch in den anderen Zimmern des Hauses genug mit der Spurensicherung zu tun, wo sie reichlich fündig wurden. Sie fanden Fingerabdrücke, Hautschuppen, Haare und Fremd-DNA.

Um 17:10 Uhr traf Stich in der Hornschuchpromenade ein. „Wo ist der Tote?", rief er schon am Eingang und schwang seinen Utensilien-Koffer. „War schon jemand in dem Zimmer?", fragte er beiläufig.

„Nur die beiden Beamten, die die Leiche gefunden haben", antwortete Stock.

Stich war zufrieden. Dann musste er doch schlucken, als er den Toten betrachtete. „Hier hat aber jemand gewütet", meinte er, als er einen ersten Blick auf die Leiche warf, deren Vorderseite keine Haut mehr aufwies. Die hing wie Lappen über der Armlehne eines Stuhls neben dem Bett. Der ganze Körper des Toten war blutig. Dann begann Stich mit seiner Arbeit. Nach einer Dreiviertelstunde war er fertig.

„Das war eine Hinrichtung", urteilte er. „Das kommt eher selten vor. Dem Opfer wurde stückweise die Haut von Rücken, Brust und Bauch entfernt. Schauen Sie nur", meinte er zu Stock, „das blanke Fleisch. Das müssen Höllenqualen gewesen sein. Das Opfer ist an einem Volumenmangelschock gestorben, was wir auch Hypovolämischen Schock nennen. Der arme Mann hat einen Kreislaufzusammenbruch erlitten. Ursache ist der starke Blutverlust. Wenn mehr als 20 bis 30 Prozent des Gesamtblutvolumens verloren gehen, sprechen wir davon. Der Körper versucht in diesem Fall, den Kreislauf zu stabilisieren, indem das Restblut quasi umverteilt wird. Dieses wird den nicht unmittelbar lebensnotwendigen Organen, wie Haut, Armen und Beinen, dem Magen-Darm-Trakt und den Nieren entzogen, weil das System den Kreislauf in Herz, Gehirn und Lunge stabil halten will. Wir Mediziner nennen es Zentralisation. Was das für den Rest des Körpers bedeutet, können Sie sich vorstellen. Es führt zur Minderdurchblutung der anderen Organe. Sauerstoffmangel ist die Folge und Schäden an Zellen und allen übrigen Organen. Dabei kommt es zu Funktionsverlusten. Eine letztlich tödliche Abwärtsspirale. Bringt den Mann in mein Reich nach Erlangen. Ich will ihn mir nochmal genauer ansehen", ordnete er an. Dann verabschiedete er sich in den Feierabend.

*

Die SpuSi und die Kollegen von der KTU waren noch länger zugegen. Sie stellten alles auf den Kopf. Sie sicherten den Laptop und das Handy des Ermordeten, durchwühlten den Kühlschrank und nahmen selbstverständlich auch den Inhalt des Mülleimers mit. Im Wohnzimmer fanden sie auf den Sofas schwarze Haare, die nicht dem Toten gehörten. Auch die benutzten Gläser und Teller in der Küche packten sie ein. Sie ließen nichts aus. Um 21 Uhr verließen sie die Wohnung.

Das Zeichen der Mafia

Was war das denn? Jahrelang geschah in Fürth kein einziger Mord und nun kurz hintereinander gleich zwei. Zuerst ein Doppelmord an einem immer noch unbekannten Ehepaar und nun an einem stadtbekannten Neurologen. Liebermann war im Stress. Das überstieg die Kapazitäten der Fürther Mordkommission. Was sollte er tun? Noch eine Soko gründen? Mit wem denn? Er hatte keine ausreichend qualifizierten Leute mehr. Oder sollte er die Aufklärung des Mordes an den stadtbekannten Arzt auch noch Harald Bach aufhalsen? Er tat, was man in solch einem Fall meistens tut: Er rief zu einer Besprechung.

Schon zehn Minuten vor neun Uhr drängten sich die ersten Teilnehmer in den großen Besprechungssaal, der sonst von der Soko „Stadtpark" exklusiv genutzt wurde. Bach hatte Stellwände, Schreibutensilien, Papierrollen und sonstige Gegenstände auf die Seite räumen lassen. Zusätzliche Stühle wurden gebracht, die Tische ordentlich zusammengestellt. Menschen strömten herein. Liebermann nahm auf einem der vorderen Stühle Platz. Punkt neun Uhr betrat er das kleine Rednerpodest. Jeder sollte ihn sehen. Die letzten Mitarbeiter trudelten ein und suchten sich einen Platz. Liebermann wartete, bis die Unruhe sich gelegt hatte, dann fing er an: „Liebe Kolleginnen und Kollegen", begann er, „Meine sehr verehrten Damen und Herren, ungewöhnliche Umstände erfordern ungewöhnliche Maßnahmen. Wie sich mittlerweile herumgesprochen haben dürfte, gibt es einen weiteren Mordfall. Letzten Donnerstag fanden wir in der Hornschuchpromenade die Leiche eines bekannten Fürther Arztes. Sie war übel zugerichtet. Der Rechtsmediziner sprach von einer regelrechten Hinrichtung. Noch ermittelt der Kollege Bach mit seinen Leuten im Fall des unbekannten Ehepaares, das tot im Stadtpark gefunden wurde, und schon überrascht uns ein weiterer, grausamer Mord. Auch wenn Bach erste Ergebnisse ermittelt hat, so steht dessen Fall noch lange nicht vor der Aufklärung. Ich muss sagen, dass wir mit einem neuen Fall an unsere Kapazitätsgrenzen stoßen. Nun rächt sich die Personalpolitik der letzten Jahre, zu der ich leider gezwungen wurde." Unruhe machte sich im Zuhörerkreis breit, wusste doch jeder, dass Liebermann selbst ein glühender Verfechter des engen Personalkonzepts war. „Aber es hilft kein Klagen und kein Jammern", fuhr er fort. „Nun gilt es, zu zeigen, dass wir in der Lage sind, auch Unmögliches zu schaffen. Überstunden sind genehmigt, das habe ich an höherer Stelle bereits geklärt. Allerdings sind diese durch Freizeitausgleich wieder abzubauen, wenn es die Lage dazu erlaubt." Ein Murren ging durch das Besprechungszimmer. „Lange Rede, kurzer Sinn, damit alle auf dem Laufenden sind, wird Kollege Stock nun von dem neuen Fall berichten. Herr Stock, bitte."

Stock stand auf und nahm seinen Platz auf dem Podium ein. Dann berichtete er, wie es zu dem Leichenfund gekommen war. „Der Tote wurde gehäutet, eine mittelalterliche Hinrichtungsmethode. Er dürfte schon seit einigen Tagen in der Wohnung gelegen haben", äußerte er. „Der oder die Mörder sind wahrscheinlich längst über alle Berge. Natürlich haben wir jede Menge Spuren gefunden. Fremd-, wohl Täter-DNA, Fingerabdrücke, Hautschuppen und Haare, aber der Abgleich mit unseren Datenbanken führte bisher noch zu keinem Fahndungserfolg. Auch das Handy und den Computer des Opfers haben wir sichergestellt. Die KTU ist derzeit noch dabei, das Zugangskennwort herauszufinden." Dann zeigte er ein Foto des Mordopfers auf dem Overhead-Projektor. Entsetzen machte sich breit. „Aufschlussreich ist vielleicht auch eine Zeichnung, die wir im Mülleimer gefunden haben. Wir wissen nicht, wer sie gezeichnet hat, was sie darstellt und in welcher Beziehung sie zum Mord steht. Sie war zerrissen, doch wir haben sie wieder zusammengeklebt." Er legte ein Blatt Papier auf, das mit Tesafilm zusammengeklebt war. Es zeigte eine vierzackige Krone mit zwei Ähren darunter, die sich entlang der Krone nach oben wölbten.

„Moment", bemerkte Bach sofort. „Das ist das gleiche Symbol wie im Amulett unserer Toten."

Ein italienischstämmiger Polizist aus den Reihen der Zuhörer meldete sich. Der Sohn einer Gastarbeiterfamilie aus Apulien,

Paolo Gallo. „Das ist das Zeichen der Sacra Corona Unità, einer italienischen Mafiaorganisation", meldete er. „Mein älterer Bruder hat in Bari ein Restaurant und wird von dieser Gruppe erpresst. Jeden Monat muss er Schutzgeld bezahlen."

„Sacra Corona Unità?", warf Liebermann ein.

„Ja", wusste Gallo zu berichten, „die Organisation wurde erst Anfang der 80er Jahre von Guiseppe Rogoli im Gefängnis von Trani gegründet. Bereits in den 1970ern hatte er in Apulien eine Straßengang. Es erfolgten Übernahmeversuche durch die Camorra. Aber auch die Ndrangheta und die Cosa Nostra waren interessiert. Es kam zum offenen Krieg der Rivalen. Um eine Übernahme zu verhindern, rief Rogoli die Sacra Corona Unità als eigene Organisation ins Leben. Übrigens im Beisein von Umberto Bettoco, einem mächtigen Ndrangheta-Boss."

Die Nachricht schlug ein wie eine Bombe. Standen die beiden Fälle, der Mord an dem unbekannten Ehepaar und an Doktor Blatthaus, in einem Zusammenhang? War Blatthaus gar Mitglied der Mafia?

Bach meldete sich erneut.

„Herr Bach, bitte", reagierte Liebermann.

„Wir haben bei der Toten im Stadtpark dieses Symbol gefunden. Es war in einem Amulett, welches die Tote trug, und wir haben bereits in Italien nachgefragt, ob die Opfer – der Mann und die Frau – dort bekannt sind, aber die Antwort steht noch aus." Bach sah Schwarz an, ob diese Aussage noch aktuell war. Der nickte leicht mit dem Kopf.

Am schnellsten schaltete Liebermann. Er ergriff seine Chance, stand auf, fegte zum Podium und wischte Stock von seinem Platz.

„Na klar, die beiden Fälle hängen zusammen. Das Zeichen der Mafia. Das ist eine Fügung des Schicksals", sprach er, „ein Signal des Himmels. Bach, Sie müssten froh sein, dass Bewegung in die Sache kommt. Zählen Sie eins und eins zusammen und Sie haben ihre Mörder. Durchleuchten Sie das Leben von Blatthaus und Sie werden fündig werden. Stock, Sie übergeben alle Unterlagen, Spurenhinweise und Sonstiges an Ihren Kollegen und führen interimsweise weiterhin den Kriminaldauerdienst. Bach, Sie übernehmen von Stock zusätzlich den Fall Blatthaus, bekommen aber zu Ihrer Soko noch Paolo Gallo hinzu. Das müsste es leichter machen, die beiden Fälle zu lösen. Das ist ja nun nicht mehr schwer. Wie gesagt, untersuchen Sie das Leben von Blatthaus, werden Sie fündig und arbeiten Sie eng mit den italienischen Kollegen zusammen. Die Besprechung ist damit beendet." Liebermann war froh, dass er die Kurve nochmal gekriegt hatte. Jetzt bloß kein weiterer Mord mehr. Er hätte Paolo Gallo küssen können.

Harald Bach saß da und wusste nicht wie ihm geschah.

Wir schaffen das schon", versicherte ihm Krumm, der neben ihm saß. „So sind sie halt, die Chefs."

Liebermann war längst wieder in sein Office entwischt und widmete sich seiner Golfzeitung. Er wollte das kommende Wochenende nach Kitzbühel, sein Handicap bei einem internationalen Turnier verbessern. Der Polizeipräsident Mittelfrankens hatte ihn dazu eingeladen. Da konnte er nicht ablehnen. Ganz im Gegenteil, er konnte berichten, wie an drei Morden gleichzeitig gearbeitet wurde, ohne das Mannschaftsbudget zu erhöhen. Das sollte ihm erst mal einer nachmachen.

Lagebesprechung

Das große Besprechungszimmer stand wieder exklusiv der Soko „Stadtpark" zur Verfügung. Paolo Gallo war dorthin umgezogen. Stich hatte die Leiche des Neurologen eingehend untersucht und den Todeszeitpunkt auf Sonntag, den 19. Mai, festgelegt, vier Tage bevor man ihn gefunden hatte. Die SpuSi war ein weiteres Mal in Dr. Blatthaus' Haus gewesen. Sie war am Fundtag der Leiche nicht ganz fertig geworden, außerdem diente der erneute Besuch dazu, sicher zu gehen, dass auch wirklich nichts übersehen wurde. Sie entdeckten dabei einen raffiniert versteckten Safe, der sich hinter der Wandtäfelung befand, und riefen zum Öffnen einen erfahrenen Tresortechniker. Die Mitarbeiter der KTU vertieften sich in das naturwissenschaftliche Verfahren der Daktyloskopie, untersuchten die Papillarlinien der Fingerspurendaten, welche die SpuSi gefunden hatte, und speicherten diese als Metadaten in ihren Computern. Giselher Krumm hingegen unterhielt sich mit Paolo Gallo, dem Kenner der Mafiaszene, und bereitete sein erstes Täterprofil für die Nachmittagsbesprechung vor.

*

Es war Dienstag. Hauptkommissar Bach hatte sein gesamtes Soko-Team zur gemeinsamen Sitzung einberufen. Man wollte sich beraten, wie es weitergehen sollte und erste Ergebnisse präsentieren.

„Ihr habt gehört, was Liebermann gesagt hat, wir brauchen nur das Leben von Blatthaus zu durchleuchten und schon haben wir unsere Mörder. Vorausgesetzt wir zählen eins und eins zusammen. So leicht ist das", ärgerte er sich über die Worte seines Vorgesetzten. „Wir haben nun drei Leichen, die möglicherweise etwas miteinander zu tun haben. Die einzige Verbindung ist bis jetzt diese Zeichnung mit der vierzackigen Krone und den beiden Ähren. Ihr wisst, was ich meine. Ein Mafia-Symbol, wie wir alle gehört haben. Das wussten wir bereits, aber wir wissen nicht, wer diese Zeichnung angefertigt hat. Schwarz, mach du mal etwas Dampf in Italien. Es kann doch nicht sein, dass sich die dortigen Polizeibehörden noch immer nicht gemeldet haben. Es könnte aber auch sein, dass es Blatthaus selbst gewesen ist, der die Zeichnung angefertigt hat. War er ein Mafioso? Oder waren es andere? Wir wissen es nicht. Noch nicht. Also gehen wir an unsere Arbeit und versuchen das herauszufinden. Liebermann wird uns sicher bald befragen, was wir alles über Blatthaus herausgefunden haben. Also, wer übernimmt diese Aufgabe?"

Krumm meldete sich.

„Das geht ja ratzfatz. Weiter so", lobte der Hauptkommissar seine Leute. „Dann nochmal zu dieser Mafia-Geschichte. Wer von euch findet heraus, wo in Deutschland die Sacra Corona Unità aktiv ist?"

„Das übernehme ich", warf der Neue, Paolo Gallo, ein.

„Sehr schön."

Was hat die Untersuchung des Tresors von heute Vormittag ergeben?"

Peter Grimm von der SpuSi antwortete. „Jede Menge Bargeld. Mehr als 130.000 Euro. Wir sind gerade dabei, die beiliegenden Papiere systematisch auszuwerten", verkündete er „und einen AVM FRITZDECT Repeater haben wir auch entdeckt. Den müssen wir aber erst noch untersuchen. Bei den Papieren, die wir gefunden haben, handelt es sich um einen notariell beglaubigten Vertrag, wonach Dr. Blatthaus als Käufer des Wunschlos Glücklich aufgetreten ist. Ihr wisst schon, der Sexclub. Bei den anderen Unterlagen hat unsere SpuSi sechs Seiten mit Text auf Russisch gefunden, die werden gerade übersetzt."

„Russisch?", wunderte sich Bach.

„So ist es", bestätigte Grimm.

„Na gut, warten wir es ab. „Gibt es sonst noch etwas Neues? Zu den sonstigen Spuren, die wir in Blatthaus' Haus festgestellt haben?", wollte Krumm wissen.

„Die meisten stammen vom Hausbesitzer selbst", wusste Simone König zu berichten. „Die Fremdspuren sind ebenfalls ausgewertet, bieten aber keinen Ansatz zur Wiedererkennung in den uns zur Verfügung stehenden Dateien."

„Gut oder auch nicht", moderierte Bach weiter, „das zeigt, dass wir die Unterstützung aus Italien dringend brauchen. Schwarz, bitte veranlassen Sie, dass alle gefundenen Fingerabdrücke im Haus von Blatthaus, die wir nicht eindeutig zuordnen können, zur Überprüfung nach Italien geschickt werden. Nochmal zu der möglichen Gemeinsamkeit der beiden Fälle, dem Mafia-Zeichen. Soweit wir wissen, kannten sich Blatthaus und die anderen Ermordeten nicht." Dass die Frau und ihr ebenfalls ermordeter Ehemann in dem alten Haus zu Tode gekommen waren, war inzwischen allgemeines Wissen. „So ein Amulett trägt man heutzutage auch aus Modegründen oder aus Sympathie", wusste Bach. „Man muss nicht unbedingt Mitglied einer Organisation sein", zweifelte er. „Wie die dazu passende Zeichnung in den Mülleimer von Blatthaus gelangte, wissen wir nicht. Theoretisch kann jeder diese Zeichnung angefertigt haben."

„Das glaube ich nicht", schaltete sich Krumm wieder in die Diskussion ein. „Was wir bisher wissen, ist die Tatsache, dass die Mörder des unbekannten Ehepaares vermutlich Russisch gesprochen haben. Nun finden wir bei Blatthaus russischsprachige Dokumente. Das ist kein Zufall. Wir müssen schnellstens erfahren, was in diesen Papieren steht. Wie passt das Mafiaemblem in dieses Bild? Erst mal noch nicht, so sieht es jedenfalls aus. An Dr. Blatthaus als Zeichner glaube ich mit Sicherheit nicht", stellte Krumm fest. „Also jemand von der Mafia selbst? Warten wir doch erst ab, was die Übersetzungsarbeiten ergeben", schlug er vor.

„Was ist mit den sogenannten Russen in der Badstraße?", engagierte sich Gregor Kasperbauer von der KTU, „die gehen mir in der ganzen Geschichte etwas unter."

„Richtig", gab ihm Bach recht, „von denen wissen wir wenigstens, dass sie das unbekannte Ehepaar umgebracht haben. Aber ob es wirklich Russen waren, zweifle ich noch an. Der Luggi Sonnleitner sagte ja nur aus, dass es sich um eine östliche Sprache gehandelt haben kann. Wissen wir etwas über den weißen Skoda mit der Frankfurter Nummer?", fiel Bach wieder ein.

„Nein, da sind wir noch dran", antwortete Schwarz.

„Also, ich sehe schon, wir stochern noch im Nebel", folgerte der Hauptkommissar, „wir müssen die Spuren, die wir gefunden haben, schneller auswerten. Wir wissen noch zu wenig. Was ist mit Blatthaus' Bankkonten, seinen Handy- und Computerdaten? Welche möglichen Erklärungen gibt es für das Zeichen der Sacra Corona Unità sonst noch? Und so weiter und so fort. Lasst uns an die Arbeit gehen. Notfalls dehnen wir unsere Ermittlungsarbeit europaweit aus. Hat jemand noch andere Ideen?"

Krumm meldete sich nochmal zu Wort. „Ich habe mir die Sache reiflich überlegt", wählte er seine Worte, „was, wenn zwei kriminelle Organisationen damit begonnen haben, einen Kampf in unserer Stadt auszutragen?"

Warum und wer sollte das sein?", fragte Bach nach.

„Warum weiß ich leider noch nicht", stand Krumm Rede und Antwort. „Aber ich könnte ich mir auf der einen Seite die Sacra

Corona Unità und auf der anderen Seite eine russische, kriminelle Bande vorstellen."

„Ist das nicht ein bisschen zu klischeehaft? Und wie soll Doktor Blatthaus da hineinpassen?", zweifelte Bach.

„Wie gesagt, das weiß ich noch nicht."

„Und wie passt das Wunschlos Glücklich in dieses Szenario?", rief Bachnik dazwischen.

Der nächste Spaziergang

Heute wollten sie die westliche Innenstadt besuchen, vom Rathaus über die Gartenstraße, den alten Jüdischen Friedhof entlang bis zur Rednitz, dann quer durch die Innenstadt und über die Königstraße wieder zurück zum Rathaus. Norbert konnte wieder einmal nicht mitkommen und Dieter war mit seiner Frau noch auf Mallorca, also zogen Anton und Hans wieder zu zweit los. Eigentlich waren sie eine Woche zu früh dran, aber vom kommenden Wochenende an war Regen angesagt und auf ihre Exkursion verzichten wollten sie auch nicht. Rasputin war auch wieder dabei. Er freute sich am meisten über die ausgiebigen Spaziergänge, während derer er überall schnüffeln durfte. Hans kam wieder mit der U-Bahn. Am Platz vor dem Rathaus trafen sie sich.

„Norbert hat seine Hilde noch nicht in ein Pflegeheim abgegeben", verkündete Anton als erste Neuigkeit. „Ich habe ihn wie versprochen angerufen, aber einen Rat oder unsere Unterstützung wollte er eigentlich nicht. Er hat alles bereits mit Dr. Blatthaus abgesprochen und sucht nun nach einem Rentnerjob, bei dem er etwas hinzuverdienen kann. Wie du schon gesagt hast, der Neurologe scheint sein Lebensberater in allen Dingen geworden zu sein. Aber dennoch, ob Norbert die Hilde in ein Heim gibt, hat er noch nicht entschieden."

„Aber der Blatthaus wurde doch ermordet?", warf Hans ein.

„Ja, schlimm, was mit dem Blatthaus passiert ist. Dann muss

das Gespräch mit Norbert eben schon vorher gelaufen sein. Vor dem Mord, meine ich. Blatthaus soll ja mit der apulischen Mafia zu tun gehabt haben. Sagen jedenfalls die Zeitungen." Anton war richtiggehend aufgebracht.

„Da stimmt auch nicht jedes Wort, was da geschrieben steht", entgegnete Hans. „Wie geht es ihr denn? Ich meine Hilde. Kann Norbert schon etwas sagen?" Sie liefen am Kohlenmarkt vorbei und betrachteten das schönste und größte Haus am Platz, das in Jahr 1900 eröffnet worden war, das ehemalige Kaufhaus Tietz. Mit 900 Quadratmetern Verkaufsfläche war es damals das erste Warenhaus in Bayern. Hier konnte man nicht mehr verhandeln, nicht mehr anschreiben lassen. Nun war in dem Gebäude, nach der Renovierung 2009, die Raiffeisen-Volksbank Fürth untergebracht.

„Ich weiß nicht so recht", gestand Anton. „Ich werde aus Norbert nicht so richtig schlau. Einerseits spricht er nicht so gerne über seine Pläne, andererseits glaube ich, dass ihn die Sache mit dem Rentnerjob schon sehr drückt."

Sie kamen an der ehemaligen Spiegelglasfabrik vorbei und bogen in die Gartenstraße ein, wo einst Gemüse, Obst und Wein angebaut wurden. Hier erstreckte sich seit 1863 die Brauerei „Grüner" über die halbe Straße, mit ihrem Sudhaus, dem Malzboden, dem Winterbierkeller, dem Eishaus, der Büttnerei und den Pferdeställen. Sie erreichten das Ende der Straße und blickten auf den Fraveliershof, eine ehemalige Tabakmanufaktur. „Jetzt sind wir im Gänsberg-Viertel", unterbrach Hans seinen Freund. „Hier scheint die Zeit stehengeblieben zu sein. Es ist alles so eng, dürftig und bescheiden."

„Das ist ja auch der ursprünglichste Teil von Alt-Fürth", antwortete Anton. „Hierher kamen im 16. Jahrhundert Handwerker und Gewerbetreibende, Glaubensflüchtlinge aus den Niederlanden und Frankreich ..."

„... und Juden", ergänzte Hans.

„Richtig", merkte Anton an. „Es gab Brillenmacher, Goldschläger, Metallknopfdrechsler, Zinngießer und Bortenwirker, es wurden Papiertapeten, Siegellack und Spiegel hergestellt. Bis es Anfang der 60er Jahre zum Komplettabriss kam."

„Der Neuaufbau hat leider die alten Strukturen gar nicht berücksichtigt", klagte Hans. Sie überquerten die Rosenstraße zur Schlehenstraße hin. „Was meintest du vorhin damit, dass du aus Norbert nicht so richtig schlau wirst?"

„Ich weiß nicht. Das ist eher so ein Gefühl. Einerseits könnte ich mir vorstellen, dass er durch Blatthaus' Tod verunsichert ist, andererseits könnte er bei der Jobsuche schon viel weiter sein, als er mir sagt." Rasputin zog plötzlich an seiner Leine und wollte auf die andere Straßenseite. Eine Frau mit einem Spaniel flanierte vorüber. „Nein, wir bleiben hier auf der Seite des Alten Jüdischen Friedhofs", wies ihn Anton zurecht, dann erzählte er weiter. „Er tut so geheimnisvoll."

„Um das Geld an der Steuer vorbeizuschieben?", vermutete Hans.

„Könnte schon sein", erhielt er zur Antwort. „So genau habe ich mich auch nicht zu fragen getraut. Dann begäbe er sich natürlich auf dünnes Eis."

„Hast du denn irgendeine Ahnung, was das für ein Job sein könnte?"

„Keine Idee. Darüber lässt er sich ja nicht aus", klagte Anton.

„Übrigens, weil wir gerade am Jüdischen Friedhof vorbeigehen, weißt du, wie viele Grabsteine hier noch stehen? Der Gottesacker wurde doch im II. Weltkrieg von einer Bombe getroffen", stellte Hans fest.

„Ich meine, ich habe mal gelesen, dass von den ursprünglich 15.000 bis 20.000 Grabsteinen noch 6.000 stehen. Bin mir aber nicht sicher", zweifelte Anton.

„Mein Gott, 20.000 Gräber", schüttelte Hans seinen Kopf.

„Naja, von 1607 bis 1936, da kommt schon was zusammen. Nicht umsonst ist der Alte Jüdische Friedhof der größte in ganz Süddeutschland und die Stadt Fürth wird auch als das ‚Fränkische Jerusalem' bezeichnet". Anton stellte mal wieder sein Wissen der Stadtgeschichte unter Beweis.

„Aber das ist doch nicht zulässig", meinte Hans wie aus heiterem Himmel.

Anton wusste gar nicht, was er meinte und fragte deshalb: „Was ist nicht zulässig?"

„Na, dass Norbert sein neues Einkommen an der Steuer vorbeischiebt. Das wäre doch Betrug? Weißt du, wie viel er bei dem Job verdienen würde?"

„Keine Ahnung", äußerte sich Anton. „Wie gesagt, noch hat er den Job ja nicht, und danach habe ich ihn natürlich nicht gefragt. Das hätte er mir sowieso nicht gesagt." Die beiden Rentner folgten hinter dem Friedhof der Bogenstraße und kamen zur Rednitz. Still standen die vier Kißkalt'schen Häuser in der Mittagssonne. Einst waren sie als billige Arbeiterwohnungen gebaut worden, ohne Bad, versteht sich. Heute, wegen der Nähe zum Wasser, waren sie eine begehrte Wohnadresse.

„Also, was Warmes will ich heute nicht essen, aber wie wäre es mit einem Stück Käsekuchen und einer Tasse Kaffee", schlug Hans vor.

„Oder einem Eiskaffee", ergänzte Anton. Sie kehrten im Café Badehaus ein, wo die Stadt von 1905 bis 1968 eine Flussbadeanstalt betrieben hatte. Nach dem Cafébesuch folgten sie dem Mariensteig und der gleichnamigen Straße bis zur Theaterstraße und bogen wieder in die arbeitsame Stadt ein. Mit dem Eckhaus zwischen Theater- und Mathildenstraße erreichten sie die Geburtsstätte von Henry Kissinger, dem ehemaligen US-Außenminister, der 1923 hier geboren wurde und 1938 in die Vereinigten Staaten von Amerika emigriert war. Hans und Anton schlenderten die Mathildenstraße hinauf, die sich wie das ganze Viertel zur Wohngegend gemausert hatte, und erreichten schließlich die Fußgängerzone. Wo sich Mathilden- und Schwabacher Straße schneiden, trafen sie auf den Dreiherrenbrunnen mit den Figuren des Dompropsts von Bamberg, dem Markgrafen von Brandenburg-Ansbach und einem Nürnberger Patrizier. Der Brunnen symbolisiert die jahrhundertelange Dreiherrenherrschaft über die Stadt. Hans und Anton blieben vor dem Brunnen stehen. Rasputin wollte weiter, wurde aber von seiner Leine gehalten.

„Hat dieser Brunnen nicht auch etwas mit dem Fürther Kleeblatt zu tun?", fragte Hans. „Ich meine gelesen zu haben, dass es

mit der Dreiherrenherrschaft erklärbar ist. Deshalb auch ein drei-
blättriges Kleeblatt."

„Das ist nicht erwiesen", überlegte Anton und warf seine Stirn
in Falten. Rasputin zerrte nun deutlich. „Es gibt drei Erklärungen
für unser Stadtwappen. Was du gesagt hast, ist eine davon. Eine
andere besagt, dass das Kleeblatt, das übrigens erstmals 1562 auftauchte, deshalb unser Wappen ist, weil es in Fürth seit eh und je
eine friedliche Koexistenz von Katholiken, Protestanten und Juden
gibt, die sich seit 1528 in Fürth ansiedeln durften. Aber auch das ist
unlogisch. Die Reformation begann mit dem Jahr 1517 und vollzog
sich bis 1648. Auch wenn der Protestantismus 1524 in Fürth eingeführt wurde, so war die Entwicklung doch noch nicht abgeschlossen. Eher wahrscheinlich ist deshalb die dritte Theorie. Das Kleeblatt kommt ursprünglich von einem Bamberger Amtssiegel. Die
Erklärung dazu lautet, dass das dreiblättrige Kleeblatt die Dreiei-
nigkeit Gottes darstellen soll. Gott Vater – Gott Sohn – und Gott
Heiliger Geist."

„Again what learned, um mit einem großen Franken zu sprechen", antwortete Hans.

Am Fürther Stadttheater vorbei und die Königstraße entlang
marschierten die beiden wieder zurück zum Rathaus, wo Hans im
U-Bahn-Eingang verschwand.

Dostojewskis Reaktion

Natürlich hatte Danylko den russischen Bandenboss über den
Blatthaus-Mord informiert.

„Gehäutet, sagst du?" Dostojewski reagierte empört. „Das ist ja
krass. Welche Leichen hat Blatthaus im Keller, dass ihm jemand so
etwas antut?" Nicht dass er Blatthaus wirklich nachgetrauert hätte,
aber er hatte nun niemanden mehr, der sich professionell um das
Wunschlos Glücklich kümmerte. Das machte ihn am meisten
wütend. „Kannst du temporär Blatthaus' Aufgabe mitüberneh-
men, bis ich einen passenden Ersatz für ihn gefunden habe?"

Danylko blieb nichts anderes übrig, als dem Vorschlag zuzustimmen und Dostojewski beendete das Telefonat.

Diesem Trottel Danylenko konnte er die Leitung des Sexclubs nicht auf Dauer zumuten. Er brauchte jemand anderen. Aber wen? Das war die Frage. Es sah so aus, als ob er dieses Problem selbst lösen und nach Deutschland reisen müsste. Je länger er darüber nachdachte, umso wütender wurde er. Was hatten ihm die Mörder von Blatthaus da nur eingebrockt? Wer waren die überhaupt? Dostojewski überlegte. Was wenn der Mord etwas mit dem Wunschlos Glücklich zu tun hatte? Auf die Idee war er noch gar nicht gekommen. Das wäre natürlich möglich. Dann ginge die Tat ja auch gegen seine Organisation. Der Gedanke ließ ihn nicht mehr los. Je langer er über das Problem nachdachte, desto sicherer erschien ihm diese Theorie. War der Mord an Blatthaus ein Gruß von den Italienern? Er hatte da so eine Ahnung. Eine Racheaktion? Wegen des ermordeten italienischen Paares? Dostojewski musste das unbedingt klären. Wenn dem so war, dann würden sie dafür büßen müssen. Er würde sie pfählen und rädern. Aber wie und wo? Alexander wusste, dass München eine Hochburg der Sacra Corona Unità in Bayern war, aber war der Clan auch in Fürth vertreten? Er wusste von Blatthaus, dass die Sacra Corona Unità ihn kontaktiert hatte, weil sie glaubten, dass er der Eigentümer des Sexclubs war. Blatthaus musste sie enttäuschen. Er hatte ihnen erzählt, dass ihm, Dostojewski, das Wunschlos Glücklich gehörte.

Die ersten Rachepläne entwickelten sich in Alexanders Kopf. Was er nicht wusste, war, ob die Mafia mit dem Mord an dem Neurologen nun Ruhe geben würde oder ob sie weiter an ihrem Plan, in das Sexgeschäft einzusteigen, festhielten. Blatthaus hatte ihm davon berichtet. Aber nun? Dostojewski dachte über Blatthaus' Nachfolger nach. Er brauchte einen Mann, der gut vernetzt war, wusste, was in Fürth los war und überall seine Finger drin hatte. Und er musste bei ihrem Geschäft mitmachen. Ohne Wenn und Aber. Wie sollte er nun herausfinden, ob die Italiener hinter dem Ganzen steckten? Nach Italien würde er seine Leute jedenfalls nicht schicken, um das festzustellen beziehungsweise um Rache zu üben. Das wäre zu gefährlich. Nein, dort wären sie nicht sicher. Aber wie sah es in Fürth aus? Es galt, einen offenen Krieg zu vermeiden. Dennoch, Strafe musste sein. Vor allem, wenn sie sich weiter um das Geschäft mit dem Sex bemühen wollten. Blatthaus' Nachfolger musste her. So schnell wie möglich. Es blieb ihm gar nichts anderes übrig, als erneut Leute nach Fürth zu schicken. Die nächsten Tage würden zeigen, ob die Italiener nun, nach dem Mord an Blatthaus, Ruhe geben oder ob sie ihre Gräueltaten fortsetzen würden. Noch hatte Dostojewski sie nur in Verdacht, aber er war sich ziemlich sicher.

Die Societa Segreta

D'Angelo, Conti und Leone, die geheime Gesellschaft der apulischen Mafiaorganisation, saßen wieder zusammen.

„Unsere Leute haben Blatthaus, den Vertrauten des Russen, bestraft", begann einer. „Die Frage ist, wie geht es weiter?", wollte er von den beiden anderen wissen.

„Wir bleiben dabei, wir steigen in das Sexgeschäft in Fürth ein", forderte der Vangelo forsch.

„Dem pflichte ich bei", bestätigte Leone.

„Und wie machen wir das? Wir brauchen Leute vor Ort."

„Wir beauftragen zunächst Nico Esposito, unseren Mann in Nürnberg, mit der Sache. Fürth liegt ja gleich nebenan", schlug Tommaso Conti vor. „Der soll die Szene beobachten. Nichts überstürzen. Dostojewski braucht einen Nachfolger für Blatthaus und er wird reagieren."

„So machen wir das", bestätigte Leone, „wir steigen ein und beauftragen Esposito."

„Habt ihr dabei auch bedacht, dass es zum Bandenkrieg mit den Russen kommen könnte?", warnte der Capo eindringlich. „Die werden sich ihren Markt nicht so ohne weiteres wegnehmen lassen."

Und wenn schon", zeigte sich Leone störrisch. „Wenn wir in Fürth ins Geschäft kommen wollen, brauchen wir sowieso Leute vor Ort. Hauptsächlich Soldati und einen Sgarrista, einen Gebietsverwalter. Im Minimum. Die sollen auf die Russen aufpassen. Das

Ganze muss still und heimlich geschehen, ohne viel Aufsehen zu erregen. Die Frage ist nur, wo und wie steigen wir ein? Außerdem müssen wir überlegen, ob die Russen nun ausreichend geschwächt sind oder ob wir uns weitere Maßnahmen überlegen müssen."

„Weitere Maßnahmen?", warf der Capo ein.

„Ja", überlegte Leone, „das könnte ein kleiner Stich sein, zum Beispiel eine kleine Explosion im Wunschlos Glücklich, oder wir schalten Dostojewskis Organisation ganz aus. Mit Mann und Maus."

„Beide Varianten würden aber bedeuten, dass wir den totalen Bandenkrieg riskieren", warnte D'Angelo.

„Wenn Dostojewski keine Ruhe gibt, haben wir so oder so den Krieg", rührte sich nun Conti. „Das gleiche gilt, wenn wir in Fürth etwas Eigenes aufbauen und er damit nicht einverstanden ist. Oder glaubt ihr, dass er seelenruhig zusehen wird, wie wir ihm Konkurrenz machen? Also, dass wir seine Organisation schwächen müssen, bleibt eh nicht aus, wenn ich an den Wettbewerb denke. Die Frage ist nur, wie? Durch weitere Morde oder wie Leone vorgeschlagen hat, durch eine klitzekleine Bombe."

„Habt ihr bedacht, dass dabei auch Unschuldige umkommen könnten?", warnte der Capo.

„Nicht, wenn wir es geschickt machen", warf Leone ein. „Nur eine kleine, begrenzte Explosion, mitten in der Nacht, am Eingangsbereich des Wunschlos Glücklich zum Beispiel. Wir müssen ja nicht gleich das ganze Haus zerlegen."

„Die Polizei wird ermitteln, das wisst ihr?", warnte D'Angelo nochmal.

Na wenn schon", gab Conti seinen Kommentar dazu ab.

„Also gut, ihr seid für weitermachen", fasste er zusammen. „Mit einem kleinen Bombenanschlag. Damit beauftragen wir Esposito. Außerdem soll er sich in Fürth umtun, ob er ein geeignetes Objekt findet, in dem sich ein Swingerclub realisieren lässt. Er soll uns baldmöglichst berichten, dann entscheiden wir weiter. Ist das unser heutiger Beschluss?"

Die beiden anderen sahen sich an, dann nickten sie. „So soll es sein", antworteten sie.

Krumm ermittelt weiter

Die KTU hatte das Handy- und Computerpasswort von Walter Blatthaus mit ihrem digitalen Einbruchswerkzeug Wireshark geknackt. Es lautete !19WalBla61! Einfach, raffiniert und nicht zu vergessen. 1961 wurde der Neurologe geboren, WalBla waren die ersten drei Buchstaben des Vor- und Familiennamens und das Ausrufezeichen ist die erste Buchstabentaste links oben am Computer. Der AVM FRITZDECT Repeater war nicht verschlüsselt. Er lag im Safe, war also sicher und wurde ganz bestimmt nur bei Bedarf herausgenommen. Nur eine einzige, russische Nummer war darauf abgespeichert. Schon wieder Russland. Krumm überlegte nicht lange und rief die Nummer an.

„Ja", meldete sich ein Mann, „hier spricht die Nummer eins."

Krumm erschrak und legte schnell wieder auf. Nummer eins? Wer war das? Krumm entschied sich, zunächst die ganzen Papiere durchzulesen, die die SpuSi ihm zur Verfügung gestellt hatte. Er griff sich den Vertrag, in dem Dr. Blatthaus als Käufer des Wunschlos Glücklich auftrat. Alles schien in Ordnung zu sein. Der Vertrag war vom Voreigentümer und von Dr. Blatthaus unterschrieben und von einem bekannten Fürther Notar beglaubigt. Krumm wunderte sich. Wo hatte der Neurologe so viel Geld her? Die Kaufsumme war hoch, selbst für einen erfolgreichen Neurologen. Es war schon etwas ungewöhnlich, dass ein stadtbekannter Arzt einen Swingerclub erwarb. Krumm griff zu der deutschen Übersetzung des russischen Textes. Auch darin ging es um den Fürther Sexclub. Das Papier war einen Tag später als der deutsche Kaufvertrag datiert. Es ging um den Weiterverkauf des Wunschlos Glücklich von Blatthaus an einen Alexander Sergejewitch Dostojewski und trug deren beider Unterschriften. Diesmal ohne Notar. Außerdem gab es eine Zusatzvereinbarung. Darin stand, dass sich beide Vertragsparteien darin einig seien, dass Blatthaus nur als Strohmann für den originären Kauf des Clubs fungierte und gegenüber dem russischen Eigentümer als Verwalter des Swingerclubs verantwortlich sei. Nach außen hin agiere allerdings der Ukrainer Danylko

Danylenko als Geschäftsführer. Das Zusatzpapier trug auch dessen Unterschrift. Da schau her, Blatthaus arbeitete für die Russen. Das war nun amtlich. Krumm googelte nach Dostojewski. Was er fand, erfreute ihn gar nicht. War Dostojewski diese Nummer 1? Hatte er gerade Dostojeski angerufen? Das war vielleicht keine gute Idee gewesen, so schnell zum Telefon zu greifen. Jedenfalls war Blatthaus damit wahrscheinlich nicht der Künstler, der das Mafia-Symbol zu Papier gebracht hatte. Welche Beziehung bestand zwischen ihm und Dostojewski? Und welche Rolle spielte Danylko Danylenko? Fragen über Fragen. Krumm legte die Papiere beiseite und beschäftigte sich mit dem Computer und dem Handy des Ermordeten. Zuerst checkte er die abgespeicherten Telefonkontakte. Es waren eine ganze Menge. Das Telefonmenü zeigte ihm, dass Blatthaus häufig mit Danylko Danylenko im Wunschlos Glücklich gesprochen hatte. Krumm scrollte erneut durch die Kontakte. Auch ein Paul Wiesinger war darunter. Den Namen hatte er doch schon einmal gehört. Bach hatte letzthin den Namen erwähnt. Der Eigentümer des Hauses in der Badstraße, dem Tatort des Doppelmordes. Schloss sich hier ein Kreis? Konnte schon sein. Hingen die beiden Fälle wirklich zusammen? Ob das derselbe Wiesinger war, den er da auf Blatthaus' Handy gefunden hatte? Die Telefonnummer konnte stimmen. Er würde Wiesinger später anrufen. Krumm wandte sich dem Computer zu, als er mit dem Mobiltelefon fertig war. Dort überprüfte er zuerst den E-Mail-Account, der außer intensivem Schriftwechsel mit Danylko Danylenko wenig hergab. Es war der Ton, der ihn aufmerken ließ. Blatthaus war sehr bestimmend. Der Ermordete gab sehr klare Anweisungen, was im Wunschlos Glücklich geschehen sollte. Danylenko war anscheinend nur Befehlsempfänger. Die Sache wurde immer mysteriöser. Aber Krumm war noch nicht fertig. Er sah sich auch den Google-Suchverlauf auf Blatthaus' Computer an. Pornoseiten. Eine nach der anderen. Blatthaus musste ein Fan gewesen sein. Vor allem Mädchen und Frauen aus Afrika schienen ihn interessiert zu haben. Krumm schaltete den Computer aus. Das war ihm alles zuwider und er wandte sich erneut Blatthaus' Handy zu. Er wählte die Nummer von Wiesinger.

*

„Herr Wiesinger, hier spricht die Kripo Fürth, mein Name ist Giselher Krumm. Meine Kollegen Hauptkommissar Bach und Kommissar Schwarz haben Sie letzthin besucht. Da ging es um die Eigentümerschaft des Hauses in der Badstraße in Fürth."

„Ich erinnere mich daran", meinte sein Telefongesprächspartner.

„Der Grund, warum ich Sie anrufe, ist etwas eigentümlich", fuhr er fort. „In Fürth ist ein Mann ermordet worden, Dr. Blatthaus, und wir haben auf seinem Handy Ihre Telefonnummer entdeckt."

„Ich weiß von seinem Tod", antwortete Wiesinger. „Die Zeitungen waren ja voll davon. Dass meine Nummer in seinen Kontakten gefunden wurde, ist nicht verwunderlich. Doktor Blatthaus war mein Stiefbruder."

Krumm war überrascht. „Oh, das wusste ich nicht. Mein herzliches Beileid."

„Keine Ursache", gab Wiesinger von sich. „Blatthaus' Eltern haben sich scheiden lassen. Sein Vater blieb allein. Seine Mutter hat wieder geheiratet und ich bin der Spross dieser Verbindung."

„Dann wissen Sie sicherlich auch, welche Verwandten Blatthaus sonst noch hat?"

„Mich. Seine Eltern, also auch meine Mutter, sind längst verstorben. Andere Brüder oder Schwestern gibt es nicht und eine Frau hat Blatthaus auch nicht."

„Dann sind Sie der einzige mögliche Erbe?"

„Darüber habe ich ehrlich gesagt noch gar nicht nachgedacht. Wissen Sie, wir standen in keinem engen Verhältnis zueinander. Eigentlich in gar keinem Verhältnis, wenn ich mir das so recht überlege. Er hat sein Leben geführt und ich führe meines."

„Er hinterlässt ein beachtliches Erbe, sein Haus in der Hornschuchpromenade und Bargeld auf seinem Bankkonto und in seinem Tresor", verriet Krumm. „Sagen Sie, wissen Sie, welche Verbindung Ihr Stiefbruder zum Wunschlos Glücklich hatte?"

„Das ist doch der Swingerclub in der Flößaustraße?"

„Genau."

„Keine Ahnung."

„Sagt Ihnen der Name Alexander Sergejewitch Dostojewski etwas?", fiel Krumm noch ein.

„Kenne ich nicht. Klingt aber nach Osteuropa."

„Sagen Sie, dass Sie Eigentümer des Hauses in der Badstraße sind, wusste Ihr Stiefbruder aber schon?", ließ Krumm nicht locker „und dass es leer steht, das wusste er auch."

„Das schon, da habe ich ihn vor Jahren mal telefonisch kontaktiert und ihn gebeten, dass er, nachdem er ja in Fürth wohnt, seine Lauscher mal aufstellen soll, ob es vielleicht einen Investor gibt. Da ist aber nie etwas draus geworden."

„Danke, das war es auch schon", verkündete Krumm. „Dass wir Ihre Angaben in Bezug auf die Hinterlassenschaft Ihres Bruders noch überprüfen müssen, ist Ihnen schon klar?", stellte Krumm zum Schluss fest.

*

Krumm hatte noch nicht genug an diesem erkenntnisreichen Tag. Er fuhr auf dem Heimweg nach Nürnberg noch schnell in der Flößaustraße vorbei. Danylko Danylenko interessierte ihn. Er wollte aus dessen Mund wissen, wer denn nun im Wunschlos Glücklich das Sagen hatte. Er, Danylenko, oder Blatthaus. Dabei konnte er sich gleich die Eigentumsverhältnisse des Swingerclubs bestätigen lassen und ob Danylenko die Nummer 1 kannte.

Krumm hielt auf der gegenüberliegenden Seite der Straße und besah sich das Haus. Es machte schon etwas her mit seinen vielen Stuckreliefs und Giebeln. Die Tür stand offen. Ein Getränkewagen der Firma Coca-Cola hielt davor. Der Fahrer war ausgestiegen und holte seine Sackkarre. Krumm betrat das Etablissement. Am Empfang stand Bibsi, eine etwa 20-jährige Blondine mit einem schulterfreien Top, das die straffen Brüste eher hervorhob als bedeckte, und einem knappen Höschen. „Sie gehören heute zu den ersten Gästen", flötete sie, „es ist noch nicht viel los."

„Ich bin kein Kunde", antwortete Krumm, „ich bin von der Polizei", dabei zeigte er seinen Dienstausweis „und möchte mit Herrn Danylko Danylenko sprechen."

Krumm trat zur Seite. Der Coca-Cola-Ausfahrer war mit seiner Karre im Anrollen. „Schönes Wetter heute, Bibsi", rief er der Dame am Empfangstresen zu, „gleich habe ich Feierabend, dann könnten wir eigentlich eine Nummer schieben?"

„Angeber", reagierte sie, „du kriegst doch gar keinen mehr hoch." Der Cola-Fahrer lachte und verschwand durch den Eingang.

Bibsi wandte sich wieder Krumm zu. „Danylko ist heute schon etwas früher gegangen als sonst. Er ist erst morgen wieder hier. Was machen wir denn da?" Es war erst 17 Uhr.

„Dann möchte ich mit jemandem sprechen, der sich hier auskennt", sprach Krumm.

„Augenblick, ich rufe Ihnen jemanden." Bibsi bediente das Telefon. Der Cola-Ausfahrer war wieder im Anmarsch. Dieses Mal hielt er kurz inne.

„Machst du es auch ohne Gummi?", wollte er wissen.

„Kostet 30 Euro extra", wusste Bibsi geschäftstüchtig.

Der Cola-Fahrer überlegte, dann fuhr er mit seiner Karre wieder in das Innere des Clubs.

Inzwischen war ein Pärchen am Empfangstresen erschienen. Sie Anfang 20, er vielleicht 10 Jahre älter. „Hat der Dark Room schon offen?", wollte sie wissen.

„Das schon, aber es sind noch nicht viele Leute da", erklärte Bibsi.

„Ich bin Tatjana, Sie wollen Herrn Danylenko sprechen? Er ist nicht da, aber ich bin seine Vertretung." Eine Schwarzhaarige hatte sich an Krumms Seite gesellt. Sie trug einen Strumpfhalter mit schwarzen Netzstrümpfen. Oben herum hatte sie ihren wogenden Busen mit einer Art weißem Schleier verhüllt. Nur die Brustwarzen schimmerten durch. Dazwischen trug sie ebenfalls knappe, schwarze Hotpants. „Lassen Sie uns doch etwas ins Innere gehen", gurrte sie, „da können wir uns wenigstens setzen." Sie ging voraus. Tatjana und Krumm ließen sich in zwei rote Sessel plumpsen.

„Morgen ist Herr Danylenko wieder da, sagte mir die Dame am Empfang?", eröffnete Krumm die Gesprächsrunde.

Wenn Bibsi das sagt, wird es schon stimmen", antwortete Tatjana vorsichtig.

So kam Krumm nicht weiter. Er ging zum Direktangriff über. „Sagt Ihnen der Name Alexander Sergejewitch Dostojewski etwas?"

„Nein", erwiderte Tatjana. „Bei mir hat sich der Herr noch nicht vorgestellt."

Sie kennen Ihren Arbeitgeber und Eigentümer des Clubs nicht?", wunderte sich Krumm.

„Die Eigentumsverhältnisse gehen mich nichts an, darum kümmere ich mich nicht", wusste die Schwarzhaarige. „Da mussten Sie tatsächlich Herrn Danylenko persönlich sprechen. Ich passe nur auf, dass im täglichen Betrieb unser Club alles reibungslos läuft."

„Aha", ließ Krumm verlauten, „dann kennen Sie auch Herrn Blatthaus wohl nicht?"

„Doch", erwiderte Tatjana überraschend, „der war häufig hier. Das war ein Freund von Herrn Danylenko. Aber fragen Sie mich nicht, was die beiden verbunden hat. Jetzt ist er ja tot. Ermordet, sagen die Zeitungen."

„Ich sehe schon", gab Krumm auf, „Sie können mir nicht weiterhelfen. Da wird mir wohl nichts anderes übrigbleiben, als nochmal zu kommen. War nett, Sie kennengelernt zu haben. Wir werden uns bestimmt wiedersehen."

Norbert sucht einen Job

Norbert hatte Geldsorgen. Er konnte Hilde mit seiner kleinen Rente nicht in ein anständiges Pflegeheim einweisen lassen. Das war viel zu kostspielig, da wäre nichts mehr übrig geblieben. Aber Dr. Blatthaus hatte ihm einen Job in Aussicht gestellt. Im Swingerclub Wunschlos Glücklich. Aber wie sollte er das Hans und Anton sagen? Er im Swingerclub. Die würden sich krumm lachen. Es wäre leichte Arbeit, hatte der Doktor gesagt. Eine Art Hausmeisterjob und überall mit anfassen, wo Hilfe gebraucht würde. Für 1000 Euro im Monat, bar auf die Hand. Blöd wären die Arbeitszeiten. Er wäre hauptsächlich abends beschäftigt. Da konnte er Hilde schlecht allein lassen. Er konnte sie eigentlich überhaupt nicht mehr allein lassen. Er wusste ja nicht, was sie in der Zwischenzeit alles anstellen würde. Erst neulich hatte sie zarte Feinwäsche in die Maschine gegeben und auf 90 Grad Buntwäsche gestellt. Glücklicherweise hatte er diesen Lapsus noch rechtzeitig bemerkt. Oder die Sache mit den Betrügern am Telefon. Was hatte der Mann für eine herzzerreißende Geschichte erzählt. Von einem Cousin, der krank war und im Sterben lag und der nur mit einer neuen Niere gerettet werden könnte. Das Organ stünde ja zur Verfügung, aber das Geld fehle. Weder Norbert noch Hilde hatten einen Cousin. Er konnte gerade noch einschreiten, bevor sie dem Trickbetrüger ihre Kontonummern einschließlich der PIN nannte. Nein, Hilde brauchte eine Aufsicht, eigentlich den ganzen Tag über. Aber so lange nicht genügend Geld da war, war es mit dem Heim nichts. So kam Norbert auf die Idee, sich einen Heimarbeitsjob zu suchen. Das wäre ideal. Da brauchte er nicht außer Haus. Er könnte zu Hause arbeiten. Wenn Hilde schlief. Er hatte den Plan, sich erst einen gewissen Kapitalstock zu erarbeiten, danach konnte er sich immer noch überlegen, ob er Hilde in ein Heim geben wollte. Vielleicht war es ja auch möglich, Hilde mit einem Pflegegrad daheim zu versorgen. Da musste er sich noch erkundigen. Blöd, dass Dr. Blatthaus ermordet wurde. Der hätte ihm die Frage bestimmt beantworten können. Aber zusätzliche 1.000 Euro pro Monat wären nicht schlecht, aber wie lange musste er dafür arbeiten? Und vor allem, was könnte er tun? Gab es so eine Heimarbeit überhaupt? Er googelte unter „Jobs für zu Hause". Die Angebote waren rar und die meisten schieden von vornherein aus. Von Computern verstand er zu wenig. Programmieren kam also nicht infrage. Auch Lektoratstätigkeit kam nicht in Frage. Er hatte ja selbst Probleme „das" und „dass" auseinanderzuhalten. In ein Call Center wollte er auch nicht. Für jemanden anderen einzukaufen, kam nicht infrage. Da wäre er viel zu oft unterwegs. Also blieb nur, als Tester tätig zu werden oder Kugelschreiber

zu montieren. Weit über 1.000 Euro sollte man damit im Monat
verdienen können. So stand es jedenfalls in den Anzeigen. Bar auf
die Kralle? Norbert hatte keinen blassen Schimmer, was davon die
Steuer auffressen würde. Ob die Arbeitgeber mitmachen würden,
wenn er sein Einkommen selbst versteuerte und als Selbstständiger
arbeitete? Natürlich dachte er nicht daran, auch nur einen Cent an
das Finanzamt abzuführen. Das Risiko, erwischt zu werden,
schätzte er als sehr gering ein. Die Firma mit den Kugelschreibern
saß in England, die mit den Beautyprodukten zum Testen in Hamburg. Da er eh am Computer saß, rief er sein E-Mail-Programm auf.
Hoffentlich verstanden die Engländer sein Deutsch. Er tendierte zu
den Kugelschreibern. Die kannte er jedenfalls, da hatte er eine Vor-
stellung, was auf ihn zukam. Oder gab es im Wunschlos Glücklich
vielleicht auch noch andere Jobs? Eine Arbeit, zu der er Hilde vielleicht mitnehmen konnte? Möglicherweise brauchten die einen
Tagwächter am Empfang. Tagsüber war bestimmt nicht so viel dort
los. Er würde sich mal erkundigen.

Ein neuer Interessent

Das alte Haus in der Badstraße war ein Riesenkasten mit vier
Stockwerken und insgesamt zwölf Wohnungen. Keiner wollte es
haben. Das Haus war verfallen. Jeder Interessent scheute die Höhe
der Renovierungskosten infolge des Denkmalschutzes. Seit Jahren
stand es leer und bereitete seinem Eigentümer erhebliche Sorgen.
Es war einfach ein Schandfleck, wie es so dastand, die Farbe abgeblättert, die Fenster im Erdgeschoss verbrettert und außen alles
voller Graffiti. Auch das Dach war undicht.
   Natürlich hatte Nico Esposito in Nürnberg von dem Doppelmord
in der Nachbarstadt gelesen. Zur Veranschaulichung war ein Foto
von dem alten Anwesen in der Zeitung abgebildet. Auch der einge-
bretterte Garten war teilweise noch sichtbar. Als ihn D'Angelo beauftragte, in Fürth ein passendes Haus für einen neuen Swingerclub zu
finden, dachte er gleich daran. Vor allem der Garten hatte es ihm

angetan. Da konnte man ja nochmal ein Gebäude reinstellen. Oder einen Whirlpool. Das Foto in der Zeitung zeigte nur einen Ausschnitt des Grundstücks. Esposito fuhr selbst in die Badstraße, las das Verkaufsschild am Bretterzaun, notierte sich die Telefonnummer des Maklers, verschaffte sich Zutritt zum Grundstück und schoss eine ganze Serie von Fotos. Kaum wieder in Nürnberg, lud er die Bilder auf seinen Computer und schickte diese nach Apulien.

Sein Vorschlag fand die Aufmerksamkeit des Capos. Er erhielt vorläufig grünes Licht und das Go, um mit dem Makler Kontakt aufzunehmen. Esposito rief Welker an und die beiden vereinbarten einen Besichtigungstermin.

Makler und Interessent schritten von Stockwerk zu Stockwerk. „Die Schäden an dem Haus stören mich nicht", verkündete Esposito großspurig. „Das muss sowieso alles neu gemacht werden. Die Türen, die Fenster, die Böden, wahrscheinlich auch die Decken. Nichttragende Innenwände müssen herausgerissen werden, die Heizung, die Sanitärobjekte und die ganze Elektroanlage erneuert werden. Das Dach, wie gesagt, wahrscheinlich auch. Das alles schreckt mich nicht ab, auch die Auflagen des Denkmalschutzes nicht. Es muss nur sichergestellt sein, dass man hier einen Swingerclub betreiben darf."

Welker zuckte leicht zusammen.

„Sie haben richtig gehört", fuhr Esposito unbeeindruckt fort. „Wir wollen einen Swingerclub daraus machen. Dahinter steht ein italienischer Investor. Das brachliegende Grundstück müsste ebenfalls bebaut werden dürfen. Das zu genehmigen, ist Sache der Stadtbehörden. Natürlich müsste der Eigentümer im Preis noch etwas heruntergehen." Die Rahmenbedingungen waren gestellt.

„Ich kann Ihnen 10.000 Euro Discount anbieten", meinte Welker geschäftstüchtig. „Wenn das nicht reicht, müssen wir das mit dem Hauseigentümer abstimmen."

„Scusi, aber der Preis ist nicht das Kriterium. Da werden wir uns schon einig werden. Der Swingerclub ist es. Nur wenn hier ein Sexclub betrieben werden darf, kann das Geschäft fliegen", machte ihm Esposito nochmal klar.

„Die Badstraße hier ist eine reine Wohngegend und keine Gewerbefläche", stöhnte Welker.

„Dann muss man das eben ändern", meinte Esposito nur. „Bringen Sie an geeigneter Stelle ein Änderungsgesuch ein. Machen Sie aus der Badstraße ein Mischgebiet. Sagen Sie den zuständigen Beamten, dass der Investor nur dann kauft und auch alle Denkmalschutzauflagen erfüllt, wenn die Forderung nach einem Swingerclub erfüllt werden kann. Wir sind außerdem bereit, einen örtlichen Architekten mit den Umbauarbeiten zu beauftragen."

„Könnte das auch der jetzige Hauseigentümer selbst sein? Der ist nämlich Architekt", fiel Welker ein „und er hat die Pläne zum dem alten Haus."

„Wer die neuen Pläne macht, ist uns egal", meinte Esposito. „Es muss nur schnell gehen und der Swingerclub muss gesichert sein."

*

Die Sacra Corona Unità machte ernst mit ihrem Sexclub in Fürth. Von Nico Esposito hatten sie die Info erhalten, dass in der Badstraße ein geeignetes Objekt seit Jahren leer steht. Ein gewaltiges Anwesen mit Erweiterungsmöglichkeiten. Großer Umbau, ideal geeignet zur Geldwäsche. Vorausgesetzt die Stadt Fürth gab die Genehmigung zum Betrieb eines Swingerclubs. Der verwilderte Garten maß über 3000 Quadratmeter. Da würde man auch noch einen Anbau mit Außenpool unterbringen können. Da könnten die Russen mit ihrem Wunschlos Glücklich nicht mehr mithalten. Die Mädchen, die Professionellen, würde man sich aus Rumänien holen. Schwarz verdientes Geld war genug da, um investieren zu können. Der Anschaffungspreis würde keine Rolle spielen.

Was D'Angelo am meisten Sorgen bereitete, war die Frage, wie man der Russen Herr würde. Es wurde Zeit für die Bombe. Eine kleine Explosion, nur um zu sehen, wie der Feind reagiert. Würden sie um sich schlagen oder einlenken? Der Capo musste Esposito informieren, dass es so weit war.

Noch hatten sie mit dem Investment Zeit, aber je früher man

sich um ein mögliches Standbein kümmerte, desto eher konnte Geld fließen. Nun hieß es, am Ball zu bleiben. Vorfühlen, Interesse bekunden, alles das konnte ja nicht schaden. Erst eruieren und alles klären, dann der Kauf, die Planung und die Renovierung, inklusive des Neubaus. Das alles würde seine Zeit benötigen. Ein langfristiges Projekt, das sich trotzdem auszahlen würde.

„Wie wollen wir verbleiben?", hatte Esposito letzthin am Telefon gefragt.

„Zuerst soll die Stadt ihre Stellungnahme abgeben, ob in der Badstraße ein Swingerclub genehmigt wird", hatte er ihn angewiesen, „dann schlagen wir zu. Halte dir den Makler warm. Von mir aus, schließe auch einen Vorvertrag mit ihm ab. Mit Vorbehalten natürlich. Zeige ernsthaftes Interesse. Einigt euch über den Kaufpreis. Und Nico, denke an den Hauseigentümer als Architekten für die Um- und Neubaupläne des Clubs."

Die Bombe

Inzwischen war es Juni geworden. Das Wetter war schlecht. Regen und Wind peitschten durch die Stadt. Feuchtwarme, schwüle Luft erfüllte die Straßen. So auch die Flößaustraße mit ihren vielen, dreigeschossigen Mietshäusern aus der frühen Gründerzeit mit ihren klassizierenden Formen und Rundbogenfenstern. Seit Ende des 19. Jahrhunderts standen sie hier, die meisten unter Denkmalschutz. Der Wind trieb Plastiktüten durch die Nacht, die dann im Rinnstein liegen blieben. Der Regen hatte nur kurz nachgelassen. Es war Dienstag, 4. Juni, 2:25 Uhr, als ein kleiner, geklauter Fiat 500 sich von der Dr.-Beeg-Straße her näherte und nach rechts in die Flößaustraße abbog. Das Fahrzeug hielt direkt vor dem Wunschlos Glücklich. Eigentlich war hier Parkverbot, aber wo kein Kläger, da kein Richter. Vor allem nicht um diese Uhrzeit. Die Lichter des Wagens erloschen. Kein Mensch war zu sehen, nur eine Katze beschäftigte sich auf der gegenüberliegenden Straßenseite mit einer gefangenen Maus. Immer wieder entließ sie den bereits verletzten Nager in die vermeintliche Freiheit, nur um ihn darauf wieder einzufangen. Als der Fiat hielt, verpasste sie dem Tier den tödlichen Genickbiss und trug es davon. Der Fahrer des Wagens sah sich um. Er trug eine leichte graue Fleecejacke mit Kapuze und hantierte mit irgendetwas auf dem Beifahrersitz. Dann stieg er aus, schmiss die Wagentüre zu, zog sich die Kapuze über den Kopf und lief auf dem Gehsteig gegenüber wieder zurück in Richtung Zeppelinstraße. Er hatte den Wagen nicht abgeschlossen, sondern warf den Wagenschlüssel in einen Gully, der sich auf seinem Weg befand.

Im Inneren des Kleinwagens lag ein handlicher roter Feuerlöscher auf dem Beifahrersitz; ein manipulierter Feuerlöscher, dessen Löschpulver entfernt worden war. Dafür war der Zylinder mit giftiger, verfestigter Pikrinsäure gefüllt, einem äußerst explosionsgefährlichen Stoff, der einem Äquivalent von 2 Kilogramm TNT entsprach. Außerdem war in der Röhre eine größere Menge Metallstücke von der Größe eines Daumennagels. Der Zünder der Bombe war durch ein Loch in das Innere des Feuerlöschers eingeführt worden. Kabel führten heraus und waren mit einem Funkempfänger verbunden.

Als der Mann die Ecke zwischen Flößaustraße und Zeppelinstraße erreicht hatte, blieb er nochmal stehen und blickte zurück. Noch immer lag die Straße ruhig da. Kein Mensch war zu sehen. Er nahm den Fernauslöser in die Hand und drückte den Knopf. Dann verschwand er um die Ecke im Dunkel der Nacht.

*

Zuerst gab es einen grellen Feuerblitz, gefolgt von einem ohrenbetäubenden Knall. Die freigesetzte Energie löste in dem kleinen Fiat einen enormen Temperaturanstieg und eine Druckwelle aus. Die Beifahrertür wurde aus ihren Scharnieren gerissen, hoch in die Luft geschleudert und donnerte gegen den hell erleuchteten, gelben Schriftzug von Wunschlos Glücklich. Die Buchstaben s und G wurden aus ihren Befestigungen gerissen und donnerten zu Boden, wo sie in tausend Plastikscherben zerbrachen. Die kleinen Metall-stücke sausten durch die Luft, rissen tiefe Löcher in den Verputz der Außenfassade und blieben im Mauerwerk stecken. Die Haus-türe wurde aus den Angeln gehoben und der Glaseinsatz zerbarst. Das Metall der Tür schmolz durch die furchtbare Explosionshitze und verformte sich wie Butter in der Sonne. Fenster im näheren Umfeld gingen zu Bruch und ihre Splitter übersäten den Gehsteig. Es sah aus wie nach einem Tieffliegerangriff im Zweiten Weltkrieg. Aus der verschmolzenen Karosserie des Kleinwagens züngelten kleine Flammen. Langsam legte sich der rußige Staub auf die arg mitgenommenen Hausfassaden. Die Druckwelle der Explosion war auch im Innern des Swingerclubs zu spüren gewesen. Men-schen unterbrachen ihre sexuellen Aktivitäten und sahen sich ver-stört um. Sie hörten die Metallstücke, die in die Außenfassade krachten. Fenster im Inneren des Sexclubs gingen zu Bruch. Die Gäste stürzten in den Umkleideraum und suchten panisch nach ihrer Kleidung, dann rannten sie hinaus. Auch in den angrenzen-den Häusern wurden die Bewohner geweckt, sammelten sich zuerst in den Treppenhäusern und strömten dann in Nachthem-den und Schlafanzügen auf die Straße. Hilferufe wurden laut. Stimmen überschlugen sich und alles redete durcheinander. „Was war das denn? Ein Bombenangriff?" Ein Mann, der die Übersicht behielt, wählte auf seinem Handy die 110 und die 112. Die meisten Anwohner waren noch schlaftrunken und mussten sich erst orien-tieren. Immer mehr Menschen strömten auf die Straße. Bald herrschte ein unübersehbares Durcheinander. Mitten in dem Chaos stand das Wrack des kleinen Fiat und kokelte vor sich hin.

Der laute Explosionsknall war in der ganzen Innenstadt zu hören, sogar in der Hauptfeuerwache in der Helmstraße. Dort war man nicht verwundert, als der erste Anrufer von einer Autobombe in der Flößaustraße sprach. Fünf Minuten nach dem Anruf rück-ten die Bereitschaftszüge 3 und 4 der Berufsfeuerwehr Fürth mit Blaulicht und Sirenengeheul aus.

An Schlaf dachte niemand mehr in der Flößaustraße. Selbst Leute, die weiter weg wohnten, kamen neugierig herbei. Gerüchte über den oder die Verursacher der Explosion kamen auf und ein paar Straßenzügen weiter entfernt hörte man die Signaltöne der ankommenden Feuerwehr, der Polizei und des Technischen Hilfswerkes. Blau zuckten die Lichter in der Dunkelheit, als die Fahrzeuge näherkamen.

Der Mann, der das ganze Chaos verursacht hatte, war längst entschwunden. Er stieg in der Kaiserstraße in seinen dort abgestellten Alfa Romeo und verließ die Stadt in Richtung Nürnberg. Eine halbe Stunde, nachdem die ersten Feuerwehrfahrzeuge in der Flößaustraße angekommen waren und ihre Schläuche ausrollten, stieg er zu seiner schlafenden Ehefrau ins Bett. Welche Schäden seine Rohrbombe angerichtet hatte, würde er noch rechtzeitig in der Tagespresse lesen. Er drehte sich um und war schon eingeschlafen.

Einen Tag darauf

Auch Kriminalkommissar Stock war an den Explosionsherd gerufen worden. Er und seine Mannschaft, die KTUler und die von der SpuSi waren Stunden später immer noch im Einsatz. Die Flößaustraße war weiträumig abgesperrt. Seine Leute von der SpuSi untersuchten immer noch das ausgebrannte, von der Explosion zerstörte Autowrack, dessen verrußte Metallteile in den Morgenhimmel ragten. Jetzt sah man besser. Die Spurensuche bei Nacht war anstrengend gewesen, trotz der aufgestellten Strahler. Man konnte in der Dunkelheit doch so manches übersehen. Von der Bombe selbst war kaum etwas übriggeblieben, nur Reste der ehemals roten, geborstenen Metallhülle. Alles andere war verkohlt. Aber man würde schon dahinterkommen, wer diese furchtbare Explosion ausgelöst hatte.

Noch in der Nacht wurde auch Danylko Danylenko angerufen. Er war völlig überfordert von der Anwesenheit der Polizei, der Feuerwehr und angesichts des heillosen Durcheinanders. Er stand im Weg herum und wurde schließlich von der Polizei vernommen.

„Können Sie sich vorstellen, wer das getan hat?", wurde er von Stock gefragt. „Hat der Swingerclub Feinde?"

„Außer ein paar kirchlichen Organisationen wüsste ich nicht, wer uns Übles will", antwortete er. Die Schäden, die die Bombe angerichtet hatte, hielten sich letztlich in Grenzen, aber der Eingangsbereich war völlig hinüber. Was die Detonation der Bombe überlebt hatte, wurde durch das Löschwasser der Feuerwehr zerstört. An der ganzen Vorderseite waren die Fenster zu Bruch gegangen, auch im zweiten, dritten und vierten Stockwerk. Die Fassade sah aus, als hätte man sie mit einem Maschinengewehr beschossen. Der gelbe Werbeschriftzug Wunschlos Glücklich war zerstört. Der Swingerclub war vorübergehend nicht mehr geschäftsbereit. Doch das wollte Danylenko nicht akzeptieren. Er wuchs über sich hinaus. Wenn geschlossen sein musste, dann nur für wenige Tage. Das war seine Chance sich zu bewähren, jetzt, nachdem Blatthaus nicht mehr da war. Er stellte sich auf einen langen Arbeitstag ein. Er drängte sogar die Polizei, sich zu beeilen. Dann rief er den Versicherungsvertreter an, um die Schäden aufnehmen zu lassen. Als die umliegenden Geschäfte wieder öffneten, hing er bereits am Telefon. Er rief örtliche Handwerksbetriebe an: den Fensterlieferanten, einen Elektroinstallateur und einen Bauunternehmer. Sie alle sollten sofort Leute vorbeischicken, es gebe eine Menge zu tun. Ein Notfall liege vor. Es gelte, wieder Ordnung in das Durcheinander zu bringen. Der Versicherungsvertreter wuselte zwischen den Trümmern und der Polizei herum. Die Mitarbeiter des Fensterlieferanten vermaßen die Fensteraussparungen, bevor sie diese mit Plastikfolie abklebten. Der Bauunternehmer besah sich die Schäden am Gebäude und telefonierte mit seiner Zentrale. Die Elektroinstallateure rollten bereits Kabel aus, um notdürftig wieder für Elektrizität zu sorgen. Gegen Abend waren die zerstörten Fenster des Wunschlos Glücklich alle vermessen. Vor dem Gebäude stand ein Container voller verbrannter Teppichböden, Mobiliar, Vorhängen und sonstigem Müll. Der Eingangsbereich war mit einer behelfsmäßigen Tür abgesichert. Die Fassade sah immer noch aus, als ob sie die Pocken bekommen hätte.

*

Der russische Oligarch war schockiert, als er sich auf den Fotos, die ihm Danylenko geschickt hatte, das Ausmaß der Zerstörung ansah. Wer steckte dahinter? Oder anders gefragt, wem diente es, wenn das Wunschlos Glücklich seinen Betrieb einstellen musste? Waren es die kirchlichen Gegner, die in letzter Zeit vor dem Gebäude so oft demonstriert hatten? Unmöglich, die griffen nicht zu einer Bombe. Es half nichts, aber er blieb wieder bei den Italienern hängen. Wer waren diese Leute? Wer war die Sacra Corona Unità? Hatten die eine Organisation in Fürth? Wahrscheinlich, sonst könnten sie dort nicht so einen Anschlag ausführen. Das hätte alles noch schlimmer ausgehen können. Nicht auszudenken, wenn Gäste verletzt oder gar getötet worden wären. Nun reichte es ihm. Dostojewski schwoll die Zornesader. So eine Tat durfte sich nicht wiederholen und sie musste vor allem gerächt werden. Was, wenn der Bombenleger merkte, dass er mit seiner Tat nicht das erreicht hatte, was er beabsichtigt hatte, nämlich das Wunschlos Glücklich für längere Zeit zu neutralisieren? Was, wenn er zurückkam, um sein Werk zu vollenden?

Auf der anderen Seite: Danylenko war ein Glücksgriff. Worum der sich alles kümmerte. Ganz anders, als ihn Blatthaus geschildert hatte. Das half in der momentanen Situation nur nicht viel. Er, Alexander, musste handeln. Er musste Leute nach Fürth schicken, die den neu zu eröffnenden Sexclub bewachten. Zumindest so lange, bis die Angelegenheit mit den Italienern ausgestanden war. Es würde Krieg geben. Dostojewski war nicht gewillt, den Platz zu räumen. Nicht, solange die deutschen Behörden so sorglos waren. Dafür war das Geschäft viel zu lukrativ. Er würde Igor, Fedor, Pjotr, Andrej und Wladislaw nach Fürth schicken und sie vorher in ihre Aufgaben einweisen.

Krumms Verdacht

Schon wieder stand das Wunschlos Glücklich im Zentrum der Diskussion. Giselher Krumm ließ sich von seinem Kollegen Stock genau berichten, was in der Flößaustraße passiert war. Die KTU hatte in den Resten der Bombe Spuren von Pikrinsäure gefunden. „Das waren Profis", war Stock überzeugt. „Auffallend ist auch, dass der Anschlag nachts war. Ich denke, das war ein begrenzter Anschlag", meinte er.

„Ein begrenzter Anschlag?", meinte Krumm, „aber warum? Und von wem?"

„Der oder die Täter hätten auch das ganze Haus in die Luft sprengen können, wenn sie eine stärkere Ladung genommen hätten", war sich Stock sicher, „aber das wollten sie anscheinend nicht. Deshalb begrenzt. Wer dahinter steckt, keine Ahnung."

„Was wollte der Täter dann mit einem begrenzten Anschlag?", überlegte Krumm laut.

„Für mich sieht es so aus, als ob dem Wunschlos Glücklich ein Denkzettel verpasst werden sollte", vermutete sein Kollege.

„Denkzettel? Wer wollte wem einen Denkzettel verpassen?", dachte Krumm weiter. Das Haus gehörte einem Russen namens Dostojewski, wenn er den zweiten Vertrag richtig interpretierte. Dieser Vertrag hatte klargemacht, dass Blatthaus nur als Strohmann agierte. Dass der Arzt für den Russen gearbeitet hatte, war eindeutig. Wer hatte etwas gegen den russischen Gouverneur? Das Symbol der Sacra Corona Unità kam ihm wieder in den Sinn. Also doch die Italiener? Aber noch war nichts bewiesen. Und dann war da noch Danylenko, der als Geschäftsführer des Swingerclubs agierte. Welches Spiel wurde hier gespielt? Ein ermordeter Verwalter, der dem Oligarchen für die Geschicke des Sexclubs verantwortlich war und dann noch ein Geschäftsführer? Seltsam. Offiziell hatte Blatthaus mit dem Wunschlos Glücklich nichts zu tun, außer, dass er sich dort häufig aufgehalten hatte. Blatthaus und Danylenko waren Freunde, hatte Tatjana gesagt. Überaus glaubhaft. Der Wortlaut des E-Mail-Schriftwechsels sah nicht danach aus. Da war

Blatthaus sehr bestimmend. Eine sonderbare Konstellation. Geheimnisvoll und irreführend. Vielleicht war das gewollt? Krumm musste dem Ganzen viel genauer auf den Grund gehen. Danylko Danylenko war der Schlüssel. Wenn das alles stimmte, was ihm durch den Kopf ging, dann hatte vermutlich die Mafia den Bombenanschlag verübt. Hatte Liebermann tatsächlich recht, wenn er behauptete, dass die beiden Fälle zusammenhingen? Das Symbol der Sacra Corona Unità kam ihm wieder in den Sinn, dann dachte er an den Mord an dem unbekannten Ehepaar und den Mord an Dr. Blatthaus? War die Mafia für den Mord an dem Neurologen verantwortlich? Das musste so sein. Hier die Russen, dort die Italiener. Wieder tauchte die Frage nach dem Wer und Warum auf. Seine Gedanken wanderten zurück zu dem ermordeten Ehepaar. Die Frau hatte italienische Kleidung getragen. Wo kamen die beiden eigentlich her? Kamen sie etwa aus Italien? In den umliegenden Hotels und Pensionen waren sie jedenfalls nicht abgestiegen. Das hatten sie überprüft. Waren es Mitglieder der Sacra Corona Unità? Wenn das so wäre ... Bach war nicht ganz überzeugt. Hatte die Mafiaorganisation den Fürther Arzt aus dem Weg geräumt? Aus Rache? Aber wofür? Das musste der gemeinsame Nenner sein. Die beiden Mordfälle hingen tatsächlich zusammen. Das würde auch erklären, warum die Bemühungen, das Ehepaar zu identifizieren, bisher erfolglos geblieben waren. Sonderbar, dass die Kollegen aus dem Süden sich immer noch nicht gemeldet hatten. Krumms Bild von den Ereignissen konkretisierte sich: Konnte es wirklich sein, dass in Fürth ein Krieg zwischen zwei ausländischen, kriminellen Organisationen ausgetragen wurde?

*

„Ach, Grüß Gott, Herr Krumm", begrüßte ihn Tatjana, als er auf gut Glück am Swingerclub vorbeifuhr. Er sei eh in der Gegend und wolle sehen, wie die Reparaturarbeiten voranschritten. Heute stand Tatjana selbst am Eingangstresen. „Sie suchen bestimmt nach Herrn Danylenko? Kommen Sie ruhig herein, ich bringe Sie zu ihm." Heute trug sie normale Freizeitkleidung. Einer zartroten Bluse folgte eine dunkelrote Jeans. Ihre Füße steckten in schwarzen Slippern. Doch konnte sie es sich nicht verkneifen, die oberen Knöpfe der Bluse offen zu lassen, sodass man die Ansätze ihrer prallen Brüste erkennen konnte. „Schauen Sie nur, wie es bei uns noch aussieht, wie bei Hempels unterm Sofa." Überall wuselten Handwerker durch das Haus. „Die Bombe hat mehr zerstört, als wir uns dachten."

„Sie haben trotzdem geöffnet?", fragte er.

„Nur für Stammkunden, und erst abends. Während des Tages stören die Handwerker zu sehr, wenn Sie verstehen, was ich meine. Aber am 23. Juni ist offizielle Wiedereröffnung." Tatjana ging voran und geleitete ihn bis zum Treppenhaus. „Wenn Sie die Treppen bis zur letzten Etage hochgehen, dann links. Ganz am Ende ist sein Büro. Das sehen Sie dann schon. Es tut mir leid, aber ich muss wieder zum Empfang." Und weg war sie.

Krumm nahm die Treppe in großen Schritten, folgte dem Hinweisschild „Büro", blieb kurz vor der Tür stehen, klopfte an und trat dann ein. Danylenko saß an seinem Schreibtisch und spielte auf seinem Computer Mahjong. Schnell klickte er oben rechts und der Bildschirm wechselte zu einer Abrechnungstabelle.

Krumm stellte sich vor. Dann eröffnete er einen Smalltalk.

„Ihr Büro wurde nicht zerstört?", begann er.

„Nein, es geht nach hinten raus, aber auf der anderen Seite sind alle Fenster zu Bruch gegangen. Was kann ich für Sie tun?"

„Wie Sie auf meiner Visitenkarte sehen können, komme ich von der Mordkommission Fürth"

„Mordkommission? Wer wurde denn ermordet? Hier ist kein Mensch zu Schaden gekommen!"

„Nicht in ihrem Etablissement, Herr Danylenko, aber Dr. Blatthaus wurde ermordet. Er war doch Ihr Freund? Zumindest wurde mir das von einer Ihrer Damen so gesagt."

„Naja, Freund ist vielleicht etwas übertrieben. Es stimmt, er war ein paar Mal hier und hat mir ausgeholfen."

„Wobei?", wollte Krumm wissen.

„Sie sehen doch", versuchte sich Danylenko hinauszureden, „ich bin verantwortlich für die Abrechnungen. Das machen wir monatlich. Da können sich manchmal schon Fehler einschleichen. Herr Dr. Blatthaus hat mir nach dem Vier-Augen-Prinzip geholfen, die Abrechnungen zu kontrollieren und etwaige Fehler zu finden."

„War das seine Aufgabe als Verwalter im Auftrag von Herrn Dostojewski?"

Danylenkos Mundwinkel zuckte. „Verwalter ist ein hochtrabendes Wort", unternahm Danylko Danylenko einen Versuch der Ablenkung.

Zumindest wurde er in dem Zusatzpapier so bezeichnet", setzte Krumm nach.

„In welchem Zusatzpapier?"

„Das Sie, Dostojewski und Blatthaus gemeinsam unterschrieben haben. Ich meine den Zusatzvertrag zum Kaufvertrag zwischen dem Russen und Blatthaus."

Wieder zuckte der Mundwinkel. Danylenko versuchte, Zeit zu gewinnen. Er war sichtlich überrascht, dass Krumm von dieser Vereinbarung wusste. „Ach so, das meinen Sie", antwortete er. „Da ging es doch nur darum, mein Aufgabengebiet als Geschäftsführer des Wunschlos Glücklich zu definieren. Ich wusste zwar von Blatthaus, dass ein Russe der Inhaber des Swingerclubs ist, aber wer das ist, wusste ich bis dahin nicht. Herrn Dostojewski kenne ich persönlich gar nicht. Ebenso entzieht sich meiner Kenntnis, mit welchen sonstigen Verwaltungsaufgaben Herr Dr. Blatthaus sonst noch betraut wurde."

„Sie wollen mir damit sagen, dass Sie Dostojewski nicht kennen?"

„So ist es", gab Danylenko zur Auskunft. „Wissen Sie, um die Eigentümerschaft habe ich mich nie gekümmert. Ich bin hier angestellt, der Rest betrifft mich nicht. Das war mir viel zu politisch. Mir ging es immer nur um meine Aufgabe als Geschäftsführer."

„Oder war Dr. Blatthaus ihr Chef?", startete Krumm einen neuen Versuch.

„Wie kommen Sie denn auf die Idee?" Danylenko errötete leicht.

„Komisch, dann verstehe ich den E-Mail-Schriftwechsel falsch, der zwischen Ihnen und Blatthaus stattgefunden hat", konterte Krumm. „Darin hat immer er den Ton angegeben und Ihnen gesagt, was Sie zu tun haben."

„Blatthaus war schon immer ein unhöflicher Mensch", wehrte sich Danylenko. „Er hatte eine Manie und wollte alles bestimmen. Ich habe ihn reden lassen und gemacht, was ich für richtig hielt."

Krumm konnte es drehen und wenden, wie er wollte. Danylenko war aalglatt. „Kennen Sie die Sacra Corona Unità", fragte ihn Krumm zum Abschluss.

„Das hört sich nach irgendeiner religiösen Gemeinschaft an", antwortete Danylenko verblüfft. „Nein, sagt mir nichts."

Krumm ärgerte sich. „Was machen Sie eigentlich, wenn Sie nicht gerade Mahjong spielen?", fragte er Danylenko zum Abschluss.

„Ich ärgere neugierige Polizeibeamte", gab dieser zurück.

Sorgloses Finanzamt

Krumm war unwissend, wie Swingerclubs mit dem Finanzamt abrechneten. Das wollte er herausfinden und hatte sich bei der zuständigen Sachbearbeiterin, Gabriele Wieshagen, einen Termin geben lassen. Das Finanzamt lag am Stresemannplatz in der Südstadt. Der Altbau war 2015 generalsaniert worden. Der Erweiterungsbau war schon vorher entstanden. Krumm stellte seinen Wagen auf dem Parkplatz ab, dann orientierte er sich Richtung Haupteingang und steuerte auf den bis zu sechs Stockwerke hohen Kastenbau zu. Die Außenfassade glänzte in Weiß und Glas.

„Es geht um den Swingerclub Wunschlos Glücklich erklärte er Frau Wieshagen, als er ihr gegenübersaß.

„Da sind Sie bei mir richtig. Wieso, gibt es Unstimmigkeiten? Und was hat die Mordkommission mit dem Swingerclub zu tun?", fragte sie nach.

„Nichts, worüber Sie sich Sorgen machen müssten", versuchte er sie zu beruhigen. „Ich habe nur ein paar allgemeine Fragen."

Frau Wieshagen war beruhigt. Sie war sehr schlank, Mitte 30, ledig, mit einer Stupsnase und einer roten Pagenfrisur. Unter dem Pullover zeichneten sich für eine Frau ihrer Statur erstaunlich große Brüste ab. „Dann bin ich ja zufrieden", hauchte sie.

„Frau Wieshagen", hob Krumm erneut an, „wie kontrollieren Sie den Swingerclub, dass er, sagen wir mal, korrekt abrechnet?"

„Über eine einfache, monatliche Einnahmen- und Ausgaben-rechnung", erklärte sie, „mit separatem Ausweis der Vorsteuer". Ihr Busen wogte, wenn sie sich bewegte. „Herr Danylenko, so heißt der zuständige Bearbeiter im Wunschlos Glücklich macht das immer sehr ordentlich."

„Ich kenne Herrn Danylenko", warf Krumm ein.

„Die Ausgaben müssen durch Beleg nachgewiesen werden", fuhr Frau Wieshagen fort, „über die Einnahmen, Eintrittsgelder und den Konsum an der Bar erstellt der Club Rechnungen."

„Gibt es noch sonstige Leistungen?", wollte Krumm wissen.

„Was soll das sein?", fragte Frau Wieshagen und ihre Brust erbebte.

„Sonstige sexuelle Dienstleistungen. Seitens des Clubs, meine ich."

Frau Wieshagen war verstört. „Das Wunschlos Glücklich ist bei uns nicht als Bordell gemeldet", rief sie aus. „Dort treffen sich zwar Männer, Frauen und Paare, um ihre sexuellen Neigungen auszule-ben, aber mit Prostitution hat das nach unserer Aktenlage nichts zu tun. Es ist auch keine Angestellte des Etablissements als Prosti-tuierte bei uns gemeldet."

„Müsste sie das, wenn sie solche Dienstleistungen anbietet?"

„Aber hallo", entrüstete sich Frau Wieshagen, „Prostituierte müssten mindestens einmal im Jahr zum Gesundheitsamt. Beim Wunschlos Glücklich sind keine Sexarbeiterinnen bei uns ange-meldet."

„Haben Sie denn eine Übersicht über die Mitarbeiter und Mitarbeiterinnen des Swingerclubs? Ich meine, namentlich."

„Natürlich, wo denken Sie denn hin. Schon allein wegen der Gehälter. Das sind ja auch Ausgaben."

„Können Sie mir diese Namensliste ausdrucken?"

„Ich weiß nicht, ob ich das darf. Schließlich handelt es sich um personenbezogene Daten." Frau Wieshagens BH hielt die Massen.

„Dann muss ich wohl mit einem gerichtlichen Beschluss wiederkommen", meinte Krumm nur. „Das wollen wir doch nicht wirklich."

Frau Wieshagen überlegte. „Aber Sie stellen damit keinen Unfug an", forderte sie.

Nur für unsere Unterlagen", versicherte Krumm.

Gabriele Wieshagen drückte ein paar Tasten am Computer. Der Drucker begann, zwei eng beschriebene Seiten auszuspucken. „Bitteschön", meinte sie, nachdem sie die Blätter aus dem Gerät genommen und Krumm gereicht hatte. Der überflog sie schnell und stellte die nächste Frage.

„Sagen Sie, das Wunschlos Glücklich gehört doch zu ihren Klienten?"

„Ja. Ich sagte doch bereits, dass Sie bei mir richtig sind."

„Hatten Sie mit dem Swingerclub jemals Schwierigkeiten?

„Nö", erwiderte die Frau, „der Club rechnet sehr zeitnah ab und deren Dokumentation ist auch immer in Ordnung. Jede Leistung ist haargenau spezifiziert. Wenn nur alle so wären. Ich habe ja gedacht, dass die nach dem Bombenanschlag den Betrieb für längere Zeit einstellen müssen, aber von wegen. Nur ein paar Tage. Herr Danylenko hat uns sofort informiert."

„Per E-Mail oder per Brief?"

„Per E-Mail."

„Können Sie mir diese Mail auch ausdrucken?" Frau Wieshagen bemühte nochmal ihren Computer. Schon begann der Drucker wieder zu rattern.

„Ist das jetzt alles?", flehte sie.

„Haben Sie im Wunschlos Glücklich schon mal eine Betriebsprüfung vorgenommen?", war Krumms letzte Frage.

„Nicht, dass ich wüsste", gab Frau Wieshagen Auskunft. „Es ist doch alles in Ordnung, oder?"

„Ich denke schon", vermutete der Profiler. „Wenn die Dokumentation so beispielhaft ist, wie Sie das sagen."

Die Russen

Sie kamen mit der Bahn. Nachdem der Flieger pünktlich in Frankfurt gelandet war, nahmen sie den ICE um 10.22 Uhr und waren rund zwei Stunden später am Fürther Hauptbahnhof. Igor Smirnow, Fedor Popow, Pjotr Illjn, Andrej Gussew und Wladislaw Romanow. Man sah den Männern an, dass mit ihnen nicht gut Kirschen essen war. Am Bahnhof rauchten drei von ihnen je eine Belomorkanal, suchten sich anschließend zwei Taxen, verstauten ihr Gepäck und ließen sich in die Schwabacher Straße nach Fürth fahren. Dort checkten sie um 13 Uhr im Hotel Blaumann ein. Igor und Fedor, Pjotr und Andrej bezogen jeweils ein Doppelzimmer. Nur Wladislaw, dem Anführer der Gruppe, stand ein Einzelzimmer zu.

Sie fühlten sich nackt, so ganz ohne Waffen. Wladislaw tätigte ein Telefonat mit einem Serben in Nürnberg. „Wir sind angekommen", sagte er auf Russisch. Mehr nicht.

„Treffpunkt wie ausgemacht?", erhielt er als Antwort.

„Gut"

Um 15 Uhr stiegen die fünf wieder in zwei Taxen und ließen sich zum Nürnberger Hauptbahnhof fahren. Dort begaben sie sich zu Bahnsteig 7 und steuerten auf die östlichste Sitzbank zu. Passagiere vor ihnen warteten auf den nächsten Zug nach Berlin. Ein kleiner, drahtiger Mann, Mitte 50, saß auf einer Bank und stellte sich als Stanko vor. Er hielt eine ältere Ausgabe des „Spiegel" in der Hand. Der ICE fuhr ein und es kam Bewegung in die Wartenden. „Alles, was ich habe, ist in diesem Katalog aufgelistet", sprach Stanko. „Es sind hauptsächlich Waffen aus dem Jugoslawien-Krieg. Sucht euch aus, was ihr haben wollt. Die Waffen sind nicht nachvollziehbar, das heißt sie sind nicht registriert, sondern stammen alle aus Privatbeständen. Aber auch neuere Modelle sind darunter. Wenn wir ins Geschäft kommen, liefere ich noch heute Abend ins Hotel. Mit Munition, versteht sich."

Der Schaffner mit der roten Binde um den Oberkörper blies in seine Trillerpfeife. Es dauerte ein paar Sekunden, bis der ICE anfuhr. Der Bahnsteig hatte sich geleert und die Zugzielanzeige über ihren Köpfen sprang auf die nächste Verbindung nach Regensburg.

Wladislaw nahm das Nachrichtenmagazin in die Hand und begann, darin zu blättern. In dem Magazin befand sich ein Waffenkatalog voller Pistolen, Revolver, Gewehren, Maschinengewehren und Handgranaten; aber auch Wurfsterne und Armbrüste befanden sich darunter. Er schlug die erste Seite auf und amüsierte sich über eine alte Tokarew-TT-33-Pistole russischer Bauart, gefolgt von deren Nachfolgemodell, einer 9mm-Makarow. Er blätterte die Seiten des Katalogs schnell durch. Heckler & Koch-, Glock-, Walther- und Mauserpistolen bildeten das Hauptangebot. Sogar eine tschechische Ceska zbrojovka Uhersky Broch war darunter und die berühmte Kalaschnikow AK 47.

Wir nehmen einmal die Kalaschnikow, dreimal die Mauser Parabellum und zweimal die Glock 33", entschied Wladislaw, „dazu jeweils 100 Schuss Munition. Für die Kalaschnikow 500 Schuss, bitte. Die Bezahlung erfolgt wie abgemacht direkt aus Moskau. Und Grüße von Alexander."

„Das lobe ich mir", stellte Stanko fest, „kein langes Herumtun. Dann sehen wir uns wieder, sagen wir um 21 Uhr im Hotel. Ihr seid im Blaumann abgestiegen, richtig?"

„Richtig", bestätigte Wladislaw. „Komm auf Zimmer 121 im ersten Stock."

„Ein altes Haus, dessen Glanzzeiten vorbei sind", wusste Stanko, „die Bäder sind etwas veraltet, zu klein, aber funktionstüchtig. Dafür hat das Hotel eine gute Küche. Also bis heute Abend. Ich muss. Den Katalog brauche ich wieder." Und weg war er.

Die fünf Russen marschierten wieder auf den Hauptausgang des Bahnhofs zu.

„Ich habe Hunger", stellte Pjotr plötzlich fest.

„Ich auch", schloss sich Igor an. „Gibt es hier nicht diese kleinen Bratwürste mit Sauerkraut?"

„Die Nürnberger Bratwürste", wusste Wladislaw. „Kommt mit, wir gehen in den Handwerkerhof."

„Du kennst dich hier aus?", wunderte sich Fedor.

„Ich war vor Jahren schon mal hier", antwortete Wladislaw. „Zum Christkindlesmarkt." Mehr Erklärung gab er nicht, denn das war gelogen. Natürlich war er bereits in Nürnberg gewesen, aber nicht zum Christkindlesmarkt, den kannte er gar nicht. Er war erst vor wenigen Wochen in der Stadt gewesen, um in Fürth ein italienisches Ehepaar aus ihrem Wohnmobil zu ziehen und zu ermorden. Das brauchten die anderen vier aber nicht zu wissen. Während der damaligen Reise hatte Iwan die andern vier zum Essen in den Handwerkerhof eingeladen. Daher kannte er die Bratwürste. Wladislaw genoss das absolute Vertrauen von Alexander und gehörte zu dessen engstem Kreis. Nicht umsonst war er die Nummer 4, ein bulliger Typ mit Muskeln aus Stahl. Sein kahl rasierter Schädel und die offensichtlich vor langer Zeit gebrochene Boxernase sorgten bei seinen Gegnern von vornherein für Respekt. Er fackelte nicht lange. Wenn er in einen Streit geriet, schlug er gleich zu. Seinem Boss gegenüber war er absolut loyal und wäre für ihn durchs Feuer gegangen. Das war einer der Gründe, warum Dostojewski ihn für diese Mission ausgewählt hatte.

Die fünf Russen nahmen die Unterführung zum U-Bahnhof, um auf der anderen Seite des Bahnhofplatzes wieder aus dem Untergrund aufzutauchen. An der Königstormauer gelangten sie in den Handwerkerhof, der voller asiatischer Touristen war, und marschierten zielstrebig auf das 1313 erstmals erwähnte „Bratwurst Glöcklein" zu, in dem schon Albrecht Dürer und Adam Kraft die kleinen Würste genossen hatten.

Nachbesprechung der Sacra Corona Unità

„Unsere explosive Überraschung hatte nicht die Wirkung, die wir uns davon versprochen hatten", sprach Nico Esposito, der Bombenleger, in sein Smartphone, als er mit D'Angelo telefonierte. „Die Sprengkraft war nicht so stark. Die haben zwar einige Schäden, aber den Betrieb werden sie bald wieder aufnehmen. Jetzt machen sie aus den Schäden, die sie erlitten haben, einen Versicherungsfall."

„Einen Versicherungsfall mit einer Explosion?", wunderte sich D'Angelo.

„Ja, weil die in ihrer Wohngebäudeversicherung abgedeckt ist. Stell dir vor, selbst wenn eine gärende Saftflasche in die Luft geht, spricht man von einer Explosion. Jedenfalls sind die im Wunschlos Glücklich weit davon entfernt, den Swingerclub für längere Zeit zu schließen. Ein paar Tage vielleicht, heißt es. Die wollen das Geschäft mit dem Sex möglichst nicht unterbrechen. Im Moment wird so einiges repariert, wahrscheinlich auch Dinge die gar nicht zu Schaden gekommen sind. Unsere Bombe hat denen noch geholfen."

„Verdammt nochmal", schimpfte der Mafioso in Squinzano. „Und jetzt?"

„Und jetzt? Ich weiß auch nicht. Noch eine Bombe? Davon rate ich ab. Das würde zu viel Aufsehen erregen. Am Sonntag, 23. Juni ist offizielle Wiedereröffnung. Da veranstalten sie einen ‚Tag der offenen Tür'. Es geht schon um die Mittagszeit los. Wenn wir etwas planen, sollten wir es an diesem Tag machen. Da haben wir so gut wie freien Zugang."

„Hast du dir schon mal überlegt, was das sein könnte?", forschte D'Angelo nach. „Ich meine, du bist vor Ort. Was meinst du?"

„Ich denke, der Mord an Blatthaus hat die Russen schwerer getroffen als die Explosion. Personenschäden sind wirksamer."

„Wer steuert das Ganze zur Zeit?", fiel D'Angelo ein.

„Momentan hat der Russe die Geschäftsführung in die Hände eines ukrainischen Buchhalters gelegt. Eine Obernutte, Tatjana heißt sie, sorgt für den reibungslosen Ablauf des Tagesgeschäftes. Der Geschäftsleiter heißt Danylko Danylenko. Der macht auch die Abrechnungen mit dem Finanzamt. Das ist der Buchhalter, von dem ich sprach."

„Gibt es von den Russen schon eine Reaktion?", wollte der Capo noch wissen.

„Tranquillo", antwortete Nico.

„Nicht gut, dann müssen wir weitermachen. Bringt auch diesen Danylenko um. Mir erscheint der wichtiger als die Obernutte. Dostojewski wird ihn nicht umsonst als Geschäftsleiter eingesetzt haben. Lasst es wie einen Unfall aussehen. Ich will kein öffentliches Aufsehen erregen."

„Gut, verstanden. Wir wissen, wo er wohnt. Ich denke da an einen Haushaltsunfall, ein elektrischer Schlag oder ein tödlicher Sturz im Treppenhaus", setzte Nico hinzu.

Was ihr macht, ist mir egal", meinte D'Angelo, „jedenfalls keine Häutung. Lieber leise, sodass nur die die Botschaft verstehen, für die sie gedacht ist."

Va bene", gab ihm Nico recht. „So machen wir's."

„Dann braucht ihr auch nicht ins Wunschlos Glücklich. Das ist mir lieber", meinte der Capo. „Ich will nicht, dass ihr euch einem zusätzlichen Risiko aussetzt. Bringt Danylenko zuhause um."

„Da bin ich mir noch nicht sicher, ob wir uns Risiken aussetzen. Es gibt Gerüchte."

„Gerüchte welcher Art?"

„Von Stanko, einem serbischen Waffenschieber. Der sagt, dass fünf Russen angekommen und im Hotel Blaumann abgestiegen sind. Das muss nichts heißen, aber Vorsicht ist die Mutter der Porzellankiste. Das Hotel Blaumann ist nicht weit vom Wunschlos Glücklich entfernt, über die Simon- und die Holzstraße nur rund 10 Minuten."

„Und das hat dir dieser Serbe erzählt?", fragte der Capo nach. „Russland und Serbien, sind die nicht miteinander verschwägert? Wo bleibt da die Loyalität?"

„Sollte man meinen", bestätigte ihm Nico, „aber dieser Stanko ist eine geldgierige Wanze. Der würde selbst seine Großmutter verkaufen. Ich habe ihm einen Fünfhunderter zugesteckt. Da hört bei ihm die Loyalität auf.

„Na gut, die angekommenen Russen könnten die Leibgarde für den Swingerclub sein", vermutete der Capo. „Sie haben also doch reagiert. Vergewissert euch, ob ich recht habe. Lasst die Russen nicht aus den Augen. Kannst du das auf die Schnelle veranlassen?", forderte D'Angelo ihn auf. „Wir müssen das ganz genau wissen, bevor wir die nächsten Schritte einleiten."

„Habe ich schon", beschwichtigte ihn Nico, „wir sind ja nicht von gestern. Ich habe meine beiden Söhne beauftragt, das Wunschlos Glücklich zu beschatten."

„Das ist gut. Du sagst mir Bescheid. Da fällt mir noch etwas ein. Wann sagst du, feiern die Russen den Tag der offenen Tür?"

„Am 23. Juni."

„Pass auf! Um sie zu neutralisieren, machen wir das folgendermaßen." Dann unterbreitete der Capo seinem Mann in Nürnberg einen raffinierten Plan.

„Das ist eine gute Idee. Das machen wir", reagierte Nico und lachte.

„Und sonst? Was macht das Haus in der Badstraße?", fuhr D'Angelo fort.

„Die Stadt hat echt schnell reagiert", gab ihm Nico zu verstehen. „Gerade so, als ob sie auf das Gesuch gewartet hätten. Der Makler hat mich angerufen. Die haben nichts dagegen, wenn wir dort einen Swingerclub errichten. Sie werden die Genehmigung geben und die Gegend als Mischgebiet ausweisen. Es gibt bereits eine schriftliche Bestätigung, auf die ich noch warte. Mit dem Hauseigentümer bin ich so verblieben, dass er nochmal 15.000 Euro Nachlass auf den Kaufpreis gibt und das ganze Vorhaben planerisch betreut, einschließlich des Neubaus. Er ist Architekt, wie du weißt. Wenn die Pläne fertig sind und wir uns mit dem Denkmalschutzamt geeinigt haben, wird der Vertrag unterschrieben."

„Das sind gute Nachrichten", meinte D'Angelo. „Wann kann dann mit den Bauarbeiten begonnen werden?"

„Vorsichtig geschätzt denke ich, dass im Spätherbst begonnen werden kann."

„Übernimmt der Architekt auch die Bauaufsicht?"

„Die habe ich ihm auch aufs Auge gedrückt", erklärte Nico mit vor Stolz geschwellter Brust.

„Brauchst du Unterstützung?"

„Ja, zwei Leute, wenn der Vertrag unterschrieben ist. Die sollen sich um das Bauvorhaben kümmern. Am besten ist es, wenn sie Deutsch sprechen und wirklich etwas von der Materie verstehen."

„Kriegst du, wenn es so weit ist", sicherte D'Angelo ihm zu. „Wir bleiben in Verbindung. Wenn du mehr über die Russen herausgefunden hast, meldest du dich wieder. Mach's gut. Ciao."

Bespitzelung

Vier italienische Augen beobachteten penibel genau die russische Wachablösung vor dem Wunschlos Glücklich. Die Wiederherstellung des Etablissements ging ihrer Vollendung entgegen. Die Augen gehörten Luca und Toni, den beiden Söhnen von Nico Esposito. Die beiden saßen in einem grauen Alfa Romeo auf der anderen Straßenseite ein Stück die Straße runter. Andrej hatte soeben Fedor abgelöst und nahm auf dem gelben Plastikstuhl Platz, der vor dem Eingang des Swingerclubs stand. Sie quatschten miteinander. Noch liefen Handwerker um sie herum. Dann verabschiedete sich Fedor. Alle zwei Stunden wiederholte sich dieses Spiel. Immer kam ein anderer Russe und ließ sich auf dem gelben Stuhl nieder.

„Ich folge dem Kerl da drüben. Warte hier auf mich und lass den Eingang dort drüben nicht aus den Augen." Toni stieg aus und folgte Fedor in einiger Entfernung. Der lief die Schwabacher Straße hinunter, schwenkte dann in die Simonstraße ein und lief zur Holzstraße weiter. Toni schlenderte auf der anderen Straßenseite hinterher. Der Verkehr auf der Straße hielt sich in Grenzen. An einem stattlichen Bürgerhaus, an dem in weißen Lettern Hotel Blaumann stand, verschwand der Russe in einem Torbogen. Der Italiener wartete eine kurze Weile und sah sich dann um. Zum Hotel gehörte ein bezaubernder Hinterhof voller wildem Wein und kunstvoll beschnittener Zypressen. Toni hatte genug gesehen und kehrte um.

„Stanko hat recht, Sie wohnen im Hotel Blaumann", berichtete er Luca, als er sich wieder in den Beifahrersitz des Alfa Romeo plumpsen ließ.

„Sieh nur", meinte dieser und kniff die Augen zusammen, „sie kontrollieren sogar die Bauarbeiter, die ein und aus gehen. Der Russe lässt sich irgendwelche Zugangsberechtigungen zeigen."

„Die sind vorsichtig geworden", kommentierte Toni, „haben Angst, dass wieder etwas passieren könnte."

„Wir müssen mehr über diese Russen herauskriegen", überlegte Luca laut, „wer sie sind, wie sie heißen, wie lange sie hierbleiben und so weiter."

„Und wer sie geschickt hat", ergänzte Toni. „Und wie machen wir das?"

„Gibt es im Hotel noch Gästebücher?", fragte Luca.

„In welcher Zeit lebst du denn? Das geschieht doch heute alles elektronisch."

„Wir brauchen Zugang zum Meldesystem des Hotels. Dann sehen wir auch gleich, wie lange sie gebucht haben", wusste Luca.

„Bestechen wir die Rezeptionistin?", war Toni sofort Feuer und Flamme. „Ein paar Hunderter für eine kleine Information?"

„Sehen wir uns die Sache vor Ort an", beschloss Luca. „Vielleicht ist sie ja auch hübsch, die Rezeptionistin. Hier passiert die nächsten zwei Stunden sowieso nichts Neues." Mit diesen Worten griff er nach dem Türöffner. Toni tat es ihm gleich und steckte sich dabei eine Marlboro an. Sie liefen gutgelaunt in Richtung Schwabacher Straße.

*

Das Hotel Blaumann war kein Spitzenhotel, es hatte nur zwei Sterne und erinnerte an die 1920er Jahre. Alles wirkte etwas altbacken und heruntergekommen. Aus der Küche drang der Geruch von Fett. Luca und Toni überquerten den versifften Teppichboden im Eingangsbereich. Die Wurzelholzverkleidung erinnerte ebenfalls an das 20. Jahrhundert. Eine junge Frau mit fettigen Haaren und einer Warze auf dem Kinn stand hinter dem Empfangstresen und begrüßte die beiden. Attraktiv war sie nicht gerade. Ihrer Aussprache merkte man an, dass Deutsch nicht ihre Muttersprache war. Vielleicht aus Tschechien oder Polen. Auf ihrer weißen Bluse waren ein paar Flecken. „Bittä schön?", säuselte sie, als die beiden an den Tresen traten.

Luca prüfte, ob sonst noch jemand in der Nähe war. Aber nein, sie waren allein.

„Möchten Sie sich auf die Schnelle 500 Euro verdienen?", flüsterte er der Frau zu.

Die verstand nicht.

„Sie können sich 500 Euro verdienen, wenn Sie uns ein paar Informationen über ein paar Gäste Ihres Hauses geben", wiederholte er.

Die Frau verstand. Sie sah sich um und nickte verstohlen.

„Wir möchten wissen, wie die fünf Russen heißen, die vor wenigen Tagen bei Ihnen eingecheckt haben, und wie lange sie bleiben", erklärte nun Luca. „Wenn Sie uns die Namen geben, gehören diese 500 Euro Ihnen." Er zückte sein Portemonnaie und holte fünf Scheine daraus hervor. „Jetzt hier und sofort", setzte er hinzu.

Die Frau zierte sich nicht und sah sich nochmal verstohlen um. Man merkte ihr an, dass sie nur eine gering bezahlte Aushilfe war. Die Scheine in Lucas Hand reizten sie. Kein anderer Mensch war zu sehen. Sie tippte auf ein paar Tasten in ihrem Computer und schrieb dann auf einen Zettel fünf Vor- und Nachnamen. Als sie damit fertig war, reichte sie den Wisch an die Italiener weiter. „Die Herren bleiben auf unbestimmte Zeit, ist kein Datum der Abreise eingetragen", erklärte sie.

Luca fiel noch etwas ein. „Und wer hat reserviert?"

„Ein Büro Dostojewski in Moskau", antwortete sie leise. „Mehr steht hier nicht."

Luca schnappte sich den Kugelschreiber und schrieb den Namen ebenfalls auf den Zettel.

500 Euro wechselten den Besitzer. Zufrieden strebten die beiden dem Ausgang des Hotels zu, da rief die Osteuropäerin ihnen hinterher: „Hey, noch einmal 500 Euro und ich geben Ihnen Kopie von Reisepässe. Dann sie haben auch Fotos."

Luca und Toni sahen einander an. Da hatten sie sich ganz schön übertölpeln lassen. Das hätten sie auch billiger haben können. Dass sie nicht selbst daran gedacht hatten, ärgerte sie nun maßlos. Die Frau saß am längeren Hebel. Luca und Toni wollten hier aber keinen Streit anfangen.

„Okay", sagte Luca und zog ein dummes Gesicht, „nochmal 300 Euro."

„Nehmen Platz in Lobby, ich machen Kopien", strahlte die Dame mit den fettigen Strähnen und schon ratterte der Drucker.

Anton und Hans

Anton und Hans telefonierten miteinander.

„Neulich habe ich Norbert vor einem Geschäft für Rollatoren getroffen", erklärte Anton.

„Für sich?", kommentierte Hans erschrocken.

„Nein, für Hilde."

Wie geht es ihr denn?", fragte Hans nach.

„Nicht so gut, hat mir Norbert erzählt. Das Laufen bereitet ihr jetzt auch noch Schwierigkeiten."

„Und wie geht es ihm?", setzte Hans seine Befragung fort.

„Das Finanzielle bereitet ihm Schwierigkeiten", berichtete Anton weiter. „Du weißt doch selbst, wie schwierig es ist, ihm Neuigkeiten zu entlocken. Aber etwas hat er mir unter dem Siegel der Verschwiegenheit doch gestanden – dir darf ich das schon erzählen, hat er gesagt."

„Lass hören."

„Er will demnächst einen Rentnerjob annehmen."

„Und an was denkt er da?", wollte Hans wissen.

„Entweder er montiert zuhause Kugelschreiber oder – jetzt

halte dich fest – er übernimmt einen Tagewächterjob im Wunschlos Glücklich."

„Das ist doch der Sexclub, vor dem kürzlich eine Bombe hochging?", wandte Hans ein.

„Natürlich, der Swingerclub, in dem hauptsächlich Paare ihrem Vergnügen nachgehen", antwortete Anton.

„Der soll ja am 23. Juni mit einem Tag der offenen Tür wiedereröffnet werden, habe ich in der Zeitung gelesen", trug Hans zu dem Gespräch bei. „Warst du schon mal dort?"

„Na hör mal", entrüstete sich Anton, „ich gehe doch in keinen Swingerclub. Sind die nach dem furchtbaren Bombenanschlag schon wieder mit den Renovierungsarbeiten fertig?"

Geschäft läuft", warf Hans ein. „Ich bin letzthin erst daran vorbeigegangen, als ich bei Heißmann und Rassau war", wusste er.

„Was gab es denn?"

„Wenn der Vorhang zwei Mal fällt'", antwortete er, „eine einmalig witzige Zwei-Mann-Show und eine einzige Liebeserklärung ans Theater. Natürlich sind auch Waltraud und Mariechen aufgetreten. Nachdem der Comödien-Platz und die Flößaustraße nicht so weit voneinander entfernt liegen, habe ich mir gedacht, schau doch mal am Wunschlos Glücklich vorbei und schau dir die Schäden an, die die Bombe verursacht hat. Viel war da aber nicht zu sehen. Die ganze Fassade ist mit Planen abgedeckt."

„Wer wohl hinter dem Anschlag steckt?", wunderte sich Anton.

„Du meinst, hinter dem Bombenanschlag?"

„Ja, sicher. Was hätte da alles passieren können? Da darf man gar nicht daran denken. Was ist denn das für ein Tag, der 23. Juni?"

„Na, ein Sonntag", erwiderte Hans.

„Ach das ist ja schon am kommenden Wochenende. Da könnten wir doch gemeinsam zum Mittagessen gehen?", schlug Anton vor. „Oder bist du schon verplant?

„Bei mir ginge es schon", meinte Hans.

„Was meinst du, treffen wir uns in der Brasserie vom Hotel Blaumann?", warf Anton ein. „Ich weiß, das Hotel ist nicht mehr das, was es mal war, aber die Rindsroulade dort schmeckt unschlagbar lecker und das zu einem Preis-Leistungsverhältnis, das seinesgleichen sucht."

„Meinetwegen. Um 12 Uhr?"

„Um 12 Uhr, ich reserviere", bestätigte Hans. „Das liebe Geld", trug er noch bei. „Norbert und ein Job im Swingerclub! Das kann ich mir gar nicht vorstellen. Wie will er denn einen Job annehmen, wenn er ständig auf Hilde aufpassen muss?" Hans war ratlos.

„Frag mich nicht", antwortete Anton, „ich wäre gar nicht auf so eine Idee gekommen. Ich würde mir an seiner Stelle keine Arbeit suchen; wegen der läppischen paar Kröten, die man wahrscheinlich auch noch versteuern muss. Da lädst du dir nur zusätzlichen Ärger auf. Nein, das wäre mir viel zu stressig."

„Da hast du recht. Sollen wir uns eigentlich noch weiterhin in Norberts Angelegenheiten einmischen? Wo er doch so störrisch ist."

„Ich weiß auch nicht. Auf der anderen Seite ist er doch unser langjähriger Freund. Ich komme mir da so beschämt vor, wenn ich sehe, wie er in sein Unglück hineinrennt. Moment mal, Rasputin zerrt schon die ganze Zeit an meinem Hosenbein. Ich glaube, er muss raus. Ach Gott, haben wir uns verquatscht. Und die Tagesschau ist auch schon vorbei. Rasputins Zeit für unseren gemeinsamen Spaziergang rüber in den Stadtpark ist gekommen. Ja, Rasputin, ich bin ja gleich fertig. Hans, ich glaube, wir müssen Schluss machen."

„Na dann viel Spaß beim Spazierengehen", meinte Hans, „und passt auf, dass ihr nicht wieder über ein paar Leichen stolpert."

Tag der offenen Tür

Es war Freitag, 21. Juni, als sich Bach, Schwarz, Krumm und Gallo im Kriminalkommissariat zusammensetzten. „Der Tag der Erleuchtung naht", eröffnete Bach die Diskussion. „In zwei Tagen wird das Wunschlos Glücklich wieder eröffnet, eine günstige Gelegenheit für uns, sich dort umzuschauen." Dabei sah er Schwarz und Gallo tief in die Augen.

„Sie wollen doch nicht, dass ich ...", stotterte Schwarz, „nein, Chef, verschonen Sie mich damit."

„Außer mir sind in diesem Raum nur zwei Personen, die dort noch nicht bekannt sind", antwortete der, „Sie und Gallo."

„Das wird mir Veronika niemals gestatten", erklärte Schwarz.

„Nehmen Sie Ihre Freundin doch mit", ermunterte ihn Bach, „möglicherweise können sie beide dort noch etwas lernen," grinste er breit. „Haben Sie auch diese Probleme, Gallo?", sprach er den Italiener an.

„Nein, ich bin ledig. Ich gehe schon dorthin."

„Gut, dann ist das ja klar", stellte Bach fest. „Unser Fallanalytiker hat in letzter Zeit einige Recherchen angestellt und möchte Sie gerne darauf hinweisen, worauf es ankommt." Dann schwieg er und überließ Krumm das Wort.

„Meine Ermittlungen ergeben den Verdacht, dass in Fürth ein Bandenkrieg zwischen zwei ausländischen Organisationen ausgetragen wird. Im Mittelpunkt scheint dabei das Wunschlos Glücklich zu stehen. Der Konflikt, der verantwortlich für den Mord an dem unbekannten Ehepaar und Dr. Blatthaus sein könnte, wird zwischen Russen und Italienern ausgetragen. Auch der Bombenanschlag in der Flößaustraße könnte da mit reinspielen. Nun ist mir bei meinen Recherchen im Swingerclub und im Finanzamt aufgefallen, dass das Wunschlos Glücklich unwahrscheinlich viele weibliche Angestellte beschäftigt. Elf an der Zahl. Ich habe mich gefragt, wozu die so viele Damen brauchen. Zuerst habe ich gedacht, dass die alle bei den diversen Sexspielchen der Gäste mitmachen. Dann ist mir aufgefallen, dass sehr viele einzelne Männer Gäste des Clubs sind. Kurzum, es liegt der Verdacht vor, dass das Wunschlos Glücklich ein Swingerclub mit anhängendem Bordell ist. Beweisen kann ich das noch nicht. Aber der Verdacht liegt nahe. Beim Finanzamt ist jedenfalls keine der Angestellten als Professionelle registriert. Bei Ihrem Besuch im Swingerclub geht es nun darum, herauszufinden, ob ich recht habe oder daneben liege. Sie müssten also irgendwie rauskriegen, ob die Frauen zum bezahlten Beischlaf bereit sind bzw. ob sie dazu gezwungen werden."

„Und das soll ich mit meiner Freundin herausfinden?", warf Schwarz ein.

*

Am 23. Juni herrschte großes Tamtam in der Flößaustraße. Die Außenfassade des Wunschlos Glücklich erstrahlte in zartem Rosa. Die Leuchtreklame über dem Eingang leuchtete dazu in frischem Hellgrün. Die Fußböden im Eingangsbereich waren nicht mehr in filz-grau gehalten, neue Fliesen in schwarz-weiß wirkten klassisch-elegant. Auf den Fliesen stand ein wuchtiger, moderner Empfangstresen mit integriertem IT-Empfangsmeldesystem. Der Umkleideraum war erweitert und modernisiert worden. Neue, farbige Sitzmöbel mit kleinen Glastischen versprachen Gemütlichkeit und mehr als 200 neue graue Wertfächer säumten die Wandflächen. An der Frontfassade waren neue Kunststofffenster eingesetzt worden. Auch im Inneren des Gebäudes war modernisiert worden. Die Bar glänzte in Schwarz und Silber, die Küche und der Aufenthaltsraum der Angestellten hatten einen frischen Anstrich erhalten und zwischen Decke und Fußboden der Tanzfläche waren Edelstahlstangen eingezogen worden, die in verschiedenen Farben leuchten konnten. Auch die Bäder und Duschen im Keller hatten neue Fliesen bekommen. Nur im vierten Obergeschoss standen noch Eimer, Farbtöpfe und Leitern herum. Der vierte Flur war, trotz aller Terminzusagen, nicht ganz fertig geworden und blieb heute geschlossen.

Es war 13 Uhr – seit Mittag hatte das Wunschlos Glücklich geöffnet – als ein Pärchen am Eingang erschien. Mitte, Ende zwanzig. Auf dem neuen Tresen warteten gefüllte Sekttulpen auf die beiden. Die junge Frau schien ziemlich offen zu sein, der Mann eher zurückhaltend, konservativer eben. Die junge Frau tratschte mit Tatjana und interessierte sich für die Inneneinrichtung des Clubs. Der junge Mann stand daneben und hörte nur zu. Ein weiterer, einzelner Mann erschien. Tatjana widmete auch ihm ihre Aufmerksamkeit. Das Pärchen ließ sich nachschenken. Der neue

Gast verzichtete auf ein Getränk. Er wollte sofort in den Swinger-club.

Alle Angestellten waren neu eingekleidet zum Dienst erschienen, nur Danylko Danylenko fehlte. Was sollte er hier auch? Kein Mensch interessierte sich dafür, was er mit dem Finanzamt abrechnete. Die Röcke und Oberteile der weiblichen Angestellten waren in einem zarten Blau gehalten. Sie kümmerten sich um die Gäste und führten sie herum.

Auch die fünf Russen waren da. Sie hatten sich in Schale geschmissen und standen, als Security getarnt, auf den Gängen herum. Heimlich kontrollierten sie alles. In ihren Ohren steckten winzige Drähte, an ihren Revers kleine Mikrophone. Sie waren alle miteinander verbunden. Nichts entging ihren aufmerksamen Blicken. Unter ihren Sakkos wölbten sich Schießeisen.

Auch ein älterer Herr – er war bestimmt schon über 80 – war an diesem Tag Gast des Wunschlos Glücklich. Er ging am Stock und hatte schlohweißes Haar. Die Damen des Swingerclubs machten sich heimlich über ihn lustig. „Der ist doch auf der falschen Party", meinte die eine und kicherte.

„Wer weiß, vielleicht kann er ja noch, oder er hat eine blaue Pille dabei", scherzte die andere. Doch so fehl am Platz war der alte Herr gar nicht. Er hatte eine Aufgabe und die fünf Russen sofort an ihren Visagen erkannt. Auch die Wölbungen unter ihren Jacken fielen ihm auf. Er blieb vielleicht nur eine halbe Stunde. Dann schlurfte er wieder zum Ausgang. Auf der anderen Seite der Flößaustraße wartete ein grauer Alfa Romeo auf ihn. Der alte Herr stieg ein. Dann brauste der Wagen in Richtung Nürnberg davon.

*

Der junge Mann, der in den Swingerclub wollte, war an Bibsi geraten. Er gefiel ihr. „Wissen Sie", erzählte er eifrig, „ich bin Finanzberater und habe nicht die Zeit für ausgedehnte Spielchen. Dennoch verspüre ich ab und zu diesen Druck, Sie wissen schon ... Da ist es mir lieber, gleich zur Sache zu kommen. Kann man in Ihrem Club denn auch gegen Entgelt ... Sie wissen schon ...

„Bumsen?", fragte ihn Bibsi unverblümt. „Selbstverständlich. Wir sind insgesamt elf Mädchen."

„Und wer sind die elf?", wollte er wissen, „und was kostet das?"

„Das kommt auf die jeweilige Leistung an", wusste Bibsi und zauberte aus einer Schublade einen Prospekt hervor. „Hier. Hier haben Sie die elf. Preise, Art der Leistungen und Dauer sind darin vermerkt. Sie können auch mich buchen. Ich mache es dir besonders schön!" Gallo hatte das, wonach Krumm suchte. Schwarz auf weiß.

Auch das junge Pärchen, das am Eingang gestanden hatte, als Gallo hereinkam, war noch da. Sie waren an die rothaarige Mercedes geraten. Die junge Besucherin schien sich sehr für den Club zu interessieren und hatte detaillierte Fragen. „Kann man bei Ihnen denn auch zu dritt?", wollte sie wissen.

„Zwei Frauen oder zwei Männer", fragte Mercedes nach. „Hier unten oder oben auf den Zimmern?"

„Ach, man kann auch auf den Zimmern Liebe machen?", wunderte sich die junge Frau.

„Alles ist möglich", bestätigte ihr Mercedes, „wenn Sie dafür bezahlen."

„Boah, war das peinlich", stöhnte Julian Schwarz, als er und Veronika den Swingerclub verlassen hatten. „Besonders, als du nach dem größten Dildo gefragt hast."

„Wieso?", meinte diese, „das war doch ganz amüsant."

*

Anton und Hans hatten sich ihre Rindsroulade mit gedämpften Kartoffeln schmecken lassen, dazu ein deftiges Hefeweizen von Maisel und liefen nun die Schwabacher Straße entlang. Rasputin war dieses Mal nicht mit von der Partie. Er durfte nicht mit in das Speiselokal. „Lass uns doch am Wunschlos Glücklich vorbeigehen", meinte Anton zu seinem Freund. „Zeit haben wir ja noch. So ein kleiner Spaziergang nach dem üppigen Mahl schadet ja nicht. Nur mal schauen, was da los ist."

„Aber reingehen tu ich da nicht", merkte Hans an.

„Wieso nicht? Interessiert dich nicht, wie Norberts zukünftiger Arbeitsplatz aussieht?"

„Das muss sich doch erst noch zeigen", blieb Hans gelassen. „Jedenfalls muss die Renovierung eine Menge Geld gekostet haben. Die haben gleich die Eintrittspreise erhöht."

„Woher weißt du das denn?", wunderte sich Anton.

„Habe ich in der Zeitung gelesen."

„Aha, ich dachte schon, dass du dort Dauergast bist", scherzte Anton.

Sie schwenkten in die Karolinenstraße ein. Die Glocken der Auferstehungskirche schlugen halb drei. Schon aus der Ferne sahen sie, wie sich vor dem Wunschlos Glücklich eine kleine Menschenschlange gebildet hatte.

„Gehen wir vielleicht doch rein?", wollte Anton von Hans wissen. „Interessieren würde es mich schon, wie sowas innen aussieht."

Der überlegte noch und wollte dann Anton eine verneinende Antwort geben. Es war inzwischen viertel vor drei. Zur Antwort kam er nicht mehr. Fünf Einsatzfahrzeuge der Polizei sausten heran. Beamte stiegen aus und stürmten auf die Eingangstür des Swingerclubs zu.

*

Auch die Sacra Corona Unità in Nürnberg war an diesem Tag nicht untätig gewesen. Opa Rico, der Vater von Nico Esposito, selbst ein alter Mafioso, war vom Wunschlos Glücklich zurück und hatte seinem Sohn und seinen Enkeln berichtet. „Alle fünf sind da", erzählte er aufgeregt. Er hatte sich die Gesichter der Russen vor seinem Besuch sorgfältig eingeprägt. „Einer stand auf der Straße und musterte die Ankömmlinge. Einen zweiten sah ich an der Bar patrouillieren. Im Aufgang zum Treppenhaus stand ein Dritter. Romanow und Popow wechselten sich ab und kontrollierten die sonstigen frei zugänglichen Flächen." Gegen eins hatte Esposito Senior die Lokalität schon wieder verlassen. Der Alfa Romeo fuhr ihn ins Bella Bari. Espositos Söhne hatten sich im Netz intensiv mit den fünf Russen beschäftigt. Bei vieren von ihnen fanden sie keine weiteren Hinweise, bei Wladislaw Romanow aber wurden sie fündig. Er gehörte zum Dostojewski-Clan und war bisher in Tschetschenien, Belarus und der Ukraine aufgetreten. Luca und Toni fuhren in die Stadt und riefen von einer öffentlichen Telefonzelle am Hauptbahnhof die Kriminalpolizei in Fürth an. „Informieren Sie umgehend Hauptkommissar Bach und geben Sie ihm folgende Information", sprach eine verstellte Stimme, der man keinen italienischen Akzent anhörte. „Die fünf russischen Mörder des im Stadtpark aufgefundenen Ehepaares befinden sich zurzeit im Wunschlos Glücklich." Es folgten die fünf Namen. „Sie sind bewaffnet." Bevor der Polizeibeamte, der das Telefonat entgegennahm, reagieren konnte, legte der Anrufer wieder auf.

*

Eine halbe Stunde später jagten fünf Streifenwagen auf das Wunschlos Glücklich zu und hielten mit quietschenden Reifen vor dem Sexclub. Fast hätte der erste Fahrer zwei Rentner über den Haufen gefahren, die gerade die Straße überqueren wollten. „Alles absperren, niemand verlässt den Swingerclub", rief Hauptkommissar Bach seinen Leuten zu, während er mit Schwarz dem Eingang zustürmte. „Ausweise", rief er drinnen. „Bleiben Sie ruhig, dies ist nur eine Routinekontrolle." Inklusive der Russen waren vielleicht zwanzig weitere Gäste im Gebäude. Die Beamten schwärmten aus und sicherten zunächst den Notausgang. „Smirnow, Popow, Jllin, Gussew und Romanow?" rief Bach. Wladislaw trommelte seine Leute zusammen, nachdem er die Ausweglosigkeit der Situation erkannt hatte. Die Übermacht der Polizei war zu groß.

„Was gibt es?", grollte er.

„Wir möchten Ihren Ausweis sehen", gab Bach zu verstehen. „Und her mit der Waffe. Ich möchte Sie bitten, keine Schwierigkeiten zu machen, wenn Sie mit uns mitkommen. Wir haben da ein paar Fragen zu Ihrem Aufenthalt in Fürth."

„Was soll das?", beschwerte sich Wladislaw.

„Unerlaubter Waffenbesitz", stellte Bach fest. „In Deutschland brauchen Sie für das Tragen von Pistolen einen Waffenschein. Haben Sie den? Kommen Sie also bitte mit."

Als die Polizei mit den Russen wieder abgezogen war, meinte Hans zu Anton: „Das war knapp."

„Was meinst du? Dass wir, wenn wir reingegangen wären, auch gefasst worden wären, oder dass uns die Polizei fast über den Haufen gefahren hat?"

Danylkos Ende

Danylenko wohnte in der Südstadt. Wo die Amerikaner 1995 ihre Truppen abgezogen hatten, waren an der Nordseite aus den früheren Mannschaftsquartieren zehn Häuser mit 137 Wohnungen entstanden. Danylko hatte sich im fünften Stockwerk eine Zwei-Zimmer-Wohnung mit Kochnische, Bad, Wohn- und Schlafzimmer gemietet, von der aus er auf den 10 Hektar großen Südstadtpark schauen konnte. Die Amis waren nicht die ersten Nutzer der ehemaligen Kasernenlandschaft. Bereits 1890 war Fürth Garnisonsstadt. 1872 hatte ein Bierkrawall und der sich anschließende Versuch eines Sturms auf das Rathaus die Stadtoberen das Fürchten gelehrt. So eine Demonstration wegen zu hoher Bierpreise brauchte man nicht wieder. Militär zur Niederschlagung solcher Volksaufstände musste her. Daraufhin wurde die Artillerie-Kaserne errichtet, die in und zwischen den Weltkriegen auch als Armenunterkunft genutzt wurde. Später wurde umgebaut und renoviert. Heute schmückt sich die Stadt rund um den Südstadtpark mit dem Bauhaus-Stil und der dort vorherrschenden Ziegelriegel-Bauweise.

Danylko Danylenko hatte an diesem 23. Juni frei. Es war sowieso ein Sonntag und er war froh, dass er am Tag der offenen Tür nicht im Wunschlos Glücklich gebraucht wurde, bei diesem Trubel dort. Stattdessen nutzte er den Sonntag, um sich richtig auszuschlafen und anschließend wollte er sich zwei Pornos reinziehen. Gegen halb zwölf stand er auf und machte sich auf den Weg in die Küche, um sein Frühstück vorzubereiten. Er schmiss zwei Scheiben Toast in den Toaster und brühte sich einen Instantkaffee. Leichtes Kopfweh machte sich in seinem Schädel breit. Die leeren Wodkaflaschen vom Vorabend stauten sich in der kleinen Küche und aus dem Fenster konnte man kaum noch die Sonne sehen, so schmutzig war es. Auch der Staub, der überall lag, hatte seit einem Jahr kein Staubtuch mehr gesehen. Der Filzteppichboden war voller Krümel und die Fliesen in der Küche klebten vor Dreck. „Wo die schwarzen Strapse fliegen" und „Wenn die Muschi brennt", die DVDs mit den Pornofilmen mit mehreren Pärchen, die es wild miteinander trieben, lagen schon bereit. Danylko freute sich schon. Er bestrich die beiden Toastscheiben mit Butter und Erdbeermarmelade und schlürfte seinen Kaffee. Als er fertig war, schlurfte er ins Bad, verrichtete seine Katzenwäsche und zog sich an. Um halb eins war er fertig. Er griff nach den Pornos, setzte sich an seinen Laptop und schenkte sich ein Glas mit Wodka ein. Zu trocken wollte er diesen Sonntag auch nicht verbringen. Er den ersten Film ins Computerlaufwerk und gönnte sich einen Schluck von dem klaren Schnaps. Der Wodka brannte in der Kehle. Ah, das tat gut. Danylko öffnete zwei Tüten Chips mit Käse, dann drückte er auf Start. Die Darsteller gaben ihr Bestes.

Als er gegen 17 Uhr die zweite Wodkaflasche öffnete, spürte er eine gewisse Schwere. Danylko plumpste schwankend wieder aufs Sofa. Er schaffte es gerade noch, seine Schuhe auszuziehen, dann schlief er ein und schnarchte wie ein Wildschwein mit Atemnot. Ungefähr bis etwa 20 Uhr. Plötzlich läutete die Türglocke Sturm. Zuerst reagierte Danylko gar nicht. Als das Läuten nicht aufhörte, meldete sein Unterbewusstsein etwas Störendes, etwas Lautes. Irritiert schreckte er nun doch auf und orientierte sich. Besoffen und schimpfend erhob er sich. Wer war das denn? Er schwankte zur Wohnungstür. "Ja, ich komme ja schon", lallte er. Wer das wohl sein konnte, um diese Uhrzeit? Er schaffte es gerade noch, durch den Türspion zu linsen, sah aber niemanden. Ungelenk öffnete er die Türe einen Spalt und drückte dabei auf den Haustürsummer.

Heftiger Druck von draußen und die Wohnungstür flog nach innen auf. Danylko stolperte und fiel auf den Rücken. „Verdammt", fluchte er. Zwei braungebrannte Typen mit Handschuhen und Pistolen drangen in die Wohnung und schlossen sanft die aufgestoßene Wohnungstür. Der Ukrainer war noch völlig benebelt und wusste nicht, wie ihm geschah, als er hochgezerrt wurde. Ihm war schwindelig. „Was, was wollen Sie?" brachte er heraus, „das ist meine Wohnung."

„Schnauze", herrschte ihn einer der Eindringlinge an und bugsierte ihn zurück ins Wohnzimmer mit den leeren Wodkaflaschen, Chips-Krümeln und Chips-Tüten. „Jetzt wird gemacht, was wir sagen", herrschte einer der Männer ihn an.

Unterdessen untersuchte der andere den Sicherungskasten im Flur. „Wie ich mir gedacht habe", murmelte er, „kein Fehlerstromschutzschalter. Das Gebäude ist zu alt. Da haben die Wohnungssanierer wohl an der falschen Stelle gespart. Wie gut, dass keine Nachrüstpflicht besteht. Wir machen die Masche mit dem Fön."

„Ausziehen", forderte der andere Danylko auf.

„Nein, ich ziehe hier nicht aus, das ist meine Wohnung", reagierte der.

„Klamotten ausziehen", stellte der andere klar.

„Ich stehe nicht so auf Männer", kicherte Danylko.

Es half nichts. Die beiden Männer drohten mit ihren Pistolen und einer ließ heißes Wasser in die Badewanne ein. Dann öffnete er eine Plastikflasche mit Badeschaum und gab einen Spritzer hinzu. Sofort bildete sich Schaum.

„Los, hinein", befahl der kleinere der beiden dem splitterfasernackten Ukrainer. Der bemühte sich, seine Nacktheit zu verbergen, stieg aber wie befohlen in die sich langsam füllende Badewanne.

Was soll das Ganze?", leistete Danylko letzten Widerstand.

„Das wirst du gleich merken", entgegnete ihm einer der beiden und wickelte das Stromkabel des Föns ab, der in einem der Badezimmerregale lag. „Dir wird es gleich ganz warm ums Herz werden", spottete er. Dann wartete er ab, bis die Wanne vollgelaufen war. Nur Danylkos Oberkörper und sein Kopf sahen noch aus dem Schaumberg heraus.

Der kleinere der beiden drückte den Stromstecker des Haartrockners in die Schuko-Steckdose des Alibert-Spiegelschranks an der gegenüberliegenden Wand und schaltete das Elektrogerät ein. Der Föhn blies wie eine Furie. „Adieu Danylenko", meinte er sarkastisch und ließ den Haartrockner eingeschaltet in die gefüllte Badewanne fallen.

Ermittlungsarbeit

Die fünf Russen verbrachten die Nacht in der Justizvollzugsanstalt Nürnberg-Fürth in der Mannerstraße.

In der Kriminalpolizeiinspektion Fürth herrschte am Montagmorgen Hochbetrieb. Über die Staatsanwaltschaft musste Haftantrag gestellt, und die Delinquenten dem Ermittlungsrichter vorgeführt werden. Dieser hatte über eine mögliche Haftstrafe zu befinden. All das musste innerhalb von 24 Stunden nach der Festnahme geschehen. So lauteten die Gesetze. Im Moment waren die fünf nur vorläufig festgenommen. Man warf ihnen das illegale Tragen von Waffen in der Öffentlichkeit vor, dies aber in einem besonders schweren Fall. Es bestand außerdem der Verdacht einer bandenmäßigen Vereinigung. Darauf stand immerhin eine Strafe von einem bis zu zehn Jahren. Die Untersuchungshaft zur Sicherung des Straftatverfahrens war also angebracht. Um die Mittagszeit wurden die fünf der KPI Fürth vorgeführt und einzeln vernommen.

*

Um in der Sache schneller voranzukommen, bildete die Soko Stadtpark zwei Vernehmungsteams. Das waren auf der einen Seite Bach und Schwarz und auf der anderen Krumm und Gallo. Letztere fingen mit Wladislaw Romanow an, während sich die beiden anderen Kriminalbeamten Igor Smirnow vornahmen.

„Was machen Sie in Fürth, wer hat Sie hierhergeschickt?", begann Krumm, nachdem er Wladislaw seine Rechte verlesen hatte.

Der Russe machte keine Anstalten zu antworten.

„War es Dostojewski, der Eigentümer des Wunschlos Glücklich?", setzte Krumm nach.

Romanow zuckte nur innerlich, als der Name seines Chefs fiel, doch man merkte ihm nichts an. Er ließ sich dazu bequemen zu antworten. „Ich kenne keinen Dostojewski. Oder meinen Sie den Schriftsteller? Ich hatte lediglich den Auftrag, einen Objektschutz durchzuführen und bin mit meiner Mannschaft hierhergeflogen. Ich leite ein Sicherheitsbüro in Moskau."

„Aha", entglitt es Krumm, „und das Objekt, das Sie schützen sollten, war das Wunschlos Glücklich?"

„Ja."

„Warum?"

„Sie wissen besser als ich, dass darauf vor kurzem ein Bombenanschlag verübt wurde", kam die Antwort.

„Wissen Sie, wer den Anschlag verübt hat?"

„Das entzieht sich meiner Kenntnis", gab der Russe an.

„Und ihr Sicherheitsbüro heißt?"

„Kein Kommentar, Geschäftsgeheimnis."

„Woher haben Sie eigentlich diese Waffen?", versuchte sich Krumm.

„Darüber werden Sie von mir nichts erfahren", zeigte sich Romanow verschlossen.

„Wenn ich dem Visum in Ihrem Pass Glauben schenken darf, waren Sie Ende April, Anfang Mai schon einmal in Deutschland. Das sagen jedenfalls die Einreise- und Ausreisestempel. Ebenfalls Objektschutz?"

„Könnte man so sagen", gab sich Wladislaw vorsichtig.

„Oder haben Sie während Ihres letzten Besuchs ein Ehepaar umgebracht?"

„Wir sind doch keine Mörder", entrüstete sich Wladislaw.

„Welches Objekt haben Sie denn damals geschützt?"

„Geschäftsgeheimnis."

„Es gibt da einen anonymen Hinweis, dass Sie die Mörder eines Ehepaares sein sollen."

„Kann gar nicht sein", wehrte sich Romanow, „meine Leute waren vorher noch nie in Deutschland."

„Aber Sie."

„Wie gesagt, Objektschutz", beharrte der Russe auf seine bisherigen Angaben.

„Objektschutz", wiederholte Krumm. „Kommen wir doch auf Ihre Liebe zum Wunschlos Glücklich zurück. Kennen Sie einen Danylko Danylenko?"

„Wer soll das sein? Ist mir bisher noch nicht untergekommen."

„Ein ukrainischer Mitarbeiter des Swingerclubs, der die Abrechnungen macht."

„Kenne ich nicht. Wir haben mit dem Wunschlos Glücklich ansonsten nichts zu tun, außer dass wir es gestern bewachen sollten."

„Das glaube ich Ihnen nur nicht", gab sich Krumm unzufrieden mit dem bisherigen Gesprächsverlauf.

„Das ist Ihr Problem. Das Einzige, was Sie mir vorwerfen können, ist unerlaubter Waffenbesitz. Dafür gehe ich in den Bau, das weiß ich, aber seien Sie versichert, dass ich beim nächsten Gefangenenaustausch dabei bin", zeigte sich der Russe überzeugt.

„Sie gehen also lieber in den Knast, als Ihre Hintermänner zu verraten?", kam Krumm auf den Punkt.

„Ich habe keine Hintermänner", log Romanow weiterhin, „ich leite nur ein Büro für Objektschutz."

*

Smirnow war nicht so abgebrüht wie Wladislaw. Als in seiner Vernehmung durch Bach und Schwarz der Name Dostojewski fiel, zuckte er merklich zusammen. Die beiden Kriminalbeamten ließen an dieser Stelle nicht mehr locker. Am Ende fanden sie heraus, dass die Russen im Auftrag Dostojewskis hier waren und die Aufgabe hatten, das Wunschlos Glücklich zu bewachen. Als Smirnow mit dem Mord an dem unbekannten Ehepaar konfrontiert wurde, kam er ins Schleudern. Er wusste zwar nicht, worum es ging, aber er unterstellte den deutschen Ermittlungsbehörden ähnliche Tricks wie amtlichen Stellen zuhause in Russland. Er wusste, wo falsche Anschuldigungen hinführen konnten. Freimütig gestand er, dass Romanow die Waffen in Nürnberg besorgt hatte. Den Lieferanten, den sie am Nürnberger Hauptbahnhof getroffen hatten, kannte er vorher nicht. Er wusste nur, dass der sich Stanko nannte und Serbe sei. Überhaupt sei Romanow der führende Kopf der Gruppe und habe alles entschieden, alles wegen der blöden Italiener.

„Wegen der blöden Italiener?" Bach und Schwarz wurden hellhörig. „Was heißt das?", wollten sie wissen. Smirnow hatte sich verplappert und die Kriminalbeamten ließen nicht mehr locker. „Wen meinen Sie denn da konkret?", hakten sie nach.

Smirnow erkannte seinen Fehler und schwieg von da an beharrlich. Er fürchtete die Rache Dostojewskis mehr als die deutsche Polizei.

Popow, Illjn und Gussew hatten in ihren Vernehmungen noch einen schwereren Stand als Romanow und Smirnow. Am Ende des Tages stellte sich heraus, dass die fünf Russen im Auftrag Dostojewskis nach Deutschland gekommen waren, um das Wunschlos Glücklich zu beschützen. Ihr Anführer war Wladislaw Romanow, der alles entschied und alles wusste. Welche Rolle eine italienische Organisation spielte, wusste nur Romanow, doch der schwieg dazu beharrlich. Die deutschen Polizisten konnten nur Vermutungen anstellen, doch sie wussten nun, dass Italiener ebenfalls im Spiel waren.

*

„Dass ein Russe der Eigentümer des Wunschlos Glücklich ist, hat seine besonderen Gründe", behauptete Krumm überzeugt in einer Gesprächsrunde mit Bach, Schwarz und Gallo: „Einstieg in das Geschäft mit dem Sex. Ich habe mir die monatlichen Abrechnungen des Swingerclubs mit dem Finanzamt angesehen. Der Club hat elf weibliche Angestellte auf seiner Gehaltsliste. Wozu, wenn sich die Gäste selbst vergnügen? Paolo Gallo und Julian Schwarz haben am Tag der offenen Tür das Geheimnis der elf Damen gelüftet. Es sind Prostituierte, die aber nicht als solche gemeldet sind.

Der sogenannte Geschäftsführer Danylko Danylenko, eigentlich nicht mehr als ein Buchhalter, trennt die beiden Geschäftszweige. Ich meine das normale Geschäft mit den Kunden des Swingerclubs und die Liebesdienste. Die Erlöse aus dem Beischlafgeschäft bleiben unversteuert. Dass dies ein einträgliches Geschäft ist, hat auch die Sacra Corona Unità erkannt und möchte gerne daran partizipieren. Doch Dostojewski sieht das anders. Er will den Markt für sich allein haben. Nun zu den Italienern. Da hat Paolo Gallo etwas herausgefunden. Bitte, Paolo!", forderte Krumm den Italiener auf.

Der räusperte sich und begann mit seinen Schilderungen: „Ich fange bei dem ermordeten Ehepaar an", sprach er. „Auffallend ist, dass die Frau einige italienische Kleidungsstücke trug sowie ein Amulett mit dem Symbol der Sacra Corona Unità. Die beiden könnten also Italiener gewesen sein und der Mafia angehört haben. Zudem ist von den vier italienischen Mafia-Organisationen bisher nur eine hier auffällig geworden: Die Sacra Corona Unità. Sie erinnern sich an deren Logo, das wir bei Blatthaus gefunden haben?" Der junge Polizist italienischer Abstammung räusperte sich erneut. „Zutrauen würde ich das denen auf jeden Fall und deshalb schlage ich vor, dass wir den Fall des ermordeten Ehepaars in der italienischen Version von ‚Aktenzeichen XY' vorstellen."

„Wie heißt die Sendung in Italien?", warf Bach ein.

„Chi l'ha visto", gab Gallo zurück.

„Na gut, probieren wir das", entschied Bach „und diesem Danylko Danylenko schaut ihr nochmal genau auf die Finger."

„Das ist aber noch nicht alles", fuhr Gallo fort. „Die Kollegen in Italien haben sich gerührt. Das ermordete Ehepaar ist ihnen zwar unbekannt, aber die Fingerabdrücke, die wir in Blatthaus' Wohnung gefunden haben, gehören eindeutig zwei italienischen Auftragskillern der Sacra Corona Unità. Pietro Colombo und Carlo Greco. Somit ist völlig klar, dass die Mafia den Neurologen umgebracht hat, und es erhärtet sich der Verdacht auf einen Bandenkrieg, wie Herr Krumm ausgeführt hat. Die Fahndung nach den beiden läuft übrigens schon.

Danylkos Leiche wird entdeckt

Danylko erschien am Montag nicht zur Arbeit. Eine Krankmeldung lag nicht vor und angerufen hatte er auch nicht.

„So eine Schlamperei", schimpfte Tatjana. Um zehn Uhr, als sie etwas Zeit hatte, machte sie sich auf den Weg zu seiner Wohnung. Die lag ja gleich um die Ecke. Als sie durch die Flößaustraße ging, genoss sie das schöne Wetter und überlegte, was sie Danylko alles an den Kopf schmeißen wollte, wenn sie ihn zuhause antraf. Erst kürzlich hatte sie ihn angesprochen und über seine Unzuverlässigkeit geschimpft. Es ging auf das Ende des Monats zu, die Abrechnungen mussten gemacht werden. Tatjana war wirklich sauer. Ihrer Meinung nach wäre es längst angebracht, einen zuverlässigeren Mitarbeiter einzustellen. Sie zweifelte an Danylkos Zuverlässigkeit und Loyalität. Ein gewisses Maß an Professionalität sollte schon sein. Sie hatte auch keine Lust, mit alten Dackeln in die Kiste zu steigen. In letzter Zeit lief einiges schief. Zuerst der Bombenanschlag, jetzt waren auch die Russen verhaftet worden, die auf sie aufpassen sollten. Wo die wohl hergekommen waren? Dieser Kriminalbeamte, Krumm, hatte einen Namen genannt, der ziemlich russisch klang. Dostojewski. Darum würde sie sich später kümmern. Erst musste sie Danylenko finden. Tatjana stand vor dem fünfstöckigen Haus, in dem Danylko wohnte. Sie drückte den Klingelknopf. Keine Reaktion. Sie probierte es erneut. Nichts. Ein altes Mütterchen verließ das Haus. Schnell nutzte sie die Gelegenheit und huschte in den Hauseingang. Der Fahrstuhl war gerade außer Betrieb. Er wurde gewartet. Handwerker turnten in der Kabine herum. „So eine Scheiße", schimpfte Tatjana, „jetzt muss ich auch noch Treppen steigen." Mühsam setzte sie einen stöckelschuhbewehrten Fuß vor den anderen und begann den mühsamen Anstieg. Als sie oben war, legte sie das rechte Ohr an das Türblatt. Stille. Dann klingelte sie erneut. Sie hörte innen den Dreiklang des Türgongs. Nichts tat sich. Tatjana zückte ihr Handy und rief Danylko an. Irgendwo in der Wohnung hörte sie ein Telefon scheppern. Niemand ging ran. Tatjana wunderte sich. War da etwas passiert? Sie musste sich Gewissheit verschaffen. Als ob sie nichts Besseres zu tun hätte, als einem unzuverlässigen Mitarbeiter hinterherzulaufen. Wütend machte Tatjana auf dem Absatz kehrt, nachdem sie es nochmal mit Klingeln probiert hatte. Sie begab sich auf die Suche nach einem Hausmeister. Unten im Parterre fand sie eine Telefonnummer an einer der Informationstafeln. Tatjana wählte dessen Nummer. Es dauerte eine Weile. „Schmidt", meldete sich eine sonore Stimme.

„Sind Sie der Hausmeister der Wohnungsanlage in den ehemaligen Kasernen?", stieß Tatjana ins Telefon.

„So sieht es aus", meinte der Mann.

„Ich stehe hier im Parterre des Hauses Nummer 3 und suche einen abgängigen Mitarbeiter, Herrn Danylko Danylenko. Können Sie mir seine Wohnung aufsperren? Ich will nur nachsehen, ob er da ist, ob alles in Ordnung ist. Er ist heute unentschuldigt nicht zur Arbeit erschienen und auf mein Klingeln macht er auch nicht auf."

„Da könnte ja jeder daherkommen", entgegnete der Hausmeister, „so einfach geht das nicht."

„Nur ganz kurz", bettelte Tatjana. „Sie können sich auf die Schnelle einen Fünfziger verdienen."

Der Hausmeister kam ins Überlegen. „Und Sie haben berechtigte Sorgen, dass etwas passiert sein könnte?"

„Ja, der Mann ist alleinstehend und ist heute nicht zur Arbeit erschienen. Ans Telefon geht er auch nicht. Ansonsten ist er sehr zuverlässig", log sie.

„Hhm", klang es durch den Hörer, „bleiben Sie, wo Sie sind, ich komme gleich. 50 Euro, sagen Sie?"

*

Der Föhn hatte inzwischen seinen Geist aufgegeben. Aufgequollen lag Danylko im inzwischen erkalteten Badewasser. Auf Kniehöhe lag der Föhn im Wasser. Der Schalter war noch auf „Ein".

Danylenkos Haut war weißlich aufgequollen, Körperflüssigkeiten waren innerlich verkocht, das Gewebe zerstört und hie und da konnten Tatjana und der Hausmeister noch die Blasenbildung auf der Haut erkennen. Der Tote lag in der Badewanne, als ob er schlafen würde. Hausmeister Schmidt griff zum Telefon und rief die Polizei an. Tatjana war entsetzt und dachte an die fälligen Abrechnungen im Swingerclub. Danylenko war zwar ein fauler Sack, aber so einen Tod hatte er wirklich nicht verdient. Wie konnte er nur in der Badewanne sitzend die Haare föhnen, wenn Wasser darin war? Das wusste doch jedes Kind, dass das eine gefährliche Sache war.

Dostojewski tobt

Wladislaw hatte sich am Montagabend nicht zum täglichen Rapport gemeldet. Auch am Dienstag blieb das Telefon stumm. Dostojewski ahnte Schlimmes und rief im Hotel Blaumann an.

„Die Gäste sind verhaftet worden", musste er sich anhören, „noch immer ist die Polizei im Haus, verhört unsere Angestellten und untersucht die Gästezimmer."

Als er den ersten Schock bei einem Glas Whisky überwunden hatte, griff er erneut zum Telefon und rief Stanko an, dessen Telefonnummer er immer noch gespeichert hatte.

„Danylko ist tot", meldete dieser, „der Idiot hat sich die Haare geföhnt, als er in der gefüllten Badewanne saß. Dabei muss ihm der Haartrockner in das Wasser entglitten sein. Und Ihre Leute sind letzten Sonntag von der Polizei verhaftet worden."

„Das weiß ich", knurrte Dostojewski. „Wie kam es dazu?"

„Keine Ahnung. Der Swingerclub feierte Tag der offenen Tür, als nachmittags ein Großaufgebot an Ordnungshütern vorfuhr. Sie fragten gezielt nach Ihren Leuten, so als ob sie von deren Anwesenheit wussten. Dann ging alles ganz schnell. Natürlich hat man ihre Pistolen gefunden und sie wurden wegen illegalen Waffenbesitzes festgenommen. Ich habe inzwischen meine Lauscher aufgestellt, was mit ihnen passieren wird. Es sieht so aus, dass ihnen der Prozess gemacht wird. Unerlaubter Waffenbesitz. Alles hängt jetzt vom Richter ab. Was soll mit der Leiche von Danylenko geschehen? Sie befindet sich zurzeit in der Rechtsmedizin in Erlangen?"

Dostojewski war nicht in der Lage, Stankos Frage sofort zu beantworten. Er bat um Bedenkzeit. Er müsse sich erst sortieren. So eine Scheiße aber auch, da kam ja alles zusammen. Danylenko war zu ersetzen, da machte er sich weniger Gedanken, nicht aber Wladislaw mit seinen Leuten. Romanow würde dichthalten, da hatte er keine Bedenken. Aber die anderen vier? Was wussten sie? Was hatte Romanow ihnen erzählt? Nicht viel, hoffte er, aber dennoch ... Je länger Dostojewski überlegte, desto stärker rückten die Italiener wieder in den Mittelpunkt seiner Gedanken. Dass die Polizei im Wunschlos Glücklich auftauchte und gezielt nach seinen Leuten fragte, konnte kein Zufall sein. Da musste eine Intrige dahinterstecken. Wieder kreisten seine Gedanken um die Italiener. Wie hatten die das nur geschafft, seine Leute auszuspionieren? Gab es einen Maulwurf? Nicht in seiner eigenen Organisation. Aber wer wusste sonst noch Bescheid, dass Romanow und seine Leute in Fürth waren? Klar, die Leute vom Hotel, aber da musste man erst mal draufkommen, dass sie im Hotel Blaumann abgestiegen waren. Wer sonst noch? Stanko fiel ihm ein. Der hatte die Waffen verkauft und auch ins Hotel geliefert. Stanko verkaufte nicht nur Waffen. Er machte auch Informationen zu Geld. Sieh an, dieser kleine Schleimscheißer. Wo blieb dessen Loyalität ihm gegenüber? Dostojewski schenkte sich noch einen Whisky ein. Er versuchte, alles zusammenzufügen: Stanko hatte seine Leute verraten. Der Rest war einfach. Spitzel vor dem Hotel oder vor dem Wunschlos Glücklich und schon wusste die Gegenseite Bescheid. Er war wie ein Anfänger in die Falle getappt. Seine Leute hatten die Mafia selbst zum Hotel geführt. Vom Wunschlos Glücklich aus. Ein bisschen Bestechung an der Hotelrezeption und schon wussten die, wer da eingecheckt hatte. Er schalt sich selbst, dass er so naiv gewesen war, seine Mannschaft so in das Verderben laufen zu lassen. Ein kurzer anonymer Anruf bei der Polizei hatte genügt, um seine Leute aus dem Verkehr zu ziehen. Und der Tod von Danylko ging wahrscheinlich auch auf die Kappe der Italiener. Unfall mit einem Föhn, so ein Quatsch. Wenn die Italiener in Fürth präsent waren, musste es ein Leichtes sein, deren Aufenthaltsort herauszufinden. Wie dumm er gewesen war! Spätestens nach dem Bombenanschlag hätte er Lunte riechen müssen. Er musste das Versteck der Italiener in Fürth oder anderswo in der Umgebung finden. Dann zurückschlagen, aber mit Macht. Jetzt war er dran. Die würden sich noch wundern. Er hatte schließlich vor, das Sexgeschäft in Fürth und Umgebung zu erweitern, so wie Blatthaus ihm geraten hatte. Da brauchte er dauerhaft eigene Leute in der Region, anders als bisher. Im nächsten Schritt brauchte er eine eigene Niederlassung. Seine Leute würden den Italienern einen Besuch abstatten. Dann würde es Zoff geben. Er hatte die Schnauze voll. Aber wo hielt sich die Gegenseite auf? Dostojewski griff zum Telefon und rief Oleg Kuznetsow, den russischen Botschafter in Rom, an. Der war ihm noch eine Gefälligkeit schuldig. „Oleg, hör dich doch mal um, welche Organisation die italienische Mafia in Fürth oder in der Nähe hat, und gib mir Bescheid. Ich brauche Namen und Adressen. Ein paar Fotos wären auch nicht schlecht.

Im Kommissariat

Der Tod Danylenkos traf die Soko Stadtpark wie aus heiterem Himmel.

„Das war kein Unglücksfall", vermutete Krumm, „der wurde hingerichtet. „Niemand ist so blöd und trocknet sich mit einem Föhn die Haare, während er noch in der vollen Wanne sitzt."

„Die SpuSi hat aber keine Hinweise auf Fremdeinwirkung gefunden", argumentierte Bach.

„Das heißt nichts. Das waren Profis. Gallo und ich gehen der Sache auf den Grund. Nicht wahr, Paolo?", meinte Krumm an Gallo gerichtet. „Wir werden uns mal bei Danylenkos Nachbarn umhören, aber die Theorie vom Unglücksfall lasse ich nicht gelten. Hier handelt es sich eindeutig um Mord."

„Gut", vermerkte Bach. „Was ist mit diesem Wladislaw Romanow? Können wir ihm eine Beteiligung an dem Mord des Ehepaares nachweisen?"

Peter Grimm von der SpuSi meldete sich. „Er und vier andere Russen, die wir nicht kennen, haben vom 1.-4. Mai im Hotel Excelsior übernachtet. Von denen, die uns dieses Mal in die Hände gefallen sind, war keiner dabei. Nur Wladislaw Romanow. Nach den Unterlagen vom Excelsior waren die Namen der anderen vier Michail Gaganin, Artjan Tschaikowski, Maxim Tolstoi und Danil Iwanow. Einen Mord können wir Romanow aber nicht nachweisen, dazu fehlen uns die Beweise", setzte Grimm seine Rede fort, „aber er war hier."

„Hat die italienische Version von Aktenzeichen XY was ergeben?", wollte Bach wissen.

„Die Sendung ist gestern erst gelaufen", meinte Simone König von der KTU. „Es sind noch zu wenig Rückmeldungen. Das Ganze ist noch zu früh, um darüber zu reden. Wir brauchen noch ein paar Tage."

„Dann haben wir also nur den Tod von Danylenko", stellte Bach missmutig fest. „Was haben Sie und Gallo vor, Krumm?"

„Wir werden uns bei Danylenkos Nachbarn in der Südstadt durchfragen", antwortete der. „Mal sehen, vielleicht hat jemand etwas gesehen. Kann ja sein, dass den Leuten, die dort wohnen, etwas Ungewöhnliches aufgefallen ist."

Bach überlegte noch, dann kam er doch mit der Frage heraus: „Angenommen, Ihre Theorie, dass es sich bei Danylenko um eine Hinrichtung handelt ... Angenommen, die stimmt, wer könnte dann der Mörder gewesen sein?"

„Da kommt nur eine Antwort infrage: Die Sacra Corona Unità", gab der sich überzeugt.

„Die es in Fürth gar nicht gibt, soweit ich informiert bin", gab Bach zu bedenken.

„Aber in Nürnberg könnten sie einen Stützpunkt haben", entgegnete der. „Gallo soll sich mal bei meinen früheren Kollegen umhören."

„Tun Sie das", bekräftigte Bach. „Dann hätten wir auch gleich die Mörder von Blatthaus."

„Vergessen Sie den Bombenanschlag auf das Wunschlos Glücklich nicht", erinnerte ihn Krumm.

„Richtig. Ihre Idee gefällt mir immer besser. Aber dazu brauchen wir natürlich handfeste Beweise", äußerte sich Bach.

„Die wir liefern werden", entgegnete Krumm felsenfest überzeugt.

„Gut, dann machen wir das so", entschied Bach, „die SpuSi kümmert sich um den Aufenthalt von Romanow Anfang Mai in Fürth, die KTU um die italienische Variante von Aktenzeichen XY, Krumm und Gallo recherchieren im Umfeld von Danylko Danylenko und wir zwei" – dabei sah er Schwarz an – „machen uns nochmal Gedanken zu dem Mord an dem unbekannten Ehepaar."

Der Capo, der Vangelo und der Sestino

Die drei Mafia-Bosse saßen wieder in Squinzano zusammen. „Wir hätten Carlo und Pietro gar nicht nach Fürth schicken müssen, um Blatthaus zu erledigen", berichtete D'Angelo, „Espositos Söhne hätten das genauso gut gekonnt. Das haben sie bei Danylenko bewiesen. Aber sei's drum."

„Wie ist die Sache ausgegangen?", wollte Leone wissen.

„Sie haben ihm einen eingeschalteten Föhn ins Badewasser geschmissen."

„Wirksam", kommentierte Tommaso. „Hat er es überlebt?"

„Nein, natürlich nicht. Außerdem haben sie durch einen geschickten Winkelzug die Russen im Wunschlos Glücklich schachmatt gesetzt, genau wie ich es ihnen geraten habe." Er kicherte. „Espositos Leute haben die Russen bei der Polizei verpfiffen, als sie sich im Swingerclub aufgehalten haben. Jetzt müssen sie wegen unerlaubten Waffenbesitzes mit einem Verfahren rechnen."

„Das heißt, die sehen wir so schnell nicht wieder?", vergewisserte sich Francesco.

„Ich denke nicht. Die deutschen Behörden werden ihnen die Hölle heiß machen", erwiderte D'Angelo. „Vor allem mit dem Verdacht, dass sie Lorenzo und Giulia umgebracht haben. Dennoch, das hilft uns nur für den ersten Moment weiter. Wir müssen dranbleiben."

„Woran denkst du?" Es war Tommaso, der die Frage stellte.

Wir müssen entscheiden, wie wir uns in Fürth langfristig aufstellen", stellte D'Angelo fest. „Vor allem, wenn ich daran denke, dass wir das alte Haus kaufen und richtig in das Sexgeschäft einsteigen wollen. Außerdem müssen wir berücksichtigen, dass die Russen eventuell eine Racheaktion starten. Die werden nicht lockerlassen. Ich denke daran, entweder unsere Organisation in Nürnberg zu verstärken oder in Fürth eine neue Niederlassung aufzubauen, die das Geschäft mit dem Sex in Bayern leitet. Deshalb sind wir heute zusammengekommen, um darüber zu entscheiden. Was meint ihr?"

„Ich kenne mich mit den Gegebenheiten dort nicht so aus", stellte Tommaso fest. „Nürnberg und Fürth, sind das jetzt zwei Städte oder eine?"

„Eigentlich zwei, aber inzwischen zusammengewachsen", bestätigte D'Angelo, „aber die Frage ist, ob die Nähe etwas ausmacht oder die Art des Geschäfts. Ich habe mal ein paar Jahre vorausgedacht. Wo wollen wir in 15 bis 20 Jahren stehen? Ich denke, wir sollten die Nr. 1 in Bayern und Baden-Württemberg werden. Um die anderen deutschen Bundesländer sollen sich die Camorra, die Ndrangheta und die Cosa Nostra streiten. So ist es mit denen ausgemacht. Dieses Konzept heißt, dass wir nicht kleckern, sondern klotzen müssen. Was nützt es da, wenn wir die Mannschaft im Bella Bari um zwei, drei Köpfe erhöhen? Esposito soll sich um sein Müll- und Drogengeschäft kümmern. Damit hat er genug am Hut. Außerdem brauchen wir mehr Infos. Wir müssen wissen, welches Geschäft wie viel einbringt. Wir brauchen eine schlagkräftige Mannschaft für den Sex, die selbstständig handelt und imstande ist, unsere Interessen dauerhaft zu vertreten. Je schneller uns das gelingt, desto früher sind wir auch in Erlangen, Augsburg oder Würzburg präsent. Von dort aus greifen wir dann nach Baden-Württemberg."

„Okay", zauderte Francesco, „wenn dem so ist, sollten wir uns nicht scheuen, zu investieren. Aber was ist mit den Russen?", zögerte er.

„Vorläufig sind die außer Gefecht gesetzt", erklärte D'Angelo nochmal, „aber sie werden wiederkommen. Ich denke, sehr bald.

Wir müssen unsere Augen und Ohren offenhalten und dann den nächsten Schlag austeilen. Auch gerade deshalb ist es wichtig, dass wir ausreichende Ressourcen vor Ort haben."

„Wie hast du dir das vorgestellt?"

„Im ersten Schritt brauchen wir mindestens fünf Leute in Fürth. Zwei weitere, die sich demnächst um den Baufortschritt in dem alten Haus kümmern und ein vernünftiges Geschäftskonzept umsetzen."

„Fünf plus zwei also", murmelte Francesco. „Wann glaubst du, dass wir mit dem Geschäft anfangen können?"

„Also, im Spätherbst fangen wir mit den Bauarbeiten an. Das dauert vielleicht eineinhalb Jahre, ehe alles fertig ist. Wir müssen unsere Leute aber jetzt schicken. Die sollen dem Architekten auf die Finger schauen, dass was Anständiges dabei herauskommt. Dann brauchen wir außerdem ein paar Krieger vor Ort, die die Russen in Schach halten."

„Dein Wort in Gottes Ohr", gab Francesco zu verstehen. „Wenn wir an diesen Zeitplan glauben, bleibt uns gar nichts anderes übrig, als möglichst bald Leute zu entsenden. Siehst du das auch so, Tommaso?"

„Einverstanden, und an wen hast du gedacht?", wandte er sich an D'Angelo.

„Wir nehmen Carlo und Pietro, die kennen die Gegend schon, und dann habe ich noch an Leon, Nino und Leonardo gedacht."

„Und wo sollen sie wohnen?"

„Darum kann sich Esposito kümmern", schlug D'Angelo vor.

Neue Erkenntnisse

Ein paar Tage brauchte die Soko Stadtpark, um sich nach der letzten Besprechung wieder auf den neuesten Stand zu bringen. Krumm und Gallo trieben sich am Südstadtpark herum und befragten Passanten nach dem 23. Juni. Am zweiten Tag hatten sie Glück, als sie ein 17-jähriges Liebespaar trafen, das sich abends vor Danylkos Haus rumdrückte.

„Wir standen an der Säule dort", berichtete der pickelige junge Mann, deutete in eine Richtung, „und haben uns geküsst. Es war so gegen halb zehn abends. Die Sonne war schon untergegangen, da traten aus dem Haus zwei ziemlich dunkelhäutige Typen. Sie sprachen italienisch und akzentfreies Deutsch. Deswegen ist mir das überhaupt aufgefallen. Sie haben uns nicht gesehen, weil wir im Schatten der Säule standen."

„Haben Sie verstanden, was die sagten?", wollte Krumm wissen.

„Irgendetwas mit Tod. Morte heißt doch Tod?" vergewisserte sich der Blondschopf.

„Wie waren sie gekleidet?"

„Sie waren wie Zwillinge gekleidet", meldete sich nun das stark geschminkte Mädchen. „Sie wissen schon, einheitlich eben. Zu ihren blauen Jeans trugen sie hellblaue Hemden und rote Frühjahrsjacken mit schwarzen Strickkragen."

„Wie sahen sie aus?", war Krumms nächste Frage.

„Sie hatten beide schwarze Lockenköpfe", wusste die Schülerin, „schöne Haare, schmal geschnittene Nasen, waren beide schlank, der eine etwas kleiner als der andere, ich schätze zwischen 1,70 und 1,80 Meter groß."

„Würden Sie die beiden wiedererkennen?"

„Ich denke schon", sprach das Mädchen. „Ich habe die Typen hier noch nie gesehen."

Krumms und Gallos Glück blieb ihnen treu, als sie einen Obdachlosen trafen, der auf einer Bank des Südstadtparks gerade seinen Mittagsschlaf beginnen wollte. Er bettete sich gerade zurecht und legte seinen Kopf auf ein speckiges Kissen, als sie ihn ansprachen. „Am 23. Juni, sagen Sie? Das war ein Sonntag? Ja, da stiegen zwei Kanaken, ich denke, es waren Griechen oder Italiener, vielleicht auch Spanier oder Türken, aus einem grauen Alfa Romeo, den sie am Straßenrand dort drüben geparkt hatten. Es war so kurz vor acht Uhr am Abend."

„Konnten Sie das Nummernschild erkennen?"

„Das habe ich mir nicht gemerkt, aber es war eine Nürnberger Nummer", erklärte der Mann und ärgerte sich, dass er in seiner Mittagsruhe gestört wurde."

„Ist Ihnen an dem Pkw etwas aufgefallen?", bohrte Krumm weiter.

„Sie stellen vielleicht Fragen." Der Obdachlose wollte die beiden Polizisten möglichst schnell wieder loswerden. „Als ich an dem Fahrzeug vorbeiging, ist mir so ein Wackeldackel im Inneren des Alfa Romeo aufgefallen. Sie wissen schon, so eine Hundefigur, die ständig mit dem Kopf hin und her wackelt, wenn man das Fahrzeug Erschütterungen aussetzt. Wozu wollen Sie das alles wissen? Sind Sie auf Verbrechersuche? Gibt es da eine Belohnung? Haben Sie mal einen Euro?"

Krumm gab dem Mann einen Fünfer. Der ließ ihn mit affenartiger Geschwindigkeit in einer seiner tiefen Taschen verschwinden. „Sagen Sie, wo können wir Sie wieder treffen, falls es nötig sein sollte?", fragte Krumm, der ahnte, dass der Mann keine feste Adresse hatte. Dann fiel ihm noch etwas ein. „Kennen Sie den Luggi, den Ludwig Sonnleitner?"

„Läuft immer mit einem Blaumann herum?", vergewisserte sich der Mann.

„Ja, richtig", gab ihm Krumm zu verstehen, „mit Glatze."

„Der Luggi, das alte Haus", grinste der Obdachlose und richtete sich interessiert auf „wer kennt den nicht? Den habe ich schon seit längerer Zeit nicht mehr gesehen. Ist mal hier, mal in Nürnberg. Was treibt er denn so?"

„Scheint sich in der Gegend um die Badstraße herumrumzutreiben. Jedenfalls hat er uns in einer Sache sehr geholfen. Also, wenn Sie uns Ihren Namen verraten und wo wir Sie wiederfinden können, wäre das sehr hilfreich. Ich meine, wenn tatsächlich eine Belohnung ausgelobt werden sollte", lockte Krumm, „für Aussagen."

Das Interesse des Obdachlosen war nun geweckt. Er richtete sich vollkommen auf. Seine blaue Bommelmütze, die sein ungewaschenes Gesicht halb verdeckte, rutschte ihm nach hinten. „Ich bin der Brandners Karl. Fragen Sie an der Billinganlage oder an der U-Bahnstation Hardhöhe meine Kollegen einfach nach dem Koarla. Irgendeiner weiß immer, wo man mich finden kann."

*

Noch etwas hatten Krumm und Gallo herausgefunden. Als Gallo Krumms ehemaligen Spezl, Tobias Bellinghausen vom K11 in Nürnberg, ansprach, steckte ihm dieser, dass die Sacra Corona Unità eine kleine Niederlassung in Nürnberg unterhielt. „Die Trattoria Bella Bari steht im Verdacht, dass dort illegale Müll- und Drogengeschäfte betrieben werden" meinte dieser. „Wir beobachten die", fügte er hinzu.

Paolo Gallo hatte diese Information abgesichert. Sein Freund Luigi Valesco von der Drogenabteilung meinte ebenfalls: „Die betreiben Drogengeschäfte."

*

Auch die KTU hatte Meldungen gesammelt, sortiert und ausgewertet, die aufgrund der im italienischen Fernsehen ausgestrahlten Sendung Chi l'ha visto eingegangen waren. Sie mussten zwar erst übersetzt werden, es waren aber ein paar Aussagen darunter, die der Soko weiterhalfen.

Eine Frau aus Pavía behauptete, dass sie die ermordete Frau, die inzwischen 38 Jahre alt sein müsste, und deren 18-jährige Tochter kenne. Maria Durbino war Lehrerin für Englisch und Deutsch am berühmten Collegio Borromero, das 1561 von Karl Borromero gegründet worden und das älteste Collegio Italiens war. Maria war bereits Rentnerin und wohnte in der Via Alesandro Brambilla, ganz in der Nähe des Flusses Tessin, der dem Kanton seinen Namen gab und ein linker Nebenfluss des Po war. Sie hatte ein gutes Gedächtnis und erinnerte sich. Das außerehelich geborene Mädchen hieße Chiara Ferrari und deren ermordete Mutter wurde von der Lehrerin als Flittchen bezeichnet, das auf nicht erkennbare Art und Weise zu Geld gekommen war. Jedenfalls konnte sie sich das Collegio leisten, mit ihren damals gerade 18 Jahren. Was aus ihr geworden war, darüber konnte Maria Durbino keine Angaben machen.

Eine weitere Zeugin hatte sich gemeldet. Ihre Aussage reichte zeitlich viel weiter zurück. Sie konnte sich an die ermordete Frau erinnern, als diese noch ganz jung und unverheiratet schwanger war. Die Anruferin stammte aus Brindisi und behauptete, dass die damals unverheiratete Mutter Giulia Ferrari geheißen habe. Es habe Gerüchte gegeben, dass sie die Geliebte eines in der Hierarchie aufkommenden und verheirateten Mafioso sei. Die Karriere eines solchen Mannes in der Organisation hing aber unter anderem von seinem Leumund ab. Eine außereheliche Beziehung, gar eine schwangere Geliebte, wäre da nicht gerade von Nutzen gewesen. So wurde die Schwangere nach Norditalien geschafft, wo sie ihr Kind gebar. Schließlich gab es noch eine dritte Aussage, die dazu passte. Eine verlassene und wütende Ehefrau aus Florenz schien sich immer noch im Scheidungskrieg zu befinden: „So ein Mistkerl", schimpfte sie der Dame im Fernsehstudio etwas vor, die ihren Bericht aufnahm. „Zuerst macht er mir vier Kinder, dann verdrückt er sich mit dieser Schlampe." Die Anruferin war eine Martina Russo. Es stellte sich heraus, dass ihr ehemaliger Ehemann und diese Giulia ein Paar waren. Sie kannten sich von früher und waren einander zufällig in Norditalien wieder über den Weg gelaufen. Signora Russo reklamierte für sich und ihre Kinder Alimente für mehrere Jahre. „Am Anfang, als die Scheidung noch lief, zeigte er sich sehr großzügig. Er zahlte mehr, als ich erwartet hatte. Aber dann, als die Trennung auch gerichtlich durch war, stellte er plötzlich alle Zahlungen ein und verschwand spurlos. Mir blieb nichts anderes übrig, als Sozialhilfe zu beantragen", beschwerte sie sich.

Es gab noch mehr Meldungen zu dem ermordeten Paar. Sie wurden angeblich auch auf Sizilien, in Turin und in Rom gesehen. Aber diese drei Geschichten passten am besten zusammen.

*

Die SpuSi hatte eine undankbare Aufgabe. Sie sollte herausfinden, was Romanow Anfang Mai in Fürth oder der näheren Umgebung getrieben hatte. Zu diesem Aufenthalt schwieg der Russe wie ein Grab. „Dienstgeheimnis", meinte er nur, wenn jemand danach fragte. Die SpuSi hatte die Spur im Hotel Excelsior aufgenommen. Nach Gaganin, Tschaikowski, Tolstoi und Iwanow befragt, antwortete Romanow nur, dass er diese Leute gar nicht gekannt habe. Das sei nur ein komischer Zufall, dass er ausgerechnet auf Landsleute im Hotel Excelsior gestoßen sei. Andere Geschäftsleute eben. Und was tut man, wenn man in der Fremde auf Landsleute trifft? Natürlich setzt man sich mit ihnen zusammen und trinkt auch einen über den Durst. „Oder sollte ich ihnen aus dem Weg gehen?", spottete er. „Natürlich haben wir ein paar Wodka zusammen gekippt. Das war es aber schon. Ich kann Ihnen heute nicht einmal mehr sagen, wie die alle hießen." Ganz so einfach kam er damit nicht davon. Flurkameras im Hotel Excelsior hatten am 3. Mai abends einen heftigen Disput zwischen Tschaikowski, Tolstoi und ihm aufgezeichnet. Dabei ging es um die Vergewaltigung einer Frau. Als man ihm diese Szene vorspielte, berief er sich wieder auf sein angebliches Dienstgeheimnis.

Es war zum Mäusemelken, aber Romanow hatte auf alle Fragen eine passende Antwort und wenn er nicht mehr weiterwusste, berief er sich stur auf die Loyalität zu seiner Firma. Die Beamten, die ihn nach dem Namen seines Unternehmens fragten, erhielten keine Antwort. „Dienstgeheimnis", hieß es dann nur.

*

Bach und Schwarz, die scheibchenweise die neuesten Entwicklungen von ihren Kollegen mitbekamen, hatten ihre Ermittlungshypothese grundlegend geändert. Auch sie konnten sich nun gut vorstellen, dass Fürth drohte, Schauplatz eines internationalen Bandenkrieges zu werden. Sie hatten sich angehört, was Krumm zu dem Wunschlos Glücklich zu sagen hatte. Von illegaler Prostitution, Betrug und russischem Einfluss war da die Rede. Sie wollten jedoch den oder die Verantwortlichen im Swingerclub noch in Sicherheit wiegen und später zur Verantwortung ziehen. Doch sie wussten noch nicht so recht, wie das geschehen könnte. Dostojewski war so weit weg. Gleiches galt für die Verantwortlichen der Mafia. Da stocherten sie noch im Nebel herum. Wer verübte schon solch brutale Morde wie an Blatthaus, außer der Mafia? Wenn das alles stimmte, würde es in Fürth bald einen noch viel größeren Paukenschlag geben. Aber noch war es nicht so weit. Noch war alles Theorie.

Der dritte Spaziergang

Im Norden der betriebsamen Stadt Fürth war einst eine hübsche und großzügig angelegte Siedlung für „Kleine Leute" entstanden, mit Gärten zur Selbstversorgung mit Obst und Gemüse, ohne Lärm, Schmutz und Enge. 1910 entstand so eine der ersten Gartenstädte Deutschlands, der Stadtteil „Eigenes Heim". Daraus wurde eine Baugenossenschaft mit weit über 1000 Wohnungen. Viele Leute lebten hier inzwischen in vierter und fünfter Generation.

Der Heckenweg führt aus der Altstadt durch den Wiesengrund hinüber. Wo alte Eichen wachsen, steht die Kapellenruh. Der Legende nach ließ Kaiser Karl der Große 793 an dieser Stelle die Martinskapelle erbauen, das erste Lebenszeichen der Stadt Fürth. Eine Gedenksäule erinnert noch an den Ursprung der Stadt. Damals waren die westlichen Hänge noch bewaldet gewesen. Bis ins 19. Jahrhundert hinein wuchsen hier Reben und Fürther Bürger legten Gärten an.

Wer im 19 Jahrhundert im Zentrum der Stadt wohnte, fühlte die Enge. Schließlich hatte Fürth seine Bevölkerung in fünf Jahrzehnten verdreifacht. Die Stadt wuchs, viele Familien lebten in kleinen Wohnungen, oft vermieteten sie noch ein Bett an Schlafgänger. Nur sechs Prozent aller Wohnungen hatten ein eigenes Bad. In den meisten Häusern teilten sich die Menschen eine Toilette irgendwo im Treppenhaus. Verursacht durch die sanitären Verhältnisse und infolge der allgemeinen Armut griff die Tuberkulose um sich. Die Säuglingssterblichkeit lag bei 28 Prozent. Glücklich also, wer in der Gartenstadt wohnen konnte, mit Licht, Luft, Natur und bezahlbarem Wohnraum. In den Häusern, die dort entstanden, hatten alle Wohnungen ein Wohnzimmer, Küche und Bad mit Toilette im Erd- und mehrere Schlafkammern im Obergeschoss. Draußen umgab ein Garten von 250 bis 420 Quadratmetern das Haus. Hier wurden Kartoffeln und Gemüse angebaut. Hühner und Kaninchen wohnten in selbstgezimmerten Ställen.

Hans und Anton hatten beschlossen, diesen Stadtteil zu erkunden. Rasputin war auch wieder mit dabei. Obwohl das Wetter heute etwas trübe war, hatten die beiden kurzfristig entschieden, die Stadtwanderung nicht platzen zu lassen. Dunkle Wolken segelten von West nach Ost und wenn die Sonne eine Lücke fand, wusste man nicht, ob man eine Jacke vertragen konnte oder nicht. Für den Nachmittag hatte der Wetterbericht Besserung versprochen. Sie trafen sich wieder an der U-Bahn-Station Stadthalle, überquerten links vom Saturn die Kapellenstraße und marschierten geradeaus in den Heckenweg. Am Kapellenanger machten sie einen kleinen Abstecher und bewunderten den Säulenstumpf auf einem Bruchsteinunterbau, der 1945 zerstört und 1985 wieder aufgebaut worden war. Nach kurzer Zeit machten sie sich wieder auf den Weg.

Nachdem sie sich über ihre jeweiligen Zipperlein ausgetauscht hatten, kam Anton auf den eigentlichen Punkt. Rasputin freute sich derweil, dass er hier im Wiesengrund von der Leine durfte und schnüffelte ausgelassen herum.

„Ich finde es schon etwas seltsam, wie letzthin die Polizei in das Wunschlos Glücklich gestürzt ist", meinte Anton.

Wusstest du, dass es dort eine russische Wachmannschaft gab?", erwiderte Hans.

„Woher denn? Aber wenn es stimmt, dass der Swingerclub einem Russen gehört, verstehe ich das schon. Nach dem Bombenanschlag."

„Die waren bewaffnet", trug Hans bei.

„Das wundert mich nicht."

„Aber von wem haben die die Waffen bekommen? Die sind doch wohl mit dem Flugzeug angereist", wunderte sich Hans.

„Keine Ahnung. Die werden auch hier ihre dunklen Verbindungen haben."

„Jedenfalls sterben rund um das Wunschlos Glücklich die Menschen wie die Fliegen. Was sagst du denn zu dem Unglück, das den Buchhalter des Swingerclubs ereilt hat?", war Hans neugierig.

„Ich weiß nicht recht. Das alles scheint mir viel zu einfach zu sein. Ein Erwachsener, der sich in der vollen Badewanne die Haare föhnt. Glaubst du das?"

„Meinst du, den hat auch jemand umgebracht? So wie den Blatthaus? "

„Kann schon sein", grübelte Anton. Wer weiß, was sich in diesem Milieu alles abspielt. Glücklicherweise sind wir nicht in den Sexclub gegangen. Irgendetwas stimmt da nicht. Wer weiß, was da alles dahintersteckt. An diesen Danylenko habe ich schon gar nicht mehr gedacht. Ich würde mich nicht wundern, wenn derjenige, der den Blatthaus umgebracht hat, auch den Buchhalter auf dem Gewissen hat. Naja, mir soll es egal sein."

„Die Polizei weiß ja auch noch nicht, wer den Bombenanschlag verübt hat", ergänzte Hans.

„Das kommt noch dazu."

Inzwischen hatten die beiden Rentner die Vacher Straße überquert, waren in die Helmgartenstraße eingetaucht und liefen auf die Feldstraße zu. Rasputin war wieder an der Leine, was ihm gar nicht passte.

„Entschuldige, wenn ich dich unterbreche", meinte Hans, „Schau, selbst die Gaststätte da vorne trägt den Namen Eigenes Heim."

„Naja", antwortete Anton, „Gemeinschaft zählte damals noch etwas. Du siehst ja, sie trägt sogar den Namen ‚Clubheim'. Noch heute wird hier die Stadtteil-Kärwa gefeiert und wenn ich richtig informiert bin, hat man die Baugenossenschaft auf Gemeinnützigkeit umgestellt – ohne Privateigentum. Wenn du dir da vorne, an der Ecke zur Damaschkestraße, das Gebäude ansiehst, mit den zehn darüberliegenden Wohnungen, siehst du auch, dass sich der Baustil im Laufe der Zeit verändert hat. Meist wurden Reihenhäuser gebaut. Immer aber gehörten Gärten und viel Grün zu den Häusern. Das siehst du rechts und links der Stichstraßen und an den idyllischen Durchgängen."

„Sprechen wir von Norbert", schlug Hans vor, „gibt es etwas Neues?"

„Nicht, dass ich wüsste. Ich habe mir das nochmal überlegt. Vielleicht sollten wir doch nochmal mit ihm sprechen."

„Also doch", merkte Hans an.

„Ich meine ja nur", entgegnete Anton, „ruhige Zeiten hat er nicht und ich möchte nicht, dass er einen gravierenden Fehler begeht."

„Glaubst du, dass er den macht?"

„Wer weiß? Man macht sich halt so seine eigenen Gedanken", philosophierte Anton.

„Nochmal mit ihm sprechen? Was soll das bringen?"

„Ich glaube, er sieht den Wald vor lauter Bäumen nicht", war Anton überzeugt. „Er mutet sich viel zu viel zu mit seiner Heimarbeit, beziehungsweise mit seinem Tagespförtnerjob in diesem verrufenen Sexclub. Am besten wäre, er bliebe ganz daheim – ohne Heimarbeit und ohne Swingerclub – pflegt seine Hilde und schließt sich uns wieder an. Es bleibt mir wahrscheinlich nichts anderes übrig, als ihn nochmal anzurufen. Was meinst du, wollen wir uns mal wieder zu dritt treffen?"

„Du meinst, er kommt?", zweifelte Hans.

„Wenn er nicht mehr weiterweiß, vielleicht."

„Das wäre natürlich gut. Also, probieren wir es nochmal."

Als die zwei die Weinberg- und die Schwalbenstraße erreichten und dann den Finkenschlag und die Friedrich-Ebert-Straße passierten, meinte Anton: „Hast du gesehen, hier wurden auffallend viele Vierfamilienhäuser gebaut."

„Das waren die sparsamen Zeiten", wunderte sich Hans nicht. „Alles ist viel schlichter und die Ornamente viel einheitlicher. Heutzutage stehen übrigens viele Renovierungen an. Erhalt und Modernisierung sind die Schlagworte. Viele der kleineren Wohnungen sind inzwischen zu größeren zusammengelegt worden. Was denkst du, sollen wir zur Jakob-Henle-Straße und zum Klinikum weitermarschieren?", schlug er vor. „Sieh dir nur den Himmel an, der sieht nicht vielversprechend aus. Es könnte Regen geben."

„Abkürzen?", meinte Anton.

„Wäre vielleicht ratsam. Ich traue den dicken Wolken nicht."

„Einverstanden. Komm, Rasputin, wir gehen hier entlang."

„Wenn man daran denkt, dass die im Klinikum 1931 mit nur 320 Betten angefangen haben", fuhr Hans in seinem Redefluss fort.

„Wie viele sind es denn heute?", unterbrach ihn Anton, der sich in dieser Gegend nicht so gut auskannte und sorgenvoll zum Himmel sah.

„Bestimmt über 700", meinte Hans. „Die Klinik wurde inzwischen ja auch kräftig vergrößert und durch Neubauten erweitert. Sie ist heute ein Lehrkrankenhaus mit über 36.000 stationären Patienten im Jahr. Der Himmel wird immer dunkler. Es hat sich ganz schön zugezogen:"

„Meinst du wirklich, dass es regnet?"

„Es sieht ganz danach aus. Ich denke schon", gab Hans von sich.

„Dann lass uns lieber schneller gehen. Komm Rasputin, beeil dich. Lass jetzt das Schnüffeln an dem Baum."

Sie kürzten ein weiteres Mal ab und liefen über die Billinganlage. Für den Brunnen mit den drallen Figuren hatten sie schon keinen Blick mehr. Über die Flutbrücke gelangten sie zurück zur U-Bahn-Station. Als sie diese betraten, fielen die ersten dicken Regentropfen. „So kannst du dich auf den Wetterbericht verlassen", schimpfte Anton. „Nachmittags sollte es besser werden, nicht schlechter. Also, ich rufe Norbert nochmal an", fasste er zusammen."

„Ja, rede nochmal mit ihm. Vielleicht hast du Glück und er geht auf deinen Vorschlag ein", meinte Hans.

„Gut, mach ich. Vielleicht lässt er sich doch noch umstimmen." Dann gingen die beiden Freunde jeder ihres Weges.

Bella Bari

Die Trattoria Bella Bari lag in Nürnberg in der Virchowstraße, unweit des Nordrings, ganz in der Nähe des Stadtparks. Es war kein schönes Haus, in welchem das Restaurant untergebracht war: Ein Gebäude aus den 1930er Jahren, dreistöckig, und die Fassade war in ein trübes Grau getaucht. Selbst die Straße war an dieser

Stelle zur Einbahnstraße herabdegradiert worden. Wenn man das Restaurant betrat, gelangte man zuerst in einen kleinen Vorraum, der als Garderobe genutzt wurde. Von hier aus ging es in den Gastraum, der sich in zwei Blöcke mit etwa 20 Tischen aufteilte. Ringsum an den Wänden verliefen Bänke, ansonsten gab es ganz normale hölzerne Stühle. An der Wandvertäfelung hingen Fotos der Küsten- und Universitätsstadt Bari, Ausblick auf den Hafen, die Basilika San Nicola, die Kathedrale San Sabino und das Kastell. Das Bella Bari hätte längst eine ordentliche Renovierung vertragen.

Die Räumlichkeiten vermittelten nicht den Eindruck großer Einkünfte. In der Mitte des Raumes, etwas zurückversetzt, stand der gläserbewehrte Schanktresen. Links ging es zur Küche, rechts zu den Toiletten. Ansonsten war alles symmetrisch angeordnet. Von hier aus, wie auch von einer verschlossenen Außentüre, gelangte man in die darüberliegenden Stockwerke.

Neben dem italienischen Restaurant fanden sich mehr als zwanzig kleine Geschäfte des täglichen Bedarfs in der Straße. Keine Gegend zum Ausgehen, das Bella Bari lag etwas abseits und das große Geschäft war damit nicht zu machen. Auf Erdgeschossebene lag die Gaststätte, die hauptsächlich Pizza und typische italienische Gerichte wie Spaghetti, Lasagne, Rigatoni, Salat in allen Variationen und Fisch anbot. Eine kleine Tageskarte mit ein paar Fleischgerichten, das war's dann. Aber das war Vater Esposito ziemlich egal, das Restaurant war nicht seine Haupteinnahmequelle. Nico Esposito, 54, und der Chef des Hauses, hatte zwei Söhne, Luca und Toni, der eine 30, der andere 28. Dann waren da noch Opa Rico, 84, und Ehefrau Beate, eine Deutsche. Oma Rosa war vor zwei Jahren verstorben. Die Familie wohnte in den Stockwerken darüber. Der Koch, die Küchenhilfen und die beiden Ober gehörten nicht zum Haushalt, sondern zur näheren Verwandtschaft, aber sie gehörten – mit Ausnahme von Beate – alle zur Sacra Corona Unità. Das Bella Bari war dank seiner Unscheinbarkeit die ideale Tarnung für ihre zweifelhaften Geschäfte.

Vor 33 Jahren war Nico als 21-Jähriger mit seinen Eltern nach Nürnberg gekommen und inzwischen in die Fußstapfen seines

Vaters getreten. Luca und Toni waren noch gar nicht geboren. 1997 lernte Nico Beate kennen und die beiden heirateten, weil Luca unterwegs war. Opa Rico war schon immer ein treuer Mafia-Mann gewesen und vertrat die frisch gegründete Organisation in Franken. Zum Schein betrieb er das Bella Bari und nutzte schon Anfang der 1990er Jahre das Internet für seinen betrügerischen Handel mit Altkleidern. Getarnt als gemeinnützige Organisation inserierte er im Großraum Nürnberg Altkleidersammlungen. Die Spenden sortierte er und übergab die guten Sachen der Sacra Corona Unità, die die Kleidungsstücke in Apulien weiterverkaufte. So fing alles an. Später kamen die Drogen dazu. Zuerst LSD, dann Kokain und Heroin, gefolgt von dem ganzen synthetischen Zeugs. Auch Müll gehörte zum Geschäft. Luca und Toni organisierten regelmäßig ganze Lastwagenzüge voller Giftmüll, der in Süditalien illegal auf Feldern vergraben wurde. Die einzige, die nicht an kriminellen Machenschaften ihrer Männer beteiligt war, war Mutter Beate. Nicht, dass sie nicht von deren Aktivitäten wusste, aber für so etwas hatte sie keinen Gusto. Sie kümmerte sich darum, dass das Geschäft in der Gaststätte flutschte und organisierte auch die Buchhaltung. Opa Rico half gelegentlich noch aus, wenn Not am Mann war, so wie letzthin im Wunschlos Glücklich.

Dass D'Angelo sich an Nico gewandt hatte und um Unterstützung bat, sich um ein geeignetes Swingerclub-Projekt in Fürth zu kümmern und diesem Ukrainer das Lebenslicht auszublasen, war dem Umstand zu verdanken, dass die Organisation in der Gegend zu wenige Leute hatte. Aber es war eine willkommene Abwechslung. Wichtig war die Neuausrichtung auf das künftige Sexgeschäft. Aber davon verstand Nico nichts. Das war nicht so sein Ding. Wenn er aber bei anderen Dingen mithelfen konnte, beispielsweise wie von D'Angelo gefordert, in Fürth eine permanente Bleibe für einige Landsleute zu finden, da half er gerne aus. Er musste nicht lange suchen. Der Immobilienteil in den Tageszeitungen war voll mit Angeboten. Das Zweifamilienhaus, das er im westlichen Fürther Stadtteil Burgfarrnbach im Moosweg gefunden hatte, versprach großartiges Raumgefühl und offene Atmosphäre.

Es bot Balkon und Terrasse nach Südwesten, lag etwas ab vom Schuss und verfügte doch über neuwertige Ausstattung. Und es war sofort beziehbar. Er hatte gleich zugeschlagen und das Mietrecht erworben. Wer würde schon daran denken, dass sich in Burgfarrnbach, dem ehemaligen Königshof, die Mafia niederlassen würde? Vierzehn Minuten dauerte die Fahrt mit dem Auto nach Fürth. Die acht Kilometer lange Strecke war ein Klacks. Am liebsten wäre er selbst eingezogen. Die Sache mit dem Wunschlos Glücklich hatte er auch prima gemacht. Auf die Idee, die Polizei anzurufen und den Feind zu denunzieren, war D'Angelo selbst gekommen, aber Opa Rico hatte sich in dem Swingerclub als guter Schauspieler erwiesen.

Der Aufmarsch

Sie kamen, die Sacra Corona Unità, aber auch die Russen. Die Osteuropäer waren die ersten, obwohl sie sich noch um ihre Visa kümmern mussten. Länger als eine Woche dauerte das nicht. Es war Anfang Juli. Der russische Botschafter in Rom hatte die gewünschten Informationen geliefert. Nach seiner Information befand sich der Feind in der Vichowstraße in Nürnberg und verbarg sich hinter der Fassade eines italienischen Restaurants. Das war die einzig bekannte Niederlassung der Sacra Corona Unità in Franken. Auch die Namen waren bekannt: Nico Esposito und seine beiden Söhne. Ob der alte Opa, die Ehefrau und die Service-Kräfte auch zu der italienischen Bande gehörten, war nicht herauszufinden.

Die Russen kamen über den 2200 Kilometer langen Landweg mit einem VAZ Patriot, einem russischen Geländewagen, durchquerten Weißrussland und Polen und fuhren bei Görlitz-Zgoreleg über die deutsche Grenze. 27 Stunden dauerte die Reise und als sie in der Uferstadt in Fürth, einem Forschungs- und Gewerbepark, ankamen, waren sie mehr als erledigt. Über einen Makler hatten sie hier eine kleine Fabrikhalle mit Wohngebäude angemietet. Als Mieter des Objekts trat die Krankenhauszubehörartikel GmbH auf, eine in Deutschland ansässige russische Firma, die zum Dostojewski-Clan gehörte. Im Fabrikhof stand ein gemieteter GM Buick GL8, der weniger auffällig war als der VAZ Patriot. Außerdem meinte Dostojewski, es wäre unverfänglicher, wenn sie in der Halle Gebrauchsmaterialien für das Wunschlos Glücklich lagerten. Bettwäsche und Handtücher zum Beispiel, aber auch Toilettenpapier, Kondome und Dildos. Das gäbe dem Ganzen ein professionelleres Erscheinungsbild. Es kamen Michail, Artjan, Maxim und Danil, die gemeinsam mit ihrem Chef Konstantin Koslow, der Nummer 5, sich häuslich einrichteten. Ihre Waffen, fünf Heckler & Koch-Pistolen, drei Kalaschnikows und zehn russische F1-Eierhandgranaten hatten sie in ihrem VAZ Patriot versteckt über die Grenzen geschmuggelt. Jeder hatte ein Visum für 90 Tage. Die Ankunft der fünf Russen blieb von den deutschen Behörden unbemerkt. Nun brauchte Dostojewski nur noch einen Ersatz für Danylko Danylenko.

*

Die Italiener kamen exakt eine Woche später. Sie wussten nicht, dass die Russen schon da waren. Wie die Russen reisten sie ebenfalls mit dem Auto an und hatten ihre Waffen darin unter den Sitzbänken versteckt. Es waren Carlo und Pietro, die beiden Mörder von Dr. Blatthaus, Leon, Nino und Leonardo. Leonardo war der Anführer. Der Wagen, ein Ford S-Max, hielt an der Speckstube und fuhr am nächsten Tag weiter. In Burgfarrnbach angekommen wartete Esposito bereits auf sie. Es gab ein großes Hallo, eine kurze Besichtigung und eine Einweisung in die häuslichen Gegebenheiten. „Die Miete läuft über uns, darum braucht ihr euch nicht zu kümmern", erklärte er ihnen noch kurz, dann rauschte er ab.

Erste Dinge

Leonardo und Esposito trafen Gerd Welker und Paul Wiesinger beim Notar. „Alles liegt bereit", erklärte Welker geschäftstüchtig. „Die schriftliche Bestätigung der Stadt, dass in der Badstraße ein Swingerclub betrieben werden darf. Über die Höhe des Kaufpreises besteht ja mittlerweile Einigkeit und auch der Architektenvertrag liegt bei."

„An dem wir noch etwas ändern müssen", erklärte Esposito. „Die Neubaupläne müssen früher fertig werden. Wir wollen eher mit dem Bauen beginnen."

Welker sah Wiesinger an. „Was haben Sie sich denn vorgestellt?", wollte der wissen.

„In zwei Monaten müssen Sie mit den Plänen fertig sein."

Wiesinger kratzte sich hinter dem Ohr. Dann müsste ich meinen Urlaub verschieben. Das ist eine Menge Arbeit", jammerte er.

„Wollen Sie den alten Kasten nun loswerden oder nicht?", ließ Esposito nicht locker.

„Da wird meine Frau nicht begeistert sein."

„Wir machen das so", entschied der Mafia-Wirt des Bella Bari, „wir behalten 20.000 Euro des Kaufpreises ein. Werden die Pläne bis Ende August fertig, zahlen wir wie vereinbart. Wenn nicht, betrachten Sie diesen Betrag als Vertragsstrafe. Was ist mit der Auflassungsvormerkung?", wollte er noch wissen.

„Darum kümmere ich mich", meldete sich der Notar zu Wort. „Was ist jetzt mit dem Termin für die Baupläne?" richtete er das Wort an Wiesinger.

„In Gottes Namen, dann machen wir es eben wie von Ihnen gewünscht", willigte der schließlich ein.

„Dann muss ich die Verträge noch kurz ändern", machte der Notar auf sich aufmerksam. „Sie können hier in dem Raum bleiben. Ich bin gleich wieder zurück."

*

Auch die Russen setzten Prioritäten. Konstantin Koslow wollte zunächst Wladislaw Romanow in der Justizvollzugsanstalt besuchen. Er musste wissen, was Sache war. Die Krankenhauszubehörartikel GmbH hatte Iwan abgeordnet, einen deutsch sprechenden Mitarbeiter. Der half den Russen, sich in Franken zurechtzufinden. Er und Koslow sprachen wegen des Besuchs in der Justizvollzugsanstalt Marienstraße vor und ließen ihre Pässe registrieren. Das war am Mittwoch. Sie erhielten tatsächlich für den nächsten Tag von 14.30 bis 15.00 Uhr einen Besuchstermin.

Am Donnerstag waren sie zeitig vor Ort und warteten im Besucherraum auf Wladislaw. Natürlich wurde dem Untersuchungshäftling ein Beobachter beigestellt, der der russischen Sprache mächtig war, aber das half ihm nichts. Die beiden Männer sprachen nämlich Lakisch, einen Dialekt, der hauptsächlich in Dagestan gesprochen und nur von rund 120.000 Menschen beherrscht wurde. Der Beamte verstand nur Bahnhof.

„Was ist Sache, Wladislaw, wer hat euch da hingehängt?", forderte Konstantin seinen Kollegen zum Reden auf.

„Ich weiß es nicht, Konstantin. Ich kann nur vermuten. Jedenfalls ist die deutsche Polizei ins Wunschlos Glücklich gestürzt und hat unsere Namen gerufen. Die wussten ganz genau, dass wir da waren."

„Und wer hat denen das gesteckt?"

„Darüber habe ich mir auch zum wiederholten Male den Kopf zerbrochen. Ich komme immer wieder zum selben Ergebnis: Die Italiener müssen uns angeschmiert haben."

Aber wie?"

„Ich weiß es nicht, wie die das gemacht haben."

„Was weiß die Polizei?"

„Von mir nichts, aber was die anderen ausgeplaudert haben, davon habe ich keine Ahnung."

„Weiß die deutsche Polizei, dass du Anfang Mai schon einmal hier warst?"

„Ja, das haben sie im Visum gesehen. Außerdem haben sie das Excelsior ausgemacht, aber sie haben keinen blassen Schimmer, was wir hier gemacht haben."

„Das ist gut", meinte Koslow.

„Wie geht es Dostojewski?", wollte nun Romanow wissen.

„Der tobt. Er hat uns hierhergeschickt, um den Italienern eins auf die Schnauze zu geben", verriet Koslow.

„Ich weiß nicht, wo die sich aufhalten", gestand Romanow.

„Aber ich weiß das. Dostojewski hat den Botschafter in Rom bemüht."

„Wissen die Spaghettis, dass ihr da seid?"

„Nein. Dieses Mal ist die Überraschung auf unserer Seite. Was wissen die Deutschen sonst noch? Ich meine die Polizei."

„Ich denke, die sind ansonsten blank. So dumm, wie sie fragen."

„Wie geht es nun mit dir und den anderen weiter?", kam Koslow auf den Punkt.

„Uns hängt man ein Verfahren wegen unerlaubten Waffenbesitzes an. Keine Ahnung, was der Richter dazu sagen wird. Ein paar Monate vielleicht. Ich hoffe, dass wir dann abgeschoben werden. Arbeitet Dostojewski schon daran?", interessierte sich Romanow.

„Alexander ist dran. Ich weiß, er hat Putin schon kontaktiert, aber noch ist es zu früh. Erst muss ein Urteil gesprochen werden."

„Wann schlagt ihr zu?"

„Ich weiß es noch nicht. So schnell wie möglich, aber ich muss mir das Objekt erst noch ansehen. Danach mache ich einen Plan. Du weißt schon, mit wie vielen Leuten müssen wir rechnen, welchen Fluchtweg nehmen wir, wo ist die nächste Polizeistation? Das Übliche eben. Ich hoffe, unsere Leute sind zuverlässig."

„Mit wem bist du da?", interessierte sich Romanow.

„Mit der Truppe, mit der du Anfang Mai hier warst."

Erstklassige Leute", meinte Wladislaw. „Einen schönen Gruß."

„Mach ich. Brauchst du noch etwas? Geld, Zigaretten oder andere Sachen?"

„15 Uhr, die Besuchszeit ist zu Ende", schritt der Wärter ein.

Sechs seltsame Gäste

Es war Freitag, 22 Uhr, als sechs Männer die Gaststube des Bella Bari betraten. Sie waren noch nie hier gewesen. Misstrauisch wurden sie von den beiden Obern beäugt. „Gibt es noch etwas zu essen?", fragte einer der Männer.

„Bis 23 Uhr", antwortete Enrico, sah dabei auf seine Armbanduhr und verteilte die Speisekarten. „Wissen die Herren schon, was sie trinken möchten?", offerierte er.

„Zwei Hefeweizen, ein Pils und drei Cola", antwortete derselbe Mann, der schon die erste Frage gestellt hatte. Der Ober rauschte ab. Viele Gäste befanden sich nicht im Bella Bari. Am Tisch neben dem Kücheneingang saß ein Herr, etwa Mitte 50, mit zwei jüngeren Männern, die an die 30 herangingen, auf einer Eckbank. Soweit man hören konnte, sprachen sie italienisch. Etwas davon entfernt, am übernächsten Tisch hatten sich zwei jüngere Frauen niedergelassen, die ihre Pizza Tonno mampften. Sie waren recht lustig und lachten die ganze Zeit über laut. Sonst war nur noch ein älteres Ehepaar zu Gast, das sich von dem ständigen Gekicher am Nebentisch belästigt fühlte. „Können Sie etwas leiser lachen?", beschwerte sich die Frau.

„Leiser geht leider nicht", antwortete eine der jungen Frauen prustend.

Das ältere Ehepaar war beleidigt und winkte den Ober heran. Sie waren schon fertig und hatten ihre Lasagne bereits aufgegessen. „Zahlen bitte!", meinte der Mann kurz angebunden.

Enrico eilte mit den Getränken herbei. „Nicht viel los heute", bemerkte der Mann von der Krankenhauszubehörartikel GmbH.

„Es ist schon spät. Außerdem ist das jeden Tag so. An den Wochenenden ist mehr los", erklärte Enrico. „Auch um die Mittagszeit."

„Nur fünf Gäste", ließ der Mann von der Krankenhauszubehörartikel GmbH nicht locker.

„Zwei", korrigierte der Ober. „Das dahinten ist der Eigentümer mit seinen beiden Söhnen. Die sitzen jeden Abend hier und besprechen den nächsten Tag." Die Küchentür schwang auf und ein älterer Herr trat heraus. Etwa Mitte 80, mit der Linken auf einen Stock gestützt. Mit der Rechten hielt er sein Kreuz und ließ sich beschwerlich neben den drei Männern nieder. Sofort griff er in die Diskussion ein, die am Tisch geführt wurde. Er sah gebrechlich aus, aber sein Haar war noch voll und schlohweiß. Er war kleiner als die anderen drei, dafür aber umso energischer. Man merkte sofort, dass er in der Runde durchaus etwas zu sagen hatte.

„Und der Senior, der sich gerade dort niedergelassen hat?"

„Wir nennen ihn Opa Rico", meinte Enrico, „der Grandseigneur des Hauses und Vater von Herrn Esposito. Meint immer, alles besser zu wissen."

„Ist der immer noch ins Tagesgeschäft eingebunden?"

„Nein, schon lange nicht mehr. Der hilft nur noch aus, wenn Not am Mann ist, aber das will er einfach nicht wahrhaben."

„Und Ruhetag haben Sie nicht?"

„Doch, am Mittwoch", wusste Enrico. „Haben Sie schon gewählt?"

„Ja. Wir nehmen dreimal die Spaghetti Bolognese, zweimal die Rigatoni al Forno und eine Pizza Calabrese. Sagen Sie, wie weit ist eigentlich die nächste Polizeiinspektion entfernt? Wir müssten da noch etwas erledigen."

„Oh", überlegte Enrico, „das weiß ich gar nicht so genau. Chef, die nächste Polizeiinspektion, wo ist die?", rief er über die Tische hinweg.

„Das ist die Polizeistation Nürnberg-Ost in der Erlenstegenstraße, knapp fünf Kilometer von hier. Mit dem Wagen rund fünf Minuten", kam es zurück.

Danke."

„Bitteschön."

„Wie lange dauert das Essen?"

„Knappe 15 Minuten."

„Das passt. Wir wollen uns nämlich anschließend noch eine Stripteaseshow ansehen. Können Sie da was empfehlen? Wir kennen uns in Nürnberg nämlich nicht so aus."

„Mit Table Dance und so ...?", meinte Enrico verschwörerisch.

„Nichts dagegen", erwiderte der Mann von der Krankenhauszubehörartikel GmbH und lächelte maliziös.

„Dann empfehle ich das Live Time. Das liegt im Norden der Stadt, gar nicht weit weg von hier, in der Nähe des Nordostbahnhofs. Da geht die Post ab." Enrico hätte sich gerne noch weiter mit den Fremden über das Thema unterhalten, aber sein Chef wurde bereits aufmerksam. Schnell entschwand er in die Küche und gab die Bestellungen auf.

„Fünf Kilometer ist die nächste Polizeistation von hier entfernt, hat der Ober gesagt. Das heißt, die können in fünf Minuten da sein. Ihr müsst euch also beeilen und vorher einen guten Fluchtweg wählen", flüsterte der Mann auf Russisch. „Am besten wird sein, ihr verschwindet nach der Tat im Stadtpark, da findet euch niemand so schnell. Ihr müsst wissen", belehrte er seine Landsleute, „der Stadtpark umfasst etwa 19 Hektar. Früher nannte man das Areal ‚Judenbühl', weil man 1349 hier ein Judenpogrom veranstaltet hatte. Hunderte wurden verbrannt, weil sie angeblich die Brunnen der Stadt vergiftet und so die Pest verursacht hatten. Von 1856 an wurde der Platz in einen Landschaftspark nach englischem Vorbild umgestaltet, aber erst nach dem Zweiten Weltkrieg bekam er sein heutiges Gesicht."

Michail, Artjan, Maxim, Danil und Konstantin zeigten sich nicht so interessiert an der Geschichte des Stadtparks. Sie hatten Hunger und wollten endlich etwas zwischen die Kiemen bekommen.

„Wir machen uns morgen mit dem Terrain vertraut und legen fest, wo ich euch mit dem Wagen wieder aufnehmen soll", verkündete Iwan zum Schluss.

„Still, der Ober kommt mit dem Essen", merkte Maxim an.

Die Pizza war zu trocken, die Spaghetti und die Rigatoni waren zu wenig gewürzt, außerdem waren die Nudeln hart und die Beilagensalate schwammen in Essig. Die Gäste ließen die Hälfte stehen.

„Hat es Ihnen nicht geschmeckt?", fragte Enrico enttäuscht nach, nachdem die Rechnung beglichen worden war.

„Doch, doch, wir kommen demnächst wieder", äußerte sich Iwan, „dann gibt es Bohnen."

Enrico wunderte sich. Bohnen hatten sie doch gar nicht auf der Speisekarte?

Ein Gespräch unter Freunden

„Du siehst schlecht aus", wandte sich Anton an Norbert, „so einge-fallen im Gesicht und abgenommen hast du auch."

„Wie der Tod von Forchheim", ergänzte Hans und machte damit klar, dass er das Sprichwort aus dem Dreißigjährigen Krieg kannte.

„Wir machen uns Sorgen um dich", fing Anton wieder an.

Die drei Freunde hatten sich nach intensivem Bemühen von Anton in der Brauschänke des Grüner Brauhauses am Comödie-Platz getroffen. Hilde und Rasputin waren auch dabei. Hilde saß auf ihrem neuen Rollator, Rasputin bei ihr auf dem Schoß.

„Was wollt ihr eigentlich?", stellte Norbert bereits die Kernfrage, bevor die beiden auf das geplante Thema zu sprechen kommen konnten.

„Du frisst zu viel in dich hinein, du machst dich noch kaputt", fing Anton an. „Lass uns doch an deinen Sorgen teilhaben. Wir wollen dir doch nur helfen. Zu dritt schaffen wir das besser. Deine Gesundheit leidet. Schau dich doch an, wie du aussiehst."

Hans schlug in die gleiche Kerbe. „Du bist auch nicht mehr der Jüngste. Was macht Hilde, wenn dich der Schlag trifft? Wer küm-mert sich dann um sie?", mahnte er.

„Raus jetzt mit der Sprache", forderte Anton ihn auf. Hans und Anton sahen, dass Norbert unsicher war.

„Was ist jetzt?", stachelte Anton weiter.

„Ich weiß nicht, was ich machen soll", rückte Norbert endlich mit der Sprache heraus. „Langsam wird mir alles zu viel. Ich stehe vor der Entscheidung, eine Heimarbeit anzunehmen oder eben nicht."

„Was denn?", wollte Hans wissen.

„Kugelschreiber montieren", gestand Norbert schließlich. „Und dann habe ich noch eine Offerte vom Wunschlos Glücklich vorlie-gen, als Tagespförtner dort zu arbeiten."

„Wie kam das denn?", wollte Hans wissen.

„Als Blatthaus noch lebte, hat er mir eine Arbeit in dem Swingerclub angeboten, ohne aber konkret zu werden. Dann wurde er ermordet. Naja, ich habe dann dort selbst nachgefragt."

„Um Himmels willen." Anton schlug die Hände über dem Kopf zusammen. „Und wo soll Hilde dann tagsüber bleiben? Oder willst du sie mitnehmen in den Swingerclub? Und da verdienst du doch nicht genug. Weder bei dem Pförtnerjob, noch bei den Kugelschreibern. Vielleicht drei bis vier Cent pro Kugelschreiber. Dafür kriegst du eine ganze Menge Kugelschreiberkleinteile nach Hause geliefert."

„Ganze Säcke voll", steuerte Hans bei.

„Das schaffst du nie", fuhr Anton fort. „Wann willst du denn diese Arbeit machen?"

„Abends, wenn Hilde schläft", klärte ihn Norbert auf.

„Das geht doch gar nicht", ließ Anton nicht locker. Selbst wenn du 1000 Kugelschreiber pro Abend schaffst – da brauchst du Stunden dafür – verdienst du pro Tag vielleicht dreißig Euro. Das macht im Monat, wenn du auch Samstag und Sonntag arbeitest, gerade mal 900 Euro aus. Auf Dauer hältst du das nicht durch. Dann geht da noch die Steuer ab. Du machst dich kaputt, für einen Apfel und ein Ei."

„Und wenn ich die Steuer gar nicht angebe?", wollte Norbert wissen.

„Ach du meine Güte", fiel Hans dazu ein. „Das ist strafbar. Was machst du, wenn du dabei erwischt wirst", gab er zu bedenken. „Du weißt, dass der Staat gern die kleinen Leute schröpft, wenn er sich betrogen fühlt. Pfeif doch auf die paar Euro, die du da neben deiner Rente bekommst. Weißt du was? Am besten ist, du gibst Hilde nicht in ein Heim, sondern betreust sie zuhause selbst. Wenn sie einen Pflegegrad hat, bekommst du vom Staat sogar noch Geld dafür."

„Hans hat recht", war nun Anton wieder dran, „1000 Kugelschreiber pro Abend ist eine ganze Menge. Das schaffst du nicht." Die Einwände der Freunde zeigten allmählich Wirkung. Norbert wurde mürbe. Seine Anspannung entlud sich mit einem tiefen Seufzer.

„Hast du schon irgendwo unterschrieben?", wollte Anton wissen.

„Das nicht, aber ich wollte eigentlich, bei den Kugelschreibern."

„Hör auf, stopp das Ganze", riet ihm Anton.

„Und ihr meint, ich brauche keinen Job?", brachte er die Forderungen seiner Freunde auf den Punkt.

„Auf keinen Fall", mahnte ihn Anton. „Wenn du so weitermachst, gehst du vor die Hunde und nur wir wissen an deinem Grab, warum. Mensch, Norbert, dreißig Euro pro Tag, das ist unseriös."

„Das ist schon kriminell", ergänzte Hans. „Und vergiss auch den Sexclub, wie soll das gehen? Der ist auch nicht besser. Was willst du jetzt machen?"

„Erstmal danke ich euch für euren Rat", fasste Norbert zusammen. „Gebt mir noch ein paar Tage Zeit, ich muss mir das alles erst noch durch den Kopf gehen lassen", rekapitulierte er. „Ich habe verstanden, was eure Bedenken sind, und ich weiß eure Meinung zu schätzen. Aber so einfach ist das für mich alles nicht. Erst muss ich klären, wie viel Geld ich wirklich vom Staat bekomme. Ich melde mich in den nächsten zwei bis drei Tagen bei euch, auf jeden Fall, bevor ich eine Entscheidung treffe."

Angriff auf das Bella Bari

Es war der folgende Dienstag, kurz vor 23 Uhr, als Enrico die Eingangstür des Bella Bari abschließen wollte. Noch schnell die Kassenabrechnung gemacht, einen Ramazotti als Absacker getrunken und dann nach Hause. Morgen war Ruhetag, da konnte er länger schlafen. Er wollte gerade den Schlüssel in die Eingangstür stecken und von innen abschließen, als die Tür auflog und Michail hereinstürmte. Der Schuss aus der Heckler & Koch war trocken und präzise. Er traf Enrico mitten ins Herz. Blut breitete sich auf seiner linken Brusthälfte aus, die Beine hielten ihn nicht mehr und er sackte tödlich getroffen zusammen. Artjan drängte sich vorbei, die Pistole schussbereit im Anschlag. Hinter ihm drückte sich Danil in die Wirtsstube, ebenfalls ein Sturmgewehr in den Händen. Der zweite Ober, der nachsehen wollte, was sich in der engen Diele abspielte, musste auch dran glauben. Ein Kopfschuss aus Artjans Pistole fegte ihn von den Beinen.

Esposito, der mit seinen beiden Söhnen wie immer auf der Eckbank saß, hörte die Schüsse. Geistesgegenwärtig duckte er sich, so dass ihn Artjans nächster Schuss verfehlte. Die eigene Pistole in den Händen sprang er auf und feuerte zurück. Artjan stand direkt vor ihm. Der Russe hatte keine Chance. Nicos Geschoss traf ihn mitten in die Brust. Blut quoll. Artjans Pistole fiel zu Boden, der Russe hinterher. Gegen die Feuerkraft von Danils Sturmgewehr waren Nico und seine beiden Söhne aber machtlos. Feuergarben durchsiebten ihre Körper. Danil schoss das Magazin leer. Nun waren auch Michail, Maxim und Konstantin in der Gaststube. Artjan lag tot da. Esposito und seine Söhne lagen von Kugeln zerfetzt auf dem Boden. Der Koch wagte einen kurzen Blick aus der Küche. Dann zog er sich eiligst zurück und verrammelte den Raum.

Konstantin fluchte. Das hatte er nicht erwartet, dass einer von ihnen bei dem Angriff starb. Artjan war tot. Was nun? Die Leiche hierlassen oder mitnehmen? Die Zeit lief ihnen davon. Sie mussten sich sputen. Jeden Augenblick konnte die Polizei auftauchen. Kurzentschlossen nahm er Artjan die Ausweispapiere, das Handy, die Geldbörse und die Pistole ab. Dann blies er zum Aufbruch. Schnell stürmten sie nach draußen und verschwanden im Stadtpark. Zehn Minuten später sprangen die Männer an der Ecke Stadtpark und Friedenstraße in Iwans Kleintransporter.

„Wo ist Artjan?", fragte er.

„Tot", antwortete Konstantin verärgert. „Lass uns fahren."

*

Gegen 23:30 war die Nürnberger Polizei am Bella Bari. Neben den Beamten der Ost-Inspektion kamen auch die Kollegen der Mordkommission vom Jakobsplatz, allen voran Hauptkommissar Tobias Bellinghausen und seine Kollegin Sandra Knobloch. In ihrem Gefolge die SpuSi und die KTU. Die Szene war grotesk. Sechs Tote. Ein Gemetzel. Im Eingangsbereich lag Enrico mit einem Schuss genau ins Herz. Sein Kollege hatte in der Gaststube sein Leben ausgehaucht. Infolge eines Kopfschusses. Im hinteren Teil des Restaurants, dort wo es zur Küche ging, lagen tot der Inhaber des Lokals und seine beiden Söhne, Luca und Toni. Alle drei waren in einem Feuersturm umgekommen. Die Leichen wiesen unzählige Einschüsse auf. Inmitten der Gaststube lag ein Unbekannter. Mit einem Einschussloch in der Brust. Er hatte weder einen Führerschein noch sonstige Ausweispapiere bei sich, auch seine Geldbörse und ein Handy fehlten. Opa Rico Esposito klagte: „Warum mussten sie gehen, warum nicht ich?". Er hatte sich zum Zeitpunkt des Überfalls in den oberen Stockwerken aufgehalten. Auch er konnte sich auf den Fremden keinen Reim machen, meinte aber den Toten schon einmal gesehen zu haben. Beate, die Ehefrau von Esposito, weinte unkontrolliert und war zu keiner Aussage zu gebrauchen. Die Nachbarn, die durch die Schüsse wach geworden waren, versammelten sich auf der Straße. Doch Bellinghausen ließ niemanden vor. Der Koch, der von der Küche aus, einen kurzen Blick in den Gastraum gewagt hatte, bevor er sich mit den beiden Küchenhilfen dort verschanzte, sprach von einem bewaffneten Überfall, an dem mindestens fünf Leute beteiligt waren. Einige späte Spaziergänger hatten Männer aus dem Restaurant davonrennen und im Stadtpark verschwinden sehen. Die Suche nach ihnen blieb ergebnislos. Am hilfreichsten war die Aussage von Opa Rico, dass er den toten Mann schon einmal gesehen habe, er wisse im Moment nur nicht, wo. Dann fiel es ihm doch wieder ein. Klar, das war einer der Gäste vom vergangenen Freitag. Die Leute, die sich noch eine Stripteaseshow im Live Time ansehen wollten. Er erinnerte sich. Sie hatten nur die Hälfte ihres Essens verzehrt. Aber am Freitag waren es sechs gewesen. Wenn es stimmte, was der Koch sagte, dann fehlte einer. Der sprach nur von fünf Männern. Wo war der sechste abgeblieben? Hatte der Koch nicht alle Leute gesehen? Wer konnte das gewesen sein? Deutsche waren das nicht, Italiener auch nicht. Die Kleidung des Toten sah etwas schäbig aus. Konservativ, Ton in Ton, etwas abgetragen, als ob er sich nichts Anständiges zum Anziehen leisten konnte. Leute, aus Osteuropa, fiel Rico ein. Der Tote passte in dieses Schema: Abgetragene Hose mit Flecken darauf, ein Jackett, das nicht so richtig zur Hose passte und ein weißes Hemd mit abgewetztem Kragen. Opa Rico hatte den Toten zwar nur kurz gesehen, aber dessen Gesicht blieb dem alten Mann im Gedächtnis haften. Ein Mitteleuropäer war das nicht. Breite Wangenknochen und schmale, leicht schräg stehende Augen. Ein Chinese vielleicht? Nein, ein Japaner sowieso nicht. Rico versuchte sich zu erinnern. Wo gab es Menschen mit solchen Augen? Schon am Kaukasus? Der Kaukasus gehörte zu den russischsprachigen Regionen. In Opa Ricos Gehirn wuchs ein furchtbarer Verdacht. Das war ein Russe! Wo kam der denn plötzlich her? Letzten Freitag waren die Männer noch zu sechst gewesen. Opa Rico gingen die Morde an Blatthaus und Danylenko durch den Kopf. Außerdem war da die Bombe in Fürth. Wer hatte verraten, dass die Sacra Corona Unità es war, die den Bombenanschlag auf das Wunschlos Glücklich ausgeführt und Danylenko und Blatthaus auf dem Gewissen hatte? Opa Rico musste – bei aller Trauer um den eigenen Sohn und die verlorenen Enkel – D'Angelo anrufen und Leonardo warnen. Seinen Verdacht, den fremden Toten betreffend, behielt er gegenüber der Polizei für sich. Das ging die Polizei nichts an. Sollten sie doch schauen, wo sie ihre Informationen herbekamen. Außerdem liefe er Gefahr, dass die Geschäfte der Familie in den Fokus der Ermittlungen gerieten. Das konnte er sich überhaupt nicht leisten. Denn eines war klar: Bei dem Überfall handelte es sich eindeutig um einen Vergeltungsschlag der Russen. Je länger Opa Rico über die Situation nachdachte, desto deutlicher wurde ihm, dass dies das Ende ihrer Geschäfte in Deutschland bedeuten konnte. Um sich selbst machte er sich keine Gedanken. Er konnte nach Apulien zurückkehren. Aber was sollte aus Beate werden? Sie war nun Witwe. Aus Nürnberg würde sie niemals wegziehen. Was wollte sie in Italien? Wo sie noch nicht einmal die Sprache verstand. Scheißrussen, der Teufel sollte ihre Seele holen. Er war noch nicht fertig mit diesem Lumpenpack, im Gegenteil, er sann auf fürchterliche Rache. Er würde sie alle erledigen. Einen nach dem anderen.

Vereinte Polizeikräfte und medizinische Untersuchung

Der Anschlag auf das Bella Bari verursachte einigen Wirbel in den Medien, nicht nur in Deutschland, sondern auch in den Nachbarländern. Schon am frühen Mittwochmorgen berichteten die einschlägigen Online-Dienste. Am Donnerstag waren die Zeitungen voll von dem Massaker. Jeder rätselte, was geschehen war. Gerüchte schossen ins Kraut. Die BILD hatte erfahren, dass Liza Montes, die drogensüchtige mexikanische Freundin und Teilzeit-Prostituierte von Luca Esposito im Restaurant verkehrte und man vermutete einen Zuhälterkrieg. Pressevertreter bedrängten die Polizei und forderten mehr Informationen. Der bayerische Innenminister forderte rasche Aufklärung. Der mittelfränkische Polizeipräsident schaltete sich persönlich ein. Als bekannt wurde, was die Leichenschau durch Professor Stich ergeben hatte, deuteten die Polizeibehörden an, dass die Tat möglicherweise in Zusammenhang mit den Fürther Morden stand. Die Kritik an der Polizei wuchs und die Medien entsandten scharenweise Investigativ-Reporter.

*

Den Mediziner, der den toten Unbekannten untersuchen sollte, brachte der Wirbel um die Geschichte nicht aus der Ruhe. Es war bei Stich noch nie vorgekommen, dass er gleich sechs Leichen auf einen Schlag auf seinen Tischen liegen hatte. Wie sie umgekommen waren, glaubte man zu wissen, aber warum und aus welchem Land der unbekannte Tote stammte, konnte man nur vermuten. Das war Bellinghausens größtes Anliegen. „Finden Sie heraus, wo er herkommt," hatte er Stich inständig gebeten. „Und untersuchen Sie ihn als ersten."

Stich ließ sich davon nicht irritieren. Er zog seine Untersuchung so durch, wie er es gewohnt war. „Wir machen das wie immer", wies er seinen Assistenten an. „Nur die Ruhe bewahren. Die Schädelform und das Gebiss betrachten wir uns nachher separat." Als es dann so weit war, meinte der Professor: „Also, ein Mitteleuropäer ist das nicht. Das haben Sie hoffentlich auch schon gemerkt", richtete er seine Worte an seinen Helfer. Vor der Schädelöffnung gab er seinem Assistenten eine Kostprobe seines Wissens. „Merken Sie sich das Folgende", wies er seinen Helfer an, dann diktierte er in sein Mikrophon: „Der Tote hat weiße Haut und rote Wangen, schwarzes Haar und einen gerundeten Kopf. In dem regelmäßigen Gesicht sind die einzelnen Teile nicht zu sehr ausgeprägt. Die Nase ist leicht gebogen, hat eine kleine Öffnung und die Stirn ist flach. Im kleinen Mund stehen im unteren und oberen Kieferbereich die Vorderzähne senkrecht übereinander. Außerdem steht im Mundbereich die Unterlippe sanft hervor. Das Kinn ist voll und rund. Die etwas schräg stehenden Lidspalten lassen darauf schließen, dass dieser Mensch genetisch aus dem Grenzgebiet zwischen Asien und Europa stammt. Ich würde auf die nordkaukasische Region tippen. Schauen wir uns das Gebiss näher an", fuhr Stich fort. „Können Sie mal den Mund öffnen?" Stichs Helfer tat wie ihm geheißen. „Bingo", rief der Professor aus, „Russisch Rot. Das ist in osteuropäischen Ländern und in Asien ein immer noch verwendetes Wurzelfüllmaterial auf Resorcinon-Formaldeyd-Basis. Es färbt die Zähne rosa bis Burgunderrot. In Deutschland ist das Mittel wegen Nebenwirkungen schon lange nicht mehr zugelassen. Bei Kontakt mit der Haut kann das Formaldehyd schwere Entzündungen hervorrufen. Da haben wir den Beweis, dass der Tote aus einem östlichen Land kommt. Ich bleibe beim Nordkaukasus." Stich setzte seine visuelle Untersuchung fort und untersuchte das Einschussloch im Brustraum. „Was haben wir denn da?", sprach er zu sich selbst. „Die ganze Aorta ist im Arsch." Dann bemühte er wieder sein Mikro: „Der Einschuss hat die Aorta direkt getroffen. Jede

Hilfe wäre zu spät gekommen. An die Aorta sind alle Organe angeschlossen. Durch die Verletzung ist das gesamte Blut in den Bauchraum abgeflossen. Der Mann ist innerlich verblutet. Kein Wunder, wenn das größte Blutgefäß des menschlichen Körpers, die Hauptstraße sozusagen, zerreißt", setzte er hinzu. „Todesursache: Verletzung der Aorta in der senkrechten Verlängerung bis zur Beckenarterie", präzisierte er. „Kommen wir nun zur Öffnung der Körperhöhlen", schlug der Professor vor und griff zur oszillierenden Säge.

*

Bellinghausen, Knobloch, Bach, Schwarz und Krumm trafen sich am Donnerstag in der KPI Fürth. Sie hatten sich vorher am Telefon ausgetauscht und hielten eine persönliche Beratung für die beste Lösung. „Das habe ich noch nicht ganz verstanden", meinte Bellinghausen, „das mit den Russen und den Italienern."

„Das klingt auch ziemlich verworren", gab Bach zu, „ich erzähle mal die ganze Geschichte von Anfang an."

„Und Sie meinen also, der Überfall auf das Bella Bari war eine Vergeltungsaktion der Russen?", warf Bellinghausen ein, nachdem Bach geendet hatte. „Das würde ja bedeuten, dass die Russen die Faxen dick haben und mit einer kleinen Armee hier angerückt sind, ..."

„... wir aber noch nicht wissen, wo die sich rumtreibt", ergänzte Bach. „Wir haben schon Anfragen bei allen Fürther Hotels und allen Luftfahrtgesellschaften laufen. Leider haben wir keine Namen. Ich würde an Ihrer Stelle die Suche auch auf das Nürnberger Stadtgebiet ausdehnen."

„Das machen wir natürlich", willigte Bellinghausen ein. „Und die Italiener, was machen die jetzt?"

„Die sind wahrscheinlich für den Bombenanschlag und die Morde an Blatthaus und Danylenko verantwortlich", stellte Bach fest. Schwarz und Krumm nickten heftig. „Im Moment sind sie im Hintertreffen. So sieht es jedenfalls aus. Aber es ist nicht gesagt, dass das lange anhält. Wir haben keine Ahnung, wie die sich verhalten werden. Die Frage ist, ob die Mafia sich das gefallen lässt?"

„Ist das überhaupt gesichert, dass es sich dabei um die Mafia handelt?", wollte Bellinghausen wissen.

„Wir sind uns da ziemlich sicher", eiferte sich Bach, „aber wir können denen im Moment natürlich nichts zur Last legen. Die Alibis der Toten können wir schlecht überprüfen und Opa Rico ist uns auch keine große Hilfe. Der kann sich an nichts mehr erinnern."

„Tja, dass Luca Esposito offenbar diese Liza Montes an Freier verkaufte, ist von geringer Bedeutung im Vergleich zu dem, was da passierte", gestand auch Bellinghausen ein. „Sie scheint seine Geliebte und gleichzeitig eine Professionelle gewesen zu sein."

„Was ist mit diesem Alten, diesem Rico Esposito?", warf nun Krumm ein.

„Wir denken, dass der nur noch im Hintergrund eine kleine Rolle spielt. Dessen große Zeiten sind längst vorbei," schätzte Bellinghausen. „Der wird jetzt wahrscheinlich mit der Mafia-Zentrale telefonieren", vermutete er.

„Können wir da nicht Mäuschen spielen?"

„Abhören?"

„Mhm, ja."

„Vergessen Sie's. Dazu werden wir keine Genehmigung erhalten", wehrte Bellinghausen ab.

„Was machen wir dann?" Dieses Mal war es Schwarz, der die Frage stellte.

„Augen und Ohren offenhalten und Kräfte bündeln", wusste Bellinghausen.

„Und wie sieht das aus?", gab sich Schwarz noch nicht zufrieden.

„Wir sind uns einig, dass wir das, was wir hier besprechen, für uns behalten?", gab Bellinghausen vor. „Niemand braucht zu wissen, dass wir die Geschehnisse in Fürth und Nürnberg zusammen angehen." Die Runde nickte. „Dann müssen wir als erstes den Aufenthaltsort der Russen herausfinden. Jeder sucht in seinem Stadtgebiet." Wieder Nicken. „Wir werden das Bella Bari im Auge behalten. Ihr macht das gleiche mit dem Wunschlos Glücklich. Wenn, dann finden wir die Russen am ehesten dort."

„Sollten wir nicht auch an die beiden Stadtregierungen herantreten?", äußerte sich Sandra Knobloch, die bisher noch gar nichts gesagt hatte, „vielleicht erfahren wir mehr, wenn wir auch kulturelle Veranstaltungen beobachten. Ich denke da zum Beispiel an Italienische Wochen, Russische Kulturtage oder Ähnliches. Mag sein, dass wir da unsere Freunde treffen."

„Gute Idee, das machen wir zusätzlich", äußerte sich Giselher Krumm.

„Gut", fasste Hauptkommissar Bach zusammen, „Ideen haben wir genug, wir können also an die Arbeit gehen."

„Und bis der Fall gelöst ist, treffen wir uns wöchentlich und tauschen uns aus", ergänzte Bellinghausen. „Das nächste Mal sind wir dran. Wir sehen uns dann am Jakobsplatz. Wollen wir heute schon einen festen Termin vereinbaren?"

Verwirrung in Squinzano

Opa Rico hatte viel zu berichten. „Wo kommen denn plötzlich die vielen Russen her?", fragte D'Angelo.

„Ich habe keine Ahnung", war Ricos Antwort.

„Woher wussten die von Espositos Existenz und vor allem seine Adresse?"

„Keine Ahnung", antwortete Rico.

„Weiß Leonardo schon davon?"

„Ich habe ihn angerufen."

„Was sagt er?"

„Nicht viel. Er glaubt, dass die Russen von seiner Existenz und der seiner Leute nichts wissen. Ansonsten hat er auch keine Erklärung für das, was passiert ist. Und er erwartet Ihre Anweisungen."

„Wissen wir, wo sich die Russen im Moment aufhalten?"

„Nein, noch nicht. Vielleicht im Wunschlos Glücklich?"

„Wer ist eigentlich jetzt der Geschäftsführer dort?", setzte D'Angelo seine Fragen fort. „Dem Ukrainer ist ja leider ein Föhn ins Badewasser gefallen."

„Auch das weiß ich nicht", erklärte Opa Rico, „ich habe nur gehört, dass sich eine Tatjana um das Nötigste kümmert."

„Und du bist dir ganz sicher, dass die Russen den Anschlag verübt haben?"

„Wer soll es denn sonst gewesen sein? Ich habe den Toten, den Nico noch umgenietet hat, ja mit eigenen Augen gesehen. Hat ausgesehen wie einer aus dem Kaukasus. Das waren die Russen. Ganz sicher, glaub mir. Wie geht es jetzt weiter?", war Ricos große Sorge.

„Dazu muss ich erst mit Tommaso und Francesco reden. Gleich jetzt anschließend. Du kannst aber davon ausgehen, dass wir Nicos Position im Bella Bari neu besetzen werden. Das Geschäft muss weitergehen. Kennst du dich da aus?"

„Das Wichtigste ist mir immer noch geläufig", antwortete Rico, „außerdem habe ich ja noch meine alten Verbindungen."

„Gut, dann bleib so lange im Bella Bari, bis wir uns wieder melden. Das mit Nico, Luca und Toni tut mir leid. Hat sich Beate wieder einigermaßen beruhigt? Richte ihr mein Beileid aus. Wir kümmern uns um sie. Sie braucht sich keine Sorgen wegen der Zukunft zu machen. Sie gehört zur Familie. Jetzt muss ich aber Schluss machen. Tommaso und Francesco warten schon. Ich will sie nicht länger warten lassen. Ich melde mich wieder, wenn wir eine Entscheidung getroffen haben. Übrigens, der Kaufvertrag für das Haus in der Badstraße ist unter Dach und Fach. Aber das weißt du ja sicherlich. Jetzt wird es ernst. Bis bald, mach es gut und nochmals mein herzlichstes Beileid."

*

Der Vangelo und der Sentino warteten schon auf D'Angelo. Sie waren beunruhigt, denn auch sie hatten von dem Schlag gegen die Espositos gehört.

„Entschuldigung, das war eben Opa Rico", knurrte D'Angelo, als er sich zu Tommaso und Francesco an den Tisch setzte. „Die Espositos wurden ausgelöscht", berichtete er.

„Von wem?", wollten die beiden wissen.

„Das wissen wir noch nicht sicher. Rico meint, von den Russen. Aber da will ich mir ganz sicher sein."

„Wenn es die Osteuropäer waren, woher wissen die von unserer Organisation in Nürnberg?", fragte Tomasso.

„Das wissen wir auch noch nicht", antwortete D'Angelo ruhig. „Wahrscheinlich haben sie uns irgendwie ausspioniert. So schwierig ist das nicht."

„Wie geht es Rico?", wollte Francesco wissen.

„Er hat den Anschlag und den Tod seines Sohnes und der Jungs überraschend gut weggesteckt", antwortete der Capo und fuhr gleich fort, „aber ich nicht! Glücklicherweise haben wir Leonardo und seine Leute nach Deutschland geschickt. Sie sind übrigens gut angekommen und haben ihr Quartier bezogen. Ich habe große Lust, mit der russischen Bande ein für alle Mal Schluss zu machen", steigerte er sich in das Thema hinein.

„Wie ist denn der aktuelle Stand jetzt, zwei Tage nach dem Überfall?" Tommaso war es, der die Frage gestellt hatte.

„Unsere Leute suchen nach den Russen, um herauszufinden, wo sie sich aufhalten", begann der Capo wieder.

Wissen die Russkis, dass unsere Leute auch in Fürth sind?" Wieder war es Tommaso, der das wissen wollte.

„Ich denke nicht."

„Und was macht die deutsche Polizei?" Der Vangelo war ungeduldig.

„Alles der Reihe nach", reagierte der Capo etwas unwirsch, weil er dauernd unterbrochen wurde. „Vielleicht lasst ihr mich erst einmal vollständig berichten. Also, zur Polizei. Die verhalten sich auffällig zurückhaltend, obwohl sie von der Presse bedrängt werden. Auch der politische Druck ist entsprechend hoch. Ich weiß nicht, aber für mich deutet es nicht darauf hin, dass sie einen Zusammenhang zwischen den Straftaten in Fürth und in Nürnberg sehen."

„Gut für uns", warf Leone ein.

„Unsere Leute verhalten sich im Moment ruhig", setzte D'Angelo seine Rede fort. „Wie gesagt, wir suchen die Russen. Aber im

Wunschlos Glücklich sind sie nicht. Als ob der Teufel ihnen einen Tipp gegeben hätte. Die sind untergetaucht. Wahrscheinlich warten sie auf den nächsten Schritt von uns."

„Irgendwann werden sie schon wieder auftauchen", meinte Tommaso. „Das ist jetzt ein Geduldsspiel. Wer als erster zuckt, hat verloren."

„Richtig. Wir sind das jedenfalls nicht", schlug D'Angelo in die gleiche Kerbe. „Unsere Leute werden das Wunschlos Glücklich weiterhin überwachen. Sobald sich auch nur eine russische Nase zeigt, erhalten wir Bescheid. Parallel müssen wir uns um das Haus in der Badstraße kümmern. Ihr wisst, dass die Verträge unterschrieben sind. Wir sollten beide Sachen völlig getrennt halten, ich meine die Sache mit den Russen und das Bauvorhaben. Da darf es keine Verbindungen geben. Ich möchte nicht, dass wir wegen unseres Baus in schlechtes Licht geraten. Das heißt aber, wir brauchen vor Ort mehr Personal. Wir müssen in der Übermacht sein!"

„Das geht aber ganz schön ins Geld", gab Francesco zu bedenken.

„Was haben wir gesagt?", erinnerte D'Angelo die beiden Mafiosi. „Klotzen, nicht kleckern. Das holen wir wieder rein, wenn das Geschäft brummt."

„Dein Wort in Gottes Ohr", ließ Tommaso sich vernehmen.

„Also mein Vorschlag lautet wie folgt", fasste D'Angelo zusammen: „Erstens, wir behalten das Bella Bari und besetzen es mit neuen Wirtsleuten, die unser Geschäft verstehen und weiterführen. Opa Rico wird da am Anfang sicherlich unterstützen müssen. Bei der Gelegenheit lassen wir das Restaurant gleich renovieren und geben dem Ganzen eine gehobenere Note. Wir bohren die Speisekarte auf und setzten mehr auf Exklusivität. Dazu brauchen wir auch einen neuen Chefkoch und neue Service-Kräfte. Mal sehen, ob wir auch im Außenbereich etwas machen können. Zweitens, das Bauvorhaben für den Sexclub in der Badstraße läuft völlig getrennt davon und wir beschleunigen das Ganze zeitlich. Damit schaffen wir Fakten, aber das alles soll weiterhin piano laufen. Drittens, wir hauen die Russen kurz und klein. Dazu entsenden wir nochmal fünf Mann nach Deutschland, die aber schnellstens wieder nach Apulien abgezogen werden, sobald diese Aufgabe als erledigt betrachtet werden kann. Ich möchte unsere Leute nicht dem Fahndungsdruck der Polizei in Deutschland aussetzen."

„Also good boys und bad boys, die nichts miteinander zu tun haben", bemerkte Tommaso.

„So ist es", bestätigte der Capo. „Unsere Leute, die wir noch nach Fürth schicken und die an dem Überfall auf die Russen teilnehmen werden, sind in unseren Hügeln und Ebenen sicherer als in Deutschland. Da können sie sich besser verstecken, wenn etwas schieflaufen sollte, selbst wenn ein Auslieferungsantrag gestellt wird."

„Gut, aber wie finden wir nun die Russen?", kam Francesco auf das eigentliche Problem zurück.

„Wie gesagt, wir überwachen weiterhin das Wunschlos Glücklich, außerdem hören wir uns in der Szene um."

„Welche Szene?", blieb Francesco etwas ratlos.

„Ich denke da an diesen Stanko, diesen serbischen Waffenschieber. Der hat uns doch schon das letzte Mal geholfen. Vielleicht weiß der etwas. Der handelt doch nicht nur mit Pistolen und Gewehren. Wenn der für eine Information einen Tausender kassieren kann, sprudelt es aus ihm doch nur so heraus."

Russische Vorsicht

Die Russen hatten tatsächlich einen Tipp bekommen und der stammte direkt aus Italien. Der russische Botschafter in Rom war wieder aktiv geworden und hatte seine Beziehungen ins kriminelle italienische Milieu spielen lassen. Es war unter Insidern aufgefallen, dass die Sacra Corona Unità größere Personalverschiebungen nach Deutschland plante oder schon durchgeführt hatte. Das blieb nicht unentdeckt. Die Leute, die davon wussten, waren nicht gerade die reichsten. Für einen angemessenen Obolus wurde da so manche Information ge- und verkauft. Kurzum, Dostojewski wusste, dass auch die Mafia Leute nach Fürth entsandt hatte und konnte seine

Leute rechtzeitig warnen. „Ihr geht nicht mehr ins Wunschlos Glücklich", ordnete er an, „da finden sie euch am leichtesten." Dostojewski befahl Koslow sogar, das Wohnhaus und die Fabrikhalle in der Uferstadt zu bewachen. „Wer weiß, vielleicht haben die Scheißitaliener schon herausgefunden, wo ihr wohnt", machte er ihn auf die besondere Situation aufmerksam. „Am besten wird es wohl sein, wenn ihr komplett Ruhe gebt und erst mal die Situation beobachtet. Versucht herauszufinden, wo sich die Italiener eingerichtet haben. Aber vorsichtig, keine übertriebenen Aktionen. Ich denke, sie werden sich über kurz oder lang beim Bella Bari sehen lassen. Ihr seid zwar nur noch vier, aber ich schicke euch noch ein paar Leute. Außerdem hat mir der Botschafter gesagt, dass sie in Fürth einen neuen Swingerclub planen. Ich möchte gerne wissen, wo das ist. Es ist jetzt an der Zeit, mit dem Gesindel aufzuräumen. Also beobachten. Meldet euch wieder und wartet auf die Verstärkung."

„Wann kommen die zusätzlichen Leute?", wollte Koslow wissen.

„Mit einer der nächsten Maschinen. Das passt mir zwar gar nicht so ins Konzept, weil das alles nachvollziehbar ist, wenn sie mit dem Flugzeug reisen, aber die Zeit drängt. Besorgt über Stanko schon mal genügend Handfeuerwaffen für eure Kollegen", wies ihn Dostojewski an. „Aber keine Informationen, an niemanden, wo ihr euch aufhaltet. Wir müssen äußerst vorsichtig sein, es steht zu viel auf dem Spiel."

„Wer wird kommen?" Koslows Neugierde war noch nicht befriedigt.

„Das weiß ich noch nicht. Die Nummer 2 und ich sitzen gleich zusammen, um die Leute auszuwählen. Du kannst mit vier bis fünf Leuten rechnen. Das müsste genügen, um mit den Italienern fertig zu werden."

„Wissen wir, wie viele die sind?", wollte Koslow noch wissen.

„Nicht genau", gab Dostojewski zu verstehen, „aber nicht mehr als eine Handvoll, schätze ich."

„Noch eine Frage", bohrte Koslow weiter, „gibt es auch Informationen, wie weit die deutsche Polizei ist? Ich meine, mit ihrer Ermittlungsarbeit?"

„Soweit ich weiß, sind die hinten dran. Das soll uns aber nicht dazu verleiten, unvorsichtig zu werden. Schließlich verfügen sie über Artjans Leichnam. Ich weiß nicht, was sie dadurch erfahren können, auch wenn du ihm alle Ausweispapiere abgenommen hast. Das war übrigens prima."

Angespannte Lage

Norbert Kolb spürte es irgendwie. Die Lage hatte sich seit seinem Gespräch mit Anton und Hans verändert. Sie hatten ihm die Augen geöffnet. Er hatte sich selbst etwas vorgemacht und überschätzt. 1000 Kugelschreiber pro Abend. Er musste froh sein, wenn er die Hälfte schaffte. Für 450 Euro im Monat wollte er nicht arbeiten. Das war zu wenig.

Natürlich hatte Norbert auch von dem Massaker in Nürnberg gelesen. Schrecklich. Die Zeitungen berichteten ja tagtäglich. Jetzt hatten sie Näheres über den unbekannten Toten herausgefunden. Ein Mann aus dem Kaukasus, hieß es. Das Bild in der Zeitung war gestochen scharf. Wie er da lag in seinem Blut. Auf dem Rücken, Arme und Beine ausgestreckt und das Gesicht im Todeskampf verzerrt. Norbert kannte die Tätowierung, die sich auf der Innenseite des linken Unterarms befand. Sie zeigte eine Spinne im Netz. Erst danach schaute er sich das Gesicht genauer an. Konnte das Artjan Tschaikowski sein? Norbert erinnerte sich. Es war vor knapp 15 Jahren. Damals war er 53 und Montagemitarbeiter beim Siemens-Kraftwerksbau. Er war fast in der ganzen Welt herumgekommen. Er war Mitglied eines Montageteams in Machatschkala, in Dagestan gewesen. Sie montierten damals ein 256 Megawatt-Gas- und Dampfturbinenkraftwerk. Artjan Tschaikowski war auf der Kundenseite im Qualitätsmanagement tätig. Er kontrollierte fast jede Schweißnaht. Dabei rutschte sein Ärmel immer nach hinten, wenn er den Laser-Scanner entlang der Schweißnaht führte. Seine Tätowierung wurde sichtbar. Wie oft hatte Norbert diese Spinne im Netz gesehen? Sie faszinierte ihn. Kein Zweifel, das Foto zeigte Artjan. Der runde Schädel, die asiatisch anmutenden Augen. Was hatte Artjan Tschaikowski mit dem Bella Bari zu tun? Das war die Frage, die Norbert beschäftigte. Sollte er zur Polizei gehen? Blamieren wollte er sich nicht. Was, wenn es vielleicht doch nicht Artjan war? Er wusste nicht mehr, wo ihm der Kopf stand. Hilde, der Heimarbeitsjob, das Wunschlos Glücklich und nun Artjan. Der Rentner dachte an die Bemerkungen von Anton und Hans. „Du schaust schlecht aus. Du wirst das nicht durchhalten", hatten sie gesagt. Sie konnten recht haben. Er war jetzt schon nicht nur psychisch, sondern auch physisch am Ende. Was, wenn sie recht hatten, wenn er selbst schlapp machte? Würde er dann selbst zum Pflegefall werden? Er durfte gar nicht daran denken. Was wurde aus ihm? Ein Idiot! Der Idiot, der Kugelschreiber zusammenschrauben wollte, für einen Apfel und ein Ei? Der sich wegen der Steuer womöglich noch in kriminelle Machenschaften stürzte. Hatte er das wirklich nötig? So konnte das nicht weitergehen. Norbert traf endlich eine Entscheidung. Er griff zum Hörer und rief Anton an.

„Könnt ihr kommen? Ich habe da ein weiteres Problem."

*

Norbert erzählte den beiden die ganze Geschichte und ließ nichts aus. Als er geendet hatte, merkte man ihm an, dass ihm ein Stein vom Herzen gefallen war. Die Last war jedenfalls weg.

Anton und Hans wussten nun, was ihn zusätzlich zu Hildes Krankheit bedrückte. Er kannte womöglich einen der Täter vom Bella Bari. Was für ein Zufall. Das schlug dem Fass den Boden aus.

„Du musst sofort zur Polizei gehen, heute noch", rieten sie ihm. „Ich weiß nicht, ob du dich strafbar machst", redete Anton auf ihn ein, „aber stell dir mal vor, dieser Tote ist tatsächlich dieser Artjan, dann verschweigst du wesentliche Informationen", drang er noch tiefer in ihn ein.

„Ich kann nicht zur Polizei gehen und Hilde hier allein zurücklassen", argumentierte Norbert.

„Um die kümmern wir uns", schlug Hans vor. „Da mach dir mal keine Sorgen. Das schaffen wir schon."

„Genau, geh du ruhig zur Polizei und mache deine Aussage", blies Anton ins gleiche Horn.

„Das wollt ihr für mich tun?", zeigte Norbert sich gerührt.

„Klar", meinte Anton, „wozu sind wir denn deine Freunde?"

„Auch wenn das etwas dauern kann? Ich vermute, die Kriminalbeamten werden mich gleich in die Rechtsmedizin nach Erlangen schleifen, um mir den Toten zu zeigen. Die wollen bestimmt wissen, ob es sich um Artjan handelt oder nicht."

„Wir haben Zeit, wir sind doch Rentner", erklärte ihm Hans. „Keine Sorge, wir passen schon auf Hilde auf. Wir lassen sie nicht allein."

Norbert war den Tränen nahe. So viel Hilfsbereitschaft hatte er nicht erwartet. „Dann machen wir das jetzt", entschied er. „Ich gehe sofort zur KPI in die Kapellenstraße und ihr passt auf Hilde auf."

*

Als Kolb den beiden Kommissaren seine Geschichte erzählt hatte, kam es wie erwartet. Bach und Schwarz ließen ihn nicht mehr aus ihren Fängen.

„Wir fahren sofort zur Rechtsmedizin nach Erlangen", entschied Bach. „Haben Sie im Moment Zeit?"

Norbert überlegte auf der Fahrt nach Erlangen, ob es richtig gewesen war, zur Polizei zu gehen. Draußen flog das Möbelhaus Höffner an ihm vorbei. Ja, es war richtig gewesen. Mit Unterstützung von Anton und Hans würde er es schaffen. Da war er sich ganz sicher.

Als sie etwas später durch die Gänge des Institutes eilten, war Norbert doch wieder etwas blümerant zumute. Die Sache mit dem Toten war nicht so sein Ding, aber die Gewissheit über die Identität des Toten würde ihn beruhigen. Sie trafen Professor Stich, der gerade mit einer Autopsie fertig geworden war. Zielstrebig schritt dieser auf ein Kühlfach zu und öffnete die Tür. Dann zog er die Lade heraus. „Sind Sie bereit?", fragte er. Norbert nickte nur. Stich schlug das Laken zurück. Der Anblick traf Norbert wie ein Hammerschlag. Vor ihm lag Artjan Tschaikowski. Die Augen waren geschlossen. Sein runder Kopf ruhte auf einer Kopfstütze. Er war merklich älter geworden, aber zweifelsohne war es Artjan Tschaikowski. Stich hatte das Tuch etwas zu weit zurückgeschlagen, sodass die oberen Fäden des T-Schnittes sichtbar wurden. „Das ist er", kommentierte Norbert fast flüsternd. „Artjan Tschaikowski." Dann führten ihn Bach und Schwarz wieder hinaus. „Aber was er hier gemacht hat, entzieht sich meiner Kenntnis", stammelte er, als ihn Bach und Schwarz befragten. Dann durfte er wieder gehen.

„Sie halten sich in den nächsten Tagen zu unserer Verfügung", wurde er noch ermahnt. Er brauchte frische Luft.

Neue polizeiliche Erkenntnisse

Sie trafen sich in der gleichen Runde wie das letzte Mal, diesmal am Jakobsplatz.

„Wir haben den Namen des toten Russen", verkündete Bach eingangs stolz. Dann wiederholte er die Geschichte von Norbert Kolb. Bellinghausen und Knobloch lauschten aufmerksam.

„So viel Glück hatten wir nicht", wusste Bellinghausen zu berichten, „aber wir haben in der Justizvollzugsanstalt Nürnberg-Fürth nachgefragt, ob Romanow Besuch bekommen hat. Vor wenigen Tagen haben sich ein Konstantin Koslow und ein Iwan Below als Besucher angemeldet und Romanow auch tatsächlich aufgesucht. Es stellte sich aber heraus, dass sie eine falsche Adresse angegeben hatten. Wir stehen also fast wieder am Anfang bei der Suche nach den Russen. Bis auf die Tatsache, dass wir nun drei Namen haben. Gut oder auch nicht gut", fuhr Bellinghausen fort, „was ist mit den Italienern?"

„Still ruht der See", gab Bach zu. „Wir haben alle Hoteladressen in Fürth überprüft und auch einige andere Gespräche geführt, aber ein Erfolg stellte sich nicht ein."

Wir haben das Bella Bari überwacht, steuerte Bellinghausen bei, „aber auch da gab es keine Kontakte. Zumindest nicht auf personeller Ebene."

Die Sitzung wurde kurz unterbrochen, als eine Teamassistentin von Bellinghausen hereinmarschierte und Bach einen Zettel mit handschriftlichen Notizen übergab. „Ein Anruf von Frau Daum", erklärte sie. „Sie sagte, es seien wichtige Informationen", entschuldigte sie sich. Alle Blicke waren auf sie gerichtet. Sie errötete leicht. Dann war sie wieder weg.

Bach studierte den Zettel, dann sprach er: „Eine Meldung von der deutschen Botschaft in Moskau zu den Visa-Anträgen der uns noch unbekannten Russen. Da haben wir gestern nämlich noch nachgefragt", setzte er hinzu, „und offensichtlich in ein Wespennest gestochen. Fünf Russen sind auf Antrag der Krankenhauszubehörartikel GmbH nach Fürth gereist. Vertragsverhandlungen, hieß es im Visumsantrag."

„Nie etwas von dieser Firma gehört", warf Bellinghausen ein. „Wo sitzen die denn?"

„In Vach", meinte Bach, „einem nördlichen Ortsteil von Fürth, direkt in der Einflugschneise des Nürnberger Flughafens. Unser Beritt also."

„Ich kenne Vach", erwiderte Bellinghausen, „da gibt es eine Firma?"

„Ja, gleich am Ortsende, an der Straße nach Niederndorf. Es ist nur ein kleines Wohnhaus mit einer Lagerhalle. Die werden wir morgen gleich besuchen", frohlockte Bach.

„Hoffentlich werdet ihr dort fündig", wünschte ihm Bellinghausen.

„Halt, es geht noch weiter. Hier steht auch, wem diese Firma gehört."

„Dostojewski", riet Krumm.

„Der Kandidat erhält 100 Punkte", erklärte Bach. „Ja und nein. Nicht Alexander Sergejewitch Dostojewski, aber einer Frau Dostojewski. Jetzt bleibt nur noch zu klären, in welcher Beziehung die beiden zueinander stehen."

„Apropos Visa", fiel Krumm ein, „muss darauf nicht auch die Aufenthaltsadresse in Deutschland angegeben werden?"

„Das schon", wusste Bach, „das haben die Russen auch getan und das Hotel Mercure in Poppenreuth eingetragen. Frau Daum hat dort schon angerufen. Die fünf sind da aber nie erschienen."

„So eine Scheiße", reagierte Krumm, „dann müssen sie einen Helfer hier gehabt haben."

„Klar, die Krankenhauszubehörartikel GmbH", folgerte Bach. „Ich freue mich jetzt schon auf unser morgiges Gespräch."

„Gut, nächster Punkt", drängte Bellinghausen, „das Wunschlos Glücklich."

„Nichts, nada, niente", erklärte nun Schwarz. „Seit unserem letzten Treffen vor einer Woche haben wir den Swingerclub rund um die Uhr überwacht, aber kein Russe und kein Italiener hat sich dort gezeigt. Nur andere Leute und das waren eindeutig Deutsche."

„Was, wenn die eingereisten Russen mit dem Wunschlos Glücklich gar nichts zu tun haben?", zweifelte Bellinghausen noch einmal.

„Oh doch, die haben etwas damit zu tun", griff nun Krumm wieder energisch in die Diskussion ein. „Wir müssen nur etwas Geduld haben. Das ist doch ganz natürlich. Die mähen fünf Italiener nieder, verlieren einen eigenen Mann, die Zeitungen sind voll von diesem Verbrechen, da ist es doch ganz natürlich, dass die etwas Gras über die Sache wachsen lassen wollen. Die Russen tauchen schon wieder auf. Viel interessanter ist doch die Frage, wie die Mafia reagieren wird."

„Was meinen Sie mit ‚wie die Mafia reagieren wird'", verstand Bellinghausen den Einwand nicht ganz.

„Na, ist doch klar", reagierte Krumm ungeduldig. „Meinen Sie, die lassen sich das einfach so gefallen? Schauen einfach zu, wie ihre Leute niedergeschossen werden? Die sitzen irgendwo, ob hier oder in Italien, und schmieden Vergeltungspläne, wie sie es den Russen heimzahlen können. Vielleicht ist das der Grund, warum sich die Russen nicht mehr zeigen."

„Sie meinen, der Bandenkrieg geht weiter?", fragte Bellinghausen.

„Mit Sicherheit. Sobald sich beide Seiten endgültig positioniert haben", konfrontierte ihn Krumm. „Wir müssen versuchen, diesen Krieg zu verhindern."

In Vach

Das Haus an der Straße nach Niederndorf war klein und die angegliederte Halle ähnelte mehr einer Scheune, so dass man das Ganze leicht mit einem Bauernhof verwechseln konnte. Nur neben dem Hauseingang war ein kleines Messingschild angebracht, das auf die Krankenhauszubehörartikel, kurz KZA GmbH verwies.

Iwan saß in seinem Arbeitszimmer im ersten Stock vor seinem Laptop, als ein fremder Pkw auf den Hof fuhr.

Bach und Schwarz stiegen aus und liefen auf das Wohnhaus zu. Sie lasen das Messingschild, das ihnen zusätzlich verriet, dass die Firma von einem gewissen Iwan Below geleitet wurde. Iwan Below, so hieß auch einer der Besucher von Wladislaw Romanow. Sie klingelten an der Haustür.

Eine stattliche blonde Frau in einem wehenden Hauskleid öffnete ihnen und sah sie unfreundlich an.

„Bitte?", tönte es aus ihrem leuchtend rotem Karpfenmund, der in krassem Gegensatz zu dem weiß gepuderten Gesicht stand.

Bach und Schwarz stellten sich als Mitarbeiter der Fürther Mordkommission vor und zückten ihre Ausweise.

„Mordkommission?", merkte die Blondine an, „haben wir jemanden ermordet?"

„Ich hoffe nicht", meinte Bach. „Sie sind", und dabei schaute er nochmal auf das Namensschild an der Tür, „Frau Below?"

„Nein", antwortete die Blondine, „wir sind nicht verheiratet."

„Wir würden gerne mit Herrn Below sprechen", äußerte Bach seine Bitte.

„Worum geht es?"

„Das würden wir Ihrem Freund lieber selbst sagen."

„Mein Partner ist die ganze Woche über verreist", log Frau Weigand.

„Wo denn?", wollte nun Schwarz wissen.

„Oh, er ist in ganz Bayern unterwegs. Heute in Aschaffenburg, morgen in Regensburg, übermorgen in Garmisch-Partenkirchen. Ich weiß auch nicht genau, wo er wann ist. Er meldet sich immer abends telefonisch", vermeldete die Dame.

„Das ist aber schade", meinte Bach. „Wann kommt er denn wieder?"

„Wie gesagt, am Wochenende ist er wieder da."

„Sind Ihnen die Namen Tschaikowski und Koslow geläufig, Frau Weigand?", kam dann Bach doch noch mit seinem Anliegen heraus.

Ohne mit der Wimper zu zucken, meinte die Blondine: „Sicherlich Kunden meines Freundes? Wissen Sie, wenn es um das Geschäftliche geht, bin ich hilflos. Das macht alles mein Freund. Um auf Ihre Frage zurückzukommen, ich kenne die von Ihnen genannten Herren nicht. Tschaikowski ist mir zwar bekannt, aber in einem anderen Zusammenhang."

„Und was ist mit Dostojewski?"

„Oh, natürlich. Das ist der Mann von Olga. Sie ist die Eigentümerin unserer Firma. Ich habe sie ein paar Mal gesehen, als sie Schloss Neuschwanstein, die Bayreuther Festspiele, München und Würzburg besuchte."

„Haben Sie etwas dagegen, wenn wir uns kurz in Ihrem Haus umsehen?"

„Haben Sie denn einen Durchsuchungsbeschluss dabei?", wollte die Dame wissen, die breitbeinig wie ein Bodyguard in der Haustür stand.

„Das nicht", musste Bach zugeben.

„Na denn, dann erübrigt sich wohl die Frage von selbst", stieß der die Blonde aus, „aber ich kann meinen Partner gerne fragen, wann er Zeit für Sie hat. Wenn er heute Abend anruft", setzte sie hinzu.

„Danke, das ist nicht nötig, Frau Weigand. Wir kommen nächste Woche wieder", verabschiedete sich Bach.

„Die lügt wie ein Besenbinder", schimpfte Schwarz, als sie zum Wagen zurückmarschierten.

„Ich weiß", stimmte ihm Bach zu, „aber sie sitzt am längeren Hebel. Wie willst du ihr das Gegenteil beweisen?"

„Holen wir uns nun einen Durchsuchungsbeschluss oder wie wollen wir weiter vorgehen?" Schwarz schien enttäuscht zu sein.

„Den kriegen wir nicht. Wir haben nichts in den Händen außer einem vagen Verdacht", knurrte Bach. „Aber ich habe große Lust, die Firma überwachen zu lassen. Vielleicht führen uns Frau Weigand oder Herr Below ja doch noch ins Wespennest."

„Glaubst du, dass der Hausherr wirklich verreist ist?", wollte Schwarz noch wissen.

„Ach wo, das war eine klare Lüge. Die Garagentür stand halb offen. Da war ein Wagen drinnen."

„Dann sollten wir die Überwachung aber schnell beginnen", schlug Schwarz vor.

Bach war da etwas gelassener. „Wenn er weiß, wo sich die Russen aufhalten, kann er sie auch telefonisch warnen", meinte er. „Lass uns ins Büro zurückfahren, vielleicht haben die Kollegen Neuigkeiten."

*

Im Inneren des Hauses kam Iwan Below die Treppe herunter. Er hatte dem Gespräch zwischen seiner deutschen Freundin und den beiden Polizisten zugehört. Er lächelte. „Das hast du gut gemacht", lobte er Karin. „Woher, zum Teufel, haben die Bullen die Namen von Konstatin und Artjan?"

„Vielleicht doch von dem Überfall auf das Bella Bari, vermutete sie.

„Aber Konstatin hat Artjan alles abgenommen. Das kann nicht sein", überlegte Iwan.

„Egal, woher sie die Namen haben, du musst unsere Freunde warnen", überlegte Karin.

„Langsam, langsam", behielt Below die Nerven, „noch kann die Polizei nicht wissen, wo sie sich aufhalten. Ich werde die Adresse mit Sicherheit nicht verraten. Notfalls lüge ich und erzähle den Bullen, dass unser geschäftliches Meeting gar nicht stattgefunden hat, sondern im letzten Moment abgesagt wurde."

„Ich habe denen erzählt, dass du geschäftlich in Aschaffenburg, Regensburg und Garmisch-Partenkirchen bist. Die werden dich, wenn sie zurückkommen, danach fragen."

Below lächelte wieder. „Dann erzähle ich den Bullen, dass ich gar nicht auf Geschäftsreise war, sondern bei meiner Geliebten."

„Aber den Namen wollen sie dann sicherlich auch wissen", argumentierte die Frau.

„Anastasia in Nürnberg tut mir diesen Gefallen. Sie gibt mir gerne ein falsches Alibi, wenn wir damit die Polizei ärgern können", war er sich sicher. „Kein Grund also, in Panik zu geraten. Was mich dennoch beunruhigt, ist allerdings die Tatsache, dass die Polizei einige Namen kennt."

Neues Treffen mit Stanko

Wie von Dostojewski geheißen, hatte Konstantin ein neues Treffen mit Stanko organisiert, um den Waffenbedarf für die mit dem Flugzeug anreisende Verstärkung zu organisieren. Man sah sich wieder am Nürnberger Hauptbahnhof. Stanko trieb sich häufig dort herum. Hier tätigte er seine Geschäfte und hier erhielt er seine Informationen und verkaufte sie weiter.

Dieses Mal kamen die beiden nur zu zweit zusammen. Michail, Maxim und Danil wachten über das Domizil in der Uferstadt. Stanko und Konstantin hatten den Platz vor dem Brezen-Kolb in der Mittelhalle als Treffpunkt vereinbart und nach kurzer Diskussion einigte man sich darauf, sich in den Burger King in der Galerie Ost zurückzuziehen. Dort konnte man sich wenigstens niederlassen und es war nicht übermäßig voll. Sie äußerten ihre Bestellungen. Stanko nahm einen Triple Cheese und Konstantin einen Big

King XXL. Dazu bestellte sich jeder eine Portion Pommes und zwei Cola.

„Wie gehen die Geschäfte?", startete Stanko die Konversation, als sie sich an einem Tisch etwas abseits vom Hauptgeschehen niederließen.

„Es könnte besser gehen, viel Ärger", quetschte Konstantin mampfend hervor.

„Ja, die Zeiten werden immer härter", gab Stanko seinen Senf dazu und biss in seinen Triple Cheese. Eine Zeitlang herrschte Ruhe am Tisch. Als beide auf dem Rest ihrer Pommes herumkauten, meinte Konstantin: „Wir brauchen fünf Heckler & Koch-Pistolen mit Munition."

„Kein Problem", steuerte Stanko bei. „Ich muss nur wissen, welches Modell." Dabei holte er seinen SPIEGEL aus den Untiefen seiner Innentaschen und reichte ihn Konstantin. Der nahm das Magazin, begann zu blättern und deutete dann auf eine Abbildung.

„Fünf SFP9M", verriet er.

„Eine gute Wahl. Seid ihr wieder im gleichen Hotel wie das letzte Mal?", wollte Stanko wissen.

„Nein, wir sind dieses Mal woanders untergebracht."

„Wo?"

„Das geht dich nichts an. Das bleibt geheim", gab Konstantin unfreundlich an.

„Ich habe von eurer Großtat in der Zeitung gelesen", hoffte Stanko doch noch an Informationen zu kommen.

„Ich weiß nicht, was du meinst."

„Na, der Überfall auf das Bella Bari. Das wart doch ihr?", versuchte es der Serbe erneut.

„Da musst du dich täuschen", erhielt er zur Antwort, „ich kenne kein Bella Bari."

Stanko hatte wusste, wann es genug war. Er ließ fortan das Thema bleiben. „Vergiss es", meinte er nur. „Wo soll ich die Waffen hinbringen?"

„Nirgendwohin. Ich hole sie ab. Ich brauche einen Treffpunkt hier in der Stadt. Wann und wo genügen mir."

„Okay", willigte Stanko ein, „dann verabreden wir uns für übermorgen um 18 Uhr, aber nicht hier am Hauptbahnhof, hier lungert mir zu viel Polizei herum, sondern an der Kongresshalle auf dem Reichsparteitagsgelände, auf der ersten Bank rechts am Großen Dutzendteich. Sollte die schon belegt sein, dann die nächste und so fort. Die Bezahlung erfolgt wie üblich aus Moskau?"

„Ja", gab Konstantin an, „wie üblich."

*

Als sich Konstantin verabschiedet hatte und die Luft rein war, sauste der Serbe nach oben in das erste Obergeschoss, zu McDonalds. Dort wartete bereits Opa Rico auf ihn. „Tut mir leid", berichtete Stanko, „aber dieses Mal haben die Russen keine Adresse herausgerückt. Sie tun wirklich sehr geheimnisvoll. Waffen haben sie zwar bestellt, aber sonst habe ich keine weiteren Informationen."

„Was haben sie bestellt?", wollte der Alte wissen.

„Fünf Heckler & Koch-Pistolen", antwortete Stanko wahrheitsgemäß.

„Also erwarten sie noch fünf Mann Verstärkung", kombinierte Rico still. „Und wann kommen die an?"

„Keine Ahnung, danach habe ich gar nicht gefragt."

„Wann und wo übergibst du die Pistolen?", Opa Rico wollte alles ganz genau wissen.

„Das ist genau die richtige Frage", blühte nun der Serbe auf. „Ich treffe mich übermorgen wieder mit dem Russen am Dutzendteich. Dort übergebe ich die Waffen und die Munition. Ihr müsst also mit genügend Leuten auf der Lauer liegen, um ihnen folgen zu können. Ich weiß nicht, wo die Russen parken werden. Entweder direkt an der Kongresshalle oder weiter hinten, an der Großen Straße, schätze ich. Das ist alles, was ich weiß." Ein 500er-Schein wechselte den Besitzer.

Waffenübergabe

Der vereinbarte Tag der Waffenübergabe war gekommen. Es war genau zehn Minuten vor 18 Uhr. Der Besucherandrang am Dokumentationszentrum in der Kongresshalle hatte sich aufgelöst. Um 18 Uhr war die letzte Führung zu Ende. Ein kleiner geteerter Weg führte vom Museumseingang hinüber zum Großen Dutzendteich, dann gabelte sich der Weg in eine linke und rechte Schleife um das Gewässer. Der Treffpunkt, den Stanko mit Konstantin vereinbart hatte, lag auf dem 133 Hektar großen Volkspark Dutzendteich, der das Gelände um den Großen und Kleinen Dutzendteich und um den Silbersee umfasste. Es zogen sich etliche kilometerlange Spazierwege um die Teiche, deren Ufer größtenteils aus Rasenflächen mit hohen Bäumen bestand. Das Gebiet zeugte von der dunklen Vergangenheit Nürnbergs während der NS-Zeit – bestes Beispiel war die bis zu 40 Meter hoch aufragende Fassade der Kongresshalle. Dahinter erstreckte sich die Große Straße, eine fast zwei Kilometer lange Aufmarschfläche und heute Nürnbergs größter Parkplatz. Im östlichen Bereich des Großen Dutzendteiches lag das Zeppelinfeld. Von 1933 bis 1937 schufen hier Bauarbeiter eine 285 auf 312 Meter große Fläche, umringt von 34 Türmen und einer 23 Meter hohen Haupttribüne, mit Platz für 250.000 Menschen. Das Bauwerk war das einzige der geplanten NS-Gebäude, das fertiggestellt worden war.

Für diese Bauten des Faschismus hatte Konstantin kein Auge. Er wusste nichts davon und sein ausschließliches Interesse lag darin, schnell an die bestellten Pistolen zu kommen, um wieder unerkannt verschwinden zu können. Iwan hatte ihn mit dem Wagen gebracht und wartete nun auf dem rückwärtigen Parkplatz, direkt an der Kongresshalle, wieder auf ihn. Auf der Karte hatten sie sich mit dem Gelände vertraut gemacht und gleichzeitig auch An- und Abfahrt festgelegt. „Das ist der kürzeste Weg", hatte Iwan gesagt. „Wir fahren von der Uferstadt über den Frankenschnellweg und dann die R4, die Frankenstraße, entlang. Genauso geht es wieder zurück."

Nun stand Konstantin auf dem kleinen Weg, der am Eingang des Dokuzentrums entlangführte, und war zehn Minuten zu früh dran. Er konnte das Wasser des Großen Dutzendteichs schon riechen. Es war nicht viel los heute. Einige Spaziergänger beendeten gerade ihre Tour um den kleinen See. Jogger trabten in beide Richtungen. Die Sonne stand noch einigermaßen hoch am Himmel und die vielen Laubbäume warfen kurze Schatten. Als Konstantin die Weggabelung am See erreichte, lenkte er seine Schritte nach rechts. Nichts war auffällig, alles wirkte friedlich, nur die Straßenbahn ratterte auf der entfernten Frankenstraße, wenn sie über die Weichen hüpfte. Der Russe schlenderte langsam weiter. Auf der ersten Sitzbank rechts saßen zwei Rentnerinnen und schienen sich prächtig zu amüsieren. Fleißig klapperten die Nadeln ihres Strickzeugs. Leise klatschte die leichte Junibrandung an die Ufer des Sees. Konstantin ging weiter. Unter einem mächtigen Ahorn machte er aus einiger Entfernung die nächste Bank aus. Schon aus der Entfernung erkannte er Stanko, der genüsslich an einer Zigarette zog und den Rauch in die Abendsonne blies. Konstantin sah sich nochmal unauffällig um. „Ist hier noch ein Platz frei?", fragte er den Serben höflich.

„Selbstverständlich", antwortete der, „lassen Sie sich ruhig nieder." Ein Jogger huschte vorbei. In der Mitte der Bank stand eine Kühltasche. Darin befanden sich keine Kühlelemente, sondern fünf Heckler & Koch-Pistolen.

„Ich bin sowieso am Aufbruch", bemerkte Stanko, „dann haben Sie die ganze Bank für sich." Mit diesen Worten erhob sich der Serbe und ließ seine Tasche auf der Bank stehen. Er marschierte in Richtung Große Straße davon.

Konstantin wartete noch einen Moment, bis Stanko außer Sicht war, dann sah er in die Tasche, packte sie und machte sich auf den Rückweg zu Iwans Wagen.

*

Leonardo und seine Mannen waren mit drei Wagen in der Nähe. Sein Seat Tarraco war unweit von Iwans Wagen geparkt. Ninos grauer Alfa Romeo stand an der Großen Straße und Leons Mietwagen befand sich in der Nähe der Parkplatzzufahrt. Carlo war als Jogger getarnt am Westufer des Großen Dutzendteichs unterwegs. Gerade war er an Stanko vorbeigelaufen. Just in dem Moment, als sich ein Mann neben dem Serben niederließ. Alle Italiener trugen dünne Drähtchen in den Ohren und kleine Mikros am Kragen, die mit einem Tao Tronics-Bluetooth-Adapter-Transmitter-Empfänger verbunden waren.

„Es geht los. Zielperson ist soeben eingetroffen", meldete Carlo, als er an der Bank vorbei war, auf der sich Konstantin neben Stanko niederließ.

„Kfz steht auf dem rückwärtigen Parkplatz an der Kongresshalle und wartet", hatte Leonardo vorher mitgeteilt. „Fahrer ist im Wagen."

Der graue Alfa Romeo an der Großen Straße machte sich auf den Weg zur Kongresshalle.

„Zielperson auf dem Weg zum Kfz", wusste Leonardo einige Zeit später zu berichten, der sich als Spaziergänger getarnt hatte.

Konstantin fehlten noch 200 Meter bis zu Iwans Kfz.

„Alle Mann sofort zurück zu den Autos. Es geht gleich los."

Als Iwans Wagen mit der prägnanten Krankenhauszubehörartikel-Werbung anfuhr, hatte er drei Verfolger. Leon setze sich mit dem Mietwagen vor ihn. Leonardo und Nino folgten Iwans Wagen. Der graue Alfa Romeo folgte dahinter. Es ging zurück über die Münchener Straße, dann die Frankenstraße entlang. Es dauerte eine Weile, dann blinkte Iwan rechts und bog ab auf die Zufahrt zum Frankenschnellweg. Die Verfolgung war nicht schwierig. Iwan hielt sich an die Geschwindigkeitsbeschränkungen. Er wollte nicht negativ auffallen. So erreichten sie die Fürther Uferstadt und es dauerte nicht lange, bis der verfolgte Wagen nach links auf ein Gewerbegrundstück abbog. Leonardo und Nino fuhren geradeaus weiter. Nur Leon hielt auf der gegenüberliegenden Straßenseite, stieg aus und rauchte eine Zigarette. Gegenüber war es ruhig. Der Wagen, den sie verfolgt hatten, stand im Hof. Nach einiger Zeit erschien der Fahrer wieder, stieg ein und rauschte davon. Leon folgte ihm.

Opa Ricos List

Liza Montes hatte ihr Studio, wie sie es nannte, am Nordring eingerichtet, in unmittelbarer Nähe des Bella Bari. Hier empfing sie ihre Freier, hier schnupfte sie Kokain und hier chillte sie tagsüber, wenn sie nicht belegt war. In den letzten Tagen kam das oft vor, seit ihr Zuhälter Luca tot war.

Opa Rico versuchte, seinen Enkel zu ersetzen, so gut es eben ging. Nicht in der Rolle des Liebhabers, aber in der Rolle des Zuhälters. Der Herr hatte ihm zwar nicht das Wollen, aber das Können genommen. Rico vermittelte Liza den einen oder anderen Freier. Ersetzen konnte Rico seinen Enkel allerdings nicht. Liza wusste nicht so recht, was sie tun sollte. Sich einen anderen Beschützer suchen? Andererseits fühlte sie sich der Familie Esposito immer noch verbunden. Rico umsorgte sie seit dem Tod seines Sohnes und der Enkel fast wie eine Tochter. Er wusste, dass sie Rauschgift nahm, aber das störte ihn nicht. Im Gegenteil, manchmal nahm er auch eine kleine Prise.

„Ich muss mit dir reden, Liza", meinte er eines Tages. „Ich sehe, dass auch dir der Tod von Luca noch immer nachgeht. Mir geht es ebenso und ich habe eine unbändige Wut auf seine Mörder. Das waren Russen."

„Woher willst du das wissen", fragte Liza erstaunt.

„Glaub mir, ich weiß das eben", antwortete er ihr, ohne die Hintergründe zu erläutern. „Treibst du es mit deinen Freiern eigentlich auch auf die Russische Art", wollte er von ihr wissen.

„Du meinst, mit Öl und …"

„… und in der Badewanne", ergänzte er.

„Wenn ihnen danach ist", erwiderte sie.

„Dann inserieren wir", schlug er vor.

„Was willst du denn inserieren?", wollte sie wissen.

„Naja, die Russische Art eben. Wie wäre es mit ‚Immer geile Mexikanerin, 25, treibt es gerne auf die Russische Art. Gerne auch zu dritt'. Wenn einer dieser russischen Kerle anbeißt, schieße ich ihm eine Kugel durch den Kopf. Ich habe mich schon umgetan. Wir inserieren auf Russisch in der RT. Das ist ein russischer Online-Dienst. Die veröffentlichen in Deutschland auch ein Fernsehprogrammheft mit allen möglichen Anzeigen. Wenn die Kerle das lesen – die müssen ja spitz wie Nachbars Lumpi sein – greifen sie vielleicht zu."

„In meinem Studio?"

„Habe ich mir gedacht."

„Aber das gibt doch jede Menge Blut, wenn du ihm eine Kugel in den Kopf schießt?" Liza war entsetzt.

„Willst du nicht, dass die Täter bestraft werden?", argumentierte Rico.

„Schon, aber muss es denn in meinem Studio sein? Diese Sauerei." „Gut, dann schieße ich eben mit einem Elektro-Taser in den Hals. Das ist weniger blutig. Dann bringe ich ihn oder sie eben anschließend um", erwiderte er.

„Und du meinst, ein Russe versteht das mit der immer geilen Mexikanerin?", zweifelte sie.

„Deswegen veröffentlichen wir die Anzeige ja auch in russischer Sprache. Unter den Kontaktanzeigen", überlegte er listig. „Es wäre doch gelacht, wenn keiner darauf reagiert. Probieren geht über Studieren", fügte er hinzu und rieb sich die Hände.

„Und wenn es klappt", gab sich Liza noch nicht zufrieden, „wie willst du dann den oder die Bewusstlosen von hier fortbringen und wohin?"

„Dabei musst du mir natürlich helfen", sprach er, „ein alter Mann ist schließlich kein D-Zug. Nach drei Uhr nachts dürfte aber niemand mehr unterwegs sein."

„Das kommt darauf an, wohin du den außer Gefecht gesetzten Freier hinbringen willst", überlegte sie.

„Der Stadtpark ist doch nicht weit weg", antwortete Opa Rico. „Das gefällt mir sogar sehr gut. Dieses Mal nicht in Fürth, sondern hier bei uns in Nürnberg." Den letzten Satz verstand Liza nicht, musste sie auch nicht.

Die Rache geht weiter

Das Dreigestirn der Sacra Corona Unità hatte nicht vor, das Bauvorhaben in der Badstraße zu verschleppen. Schnell hatten sie zwei deutschsprechende Architekten aus ihren Reihen ausfindig gemacht und auf den Weg geschickt. Auch Matteo Bianchi, der neue Wirt des Bella Bari, war mit dabei. Er sollte vor Ort die Situation erkunden und dann berichten, was alles getan werden musste. Als die drei mit ihrem Fiat das gemietete Anwesen in Burgfarrnbach erreichten, wurden sie von ihren Kollegen freudig begrüßt. Es gab ein großes Hallo, als die drei Italiener, der neue Wirt, Elio Brambilla und Marco Puddu, die beiden Architekten, nach langer Fahrt zermürbt in dem Fürther Ortsteil ankamen. Am nächsten Tag sollte das erste Meeting mit Paul Wiesinger sein. Die ersten Ideen für den Swingerclub in der Badstraße waren durchzusprechen. Die zwei Architekten hatten auch einen weiteren Auftrag für Wiesinger in ihrem Gepäck. Er sollte die Renovierung des Bella Bari übernehmen. Zwei Fliegen mit einer Klappe schlagen, so nannte das die Sacra Corona Unità. Die Ankömmlinge waren von der langen Fahrt ermüdet und wollten für den nächsten Tag gut vorbereitet sein. Nach einer Lasagne al Forno, die Leon und Nino vorbereitet hatten, und einem Absacker aus den mitgebrachten Grappa-Flaschen ging es frühzeitig zu Bett.

*

Dostojewski hatte die Ankunft der Verstärkung für den heutigen Tag angekündigt. Fünf Mann unter der Führung von Bogdan Kusnezow und seine Leute sollten mit der KL 1891 um 22.30 Uhr aus Amsterdam am Nürnberger Flughafen eintreffen. Konstantin hatte Maxim befohlen, mit dem Buick die Kollegen abzuholen.

Der Auserwählte freute sich schon darauf, für einige Stunden nach draußen zu entkommen. Es war langweilig. Kein Wodka, ständig aufpassen, keine Frau. Konstantin hatte zwar russische Zeitungen besorgen lassen, die Prawda und den Sankt Petersburger Herold, die am Nürnberger Bahnhof zu bekommen waren, aber die halfen auch nicht gegen die Hormone. Maxim surfte lieber im Netz und wurde schließlich bei RT fündig. Von einer feurigen Mexikanerin las er, die es einem Mann auf die Russische Art besorgen würde. Er durfte gar nicht daran denken. Seit Tagen hatte er nichts anderes mehr im Kopf. Er hatte sich freiwillig gemeldet, die Verstärkung vom Nürnberger Flughafen abzuholen. Maxim hatte zusätzlich seine eigenen Pläne. Er wollte es unbedingt vorher mit der geilen Mexikanerin treiben. Bereits gegen 17 Uhr machte er sich auf den Weg. „Ich gehe vorher noch einkaufen", erklärte er Konstantin.

„Deine Waffe?", wollte der wissen.

„Bleibt hier auf meinem Zimmer", erklärte Maxim.

„Führerschein und Ausweispapiere?"

„Habe ich dabei", wusste Maxim genervt.

„Gut, aber keine weiteren Ausflüge."

„Ja, ist schon in Ordnung." Auf der gegenüberliegenden Straßenseite stand eine lange Menschenschlange vor einem kleinen, mobilen Eisstand, der hier seit Tagen sein Geschäft betrieb. Maxim fuhr daran vorbei. Kaum hatte er seinen Unterschlupf verlassen, hielt er an der rechten Straßenseite an und telefonierte. „Ich bin jetzt unterwegs", keuchte er auf Englisch in das Mikro seines Mobiltelefons.

„Ich erwarte dich", erhielt er als Antwort. „Ich bin schon ganz feucht."

Das war genau, was Maxim wollte. Nie hätte er sich träumen lassen, dass er bei seinem Auslandseinsatz ein Sexabenteuer mit einer Mexikanerin erleben würde. Noch nie hatte er mit einer Ausländerin Sex gehabt, schon gar nicht mit einer, die es auf die Russische Art haben wollte. Maxim durfte gar nicht daran denken. Ihm wurde heiß und kalt und der Druck in seiner Hose wuchs. Je näher er seinem Zielort kam, umso bekannter kam ihm die Gegend vor. War das nicht die Nachbarschaft, wo sie das Bella Bari überfallen hatten? Aber er konnte sich auch täuschen. Bei Nacht sah alles ganz anders aus. „Sie haben Ihr Ziel erreicht. Das Ziel liegt auf der rechten Seite", verkündete die Dame aus dem Navi. Maxim verlangsamte das Tempo und hielt nach einem Parkplatz Ausschau. Gerade fuhr ein Kleinlaster aus einer Lücke. Maxim nutzte die Gelegenheit und fuhr hinein. Das Verkehrsschild verriet ihm, dass er hier maximal drei Stunden parken durfte. Er zog ein Ticket aus dem Automaten, legte es sichtbar in den Buick, strich sich über den Schritt und klingelte drei Häuser weiter. Auf dem Türschild stand der Name Montes. Das Haus hatte einen Aufzug, stellte er fest, als sich der Türsummer rührte und er im Inneren des Mietshauses verschwand. Er drückte den Knopf der Liftanlage. Die Kabinentür öffnete sich und Maxim stieg ein. Als er ganz oben ausstieg, empfing ihn eine atemberaubende Frau in einem schwarzen, durchsichtigen Nichts. Alles war schwarz, die langen, seidigen Haare, die Augen, die Fingernägel. Das winzige Oberteil hielt einen mächtigen Busen und durch das Höschen schimmerte ein Brazilian Cut. Maxim war dem Himmel nahe.

*

Seit die Sacra Corona Unità wusste, dass sich die Russen in dem Gewerbeanwesen in der Uferstadt niedergelassen hatten, wurde dieses ständig beobachtet. Ein kleiner Stand mit Speiseeis war es, den die Italiener direkt gegenüber des Grundstücks aufgebaut hatten. Der Standort bot fast uneingeschränkten Blick. Meist war nichts los auf dem Anwesen. Die Russen ließen sich selten blicken. Jeden zweiten Tag fuhr einer von ihnen mit einem Buick zum Einkaufen. Nach zwei Stunden kam er wieder zurück und entlud die eingekauften Vorräte.

Die Mitarbeiter der umliegenden Gewerbebetriebe freuten sich über das verlockende Angebot an Vanille-, Schoko-, Zitronen-, und Joghurteis und zur Mittagszeit und nach Feierabend machte der Stand gute Geschäfte. Einmal kam auch ein Russe aus dem Grundstück von gegenüber und orderte vier Portionen Eis im

Becher. Dann verschwand er wieder, ohne Gruß. Heute hatte Carlo die Bespitzelung übernommen und war fleißig dabei, jede Bewegung von gegenüber in sein Aufnahmegerät zu sprechen. Die Russen hatten anscheinend keine Ahnung, dass sie beobachtet wurden. Sie konnten nichts mehr unternehmen, ohne dass die Italiener es sahen. Sie hatten keine Ahnung.

„17:10 Uhr, ein Russe fährt mit dem Buick davon. Ziel unbekannt", brummte Carlo in sein Mikro. „Eine ungewöhnliche Zeit, um einkaufen zu gehen." Der Russe sollte nicht wieder auftauchen.

*

Lizas Studio bestand aus einem großen Wohn-Schlaf-Bereich mit einem prächtigen, runden Bett in der Mitte, einem luxuriösen Bad mit WC, Dusche und einem Whirlpool sowie einer kleinen Küche, in der ein Herd, ein Kühlschrank und eine Waschmaschine standen. Der Rest war Arbeitsfläche und in einer Ecke standen ein Tisch und zwei Stühle. Auf einem der Stühle saß Opa Rico mit einem Elektroschocker in der Hand. Er saß ruhig da und wartete. Aus dem Bad hörte man lautes Stöhnen. Liza bearbeitete gerade Maxims Männlichkeit mit Gleitgel und hatte diese zu beachtlicher Größe massiert. Der Russe lag mit geschlossenen Augen im Whirlpool und genoss das Prozedere. „Weiter so?", fragte Liza massierend.

„Ja", stöhnte Maxim, „das tut gut."

„Dann lass deine Augen weiter geschlossen und ich schicke dich in den siebenten Himmel", gurrte die Mexikanerin verführerisch.

„Siebenter Himmel", das war das Stichwort für Opa Rico. Darauf hatte er gewartet. Er schaltete seinen Taser ein und verließ leise die Küche. An der Badezimmertür machte er kurz Halt und lauschte. Außer Wasserplätschern und dem wollüstigen Stöhnen des russischen Freiers war nichts zu hören. Rico öffnete lautlos die Badezimmertür. Das Bild, das sich ihm bot, war ziemlich erregend. Liza kniete nackt im Whirlpool über dem Russen. Der hatte die Augen geschlossen und keuchte der Ekstase entgegen. „Weiter so", flüsterte er. Liza massierte, was das Zeug hielt. Der Mann lag ausgestreckt im Whirlpool. Sein Gesicht vor Lust verzogen. Als der Mann kurz die Augen öffnete, weil er durch die offene Tür einen Luftzug spürte, war es bereits zu spät. Opa Rico schoss ihm die beiden Pfeile mit den Elektroden in den Hals. Eine Spannung von rund 50.000 Volt jagte durch den Körper des Mannes und verteilte elektrische Impulse. Der Mann zuckte unkontrolliert. Schnell hatte Rico eine Flasche Äther zur Hand, tränkte einen Wattebausch damit und hielt diesen dem Russen unter die Nase. Damit schickte er den Mann ins Reich der Träume. Erst danach entfernte er die Pfeile samt Widerhaken aus dem Hals des Mannes und schaltete den Taser aus.

*

Der bewusstlose Russe war kein Leichtgewicht. Das stellten Liza und Opa Rico fest, als sie ihn aus dem Whirlpool zogen. Mit vereinten Kräften schafften sie es aber dennoch. Nackt lassen oder Anziehen? Rico entschied sich fürs Anziehen. Sie hatten genug Zeit. Er konnte schlecht einen entblößten Mann auf die Bank im Stadtpark setzen. Was, wenn sie unterwegs doch jemanden träfen? Liza und Rico mühten sich ab. Endlich hatten sie es geschafft. Sie warteten ab. Als der bewusstlose Russe wieder erste Lebenszeichen von sich gab, schickte ihn Opa Rico mit einer weiteren Dosis Äther zurück ins Reich der Träume. Die Zeit verstrich langsam. Endlich war es drei Uhr. Rico und Liza machten sich mit ihrem bewusstlosen Gast auf den Weg nach draußen. Sie holten den Aufzug aus dem zweiten Stockwerk. Niemand störte sie, als sie den Mann in den Lift schleppten, auch nicht, als sie im Erdgeschoss ankamen. Ruhig lag die Nacht auf den Straßen. Kein Mensch war um diese Uhrzeit unterwegs. Dann verfrachteten sie den Russen in eine von Opa Rico bereitgestellte Schubkarre. Nur eine streunende Katze sah ihnen interessiert zu. Ihre Augen funkelten in der Dunkelheit, dann trollte sie sich. Die Beine des Bewusstlosen baumelten über den vorderen Rand der vollverzinkten Schubkarre, da wo die ergonomischen Kunststoff-Griffe angebracht waren. Rico hatte extra ein Exemplar mit 120 Kilogramm Tragkraft und mit Luftbereifung im Baumarkt erstanden. Dann ging alles sehr schnell. Sie erreichten die Parkanlage durch die Straße Am Stadtpark. „Etwas tiefer in den Park hinein", kommandierte Rico. Dann sichteten sie in der Dunkelheit eine Bank. „Hier", sprach der Greis und stoppte. Sie wuchteten den immer noch Bewusstlosen aus dem Karren und setzten ihn auf die Bank. Opa Rico zückte seine Beretta. Genüsslich setzte er den Schalldämpfer auf die Schläfe des Mannes. Dann drückte er ab. Es ertönte ein trockenes Plopp. Das 19mm-Geschoss fuhr mit atemberaubender Geschwindigkeit in den Kopf des Russen. Blut, Gehirnmasse und zerborstene Knöchelchen spritzten. Der liebeshungrige Mann sackte in sich zusammen. Er war tot. „Wie du mir, so ich dir", schloss Rico die Zeremonie ab. Dann verschwanden er und Liza mit der Schubkarre in der Dunkelheit.

*

Am Nürnberger Flughafen waren vor Stunden fünf Russen verspätet mit dem Flug KL 1891 aus Amsterdam angekommen. Sie hielten vergeblich Ausschau nach ihrem Abholer. Sie konnten ihn nicht finden und warteten noch eine halbe Stunde. Dann griff ihr Anführer ungeduldig und genervt zum Telefon.

„Verdammt nochmal", erhielt er zur Antwort, „wo ist nur Maxim? Nehmt euch zwei Taxen und kommt auf dem schnellsten Weg hierher."

Drittes Treffen der Polizei

Bellinghausen, Bach und ihre Mannen trafen sich dieses Mal wieder in der KPI Fürth.

„Ihr hattet letzte Nacht einen unbekannten Toten im Stadtpark?", begann Bach das Gespräch und sah dabei Bellinghausen ins Gesicht.

„Ja, viel geschlafen haben wir nicht", erwiderte dieser. Dem Mann wurde regelrecht das Gehirn weggeblasen. Es fehlen jegliche Papiere. Seine Leiche wurde von einer Spaziergängerin entdeckt. Die Frau erlitt einen Schock."

„Habt ihr Spuren?"

„Sieht schlecht aus. Früh am Morgen war ein Sprühwagen der Müllabfuhr in der Parkanlage unterwegs. Das Wasser hat anscheinend alles weggewaschen.

„Scheiße! Könnte mit den anderen Taten zusammenhängen. Aber dennoch zurück zu unserem bisherigen Fall", forderte Bach ihn auf. „Was gibt es Neues?"

„Ihr habt ja mitbekommen, dass wir eine Hausdurchsuchung durchgeführt haben", antwortete Bellinghausen.

„Im Bella Bari?"

„Richtig. Der Haftrichter und die Staatsanwaltschaft konnten sich doch durchringen, einen Durchsuchungsbeschluss auszustellen."

„Bei der ihr diesen Mietvertrag für Burgfarrnbach gefunden habt?"

„Ja, ihr wart doch dort? Was ist dabei herausgekommen?", wollte Bellinghausen wissen. „Wir haben diese Entdeckung ja deshalb gleich an euch weitergegeben."

„Überraschendes", meinte Bach. „Aber lassen Sie mich erzählen. Natürlich haben wir uns die Frage gestellt, was Esposito mit einem Zweifamilienhaus in Burgfarrnbach macht, wenn er doch selbst im Bella Bari wohnt. Also haben wir uns auf die Lauer gelegt. Und was soll ich euch sagen, wir sind auf eine sehr interessante Spur gestoßen."

„Die da wäre?" Bellinghausen war neugierig geworden.

„Fünf Italiener wohnen in der Anlage. Nun, das ist zunächst einmal nicht verboten. Mieten und weitervermieten, meine ich. Aber wir haben uns natürlich gefragt, warum? Nur um etwas Geld zu machen? Das kann es nicht sein, haben wir uns gedacht. Also sind wir der Angelegenheit etwas näher auf den Grund gegangen und haben den Eigentümer gefragt, was denn da los ist. Der wusste natürlich nichts von einer Untervermietung und war sehr erbost. Er wollte den Mietvertrag gleich kündigen. ‚Langsam, langsam‘, haben wir zu ihm gesagt, ‚das Objekt ist vielleicht Gegenstand einer Ermittlung‘. Die Italiener haben sich zwar nichts zu Schulden kommen lassen, außer dass sie in der Uferstadt eine Eisdiele betreiben, zu der sie wahrscheinlich keinen Gewerbeschein haben – wir sind gerade dabei das zu überprüfen – aber wir wollen sie weiter beobachten. Wir denken, dass die fünf vielleicht zur Sacra Corona Unità gehören. Aber das muss sich noch erhärten.“

„Und was haben eure Gespräche mit dem Firmeninhaber der Krankenhauszubehörartikel GmbH gebracht?“, drängte Bellinghausen.

„Die Leute heißen Iwan Below und Karin Weigand, der eine Russe, die andere Deutsche“, erklärte Bach. „Angeblich war Herr Below verreist und seine Freundin hat vom Geschäft keine Ahnung. Sagt sie jedenfalls. Wir glauben ihr nicht. Wir sollen am Montag wiederkommen, wenn er wieder da ist, sagte sie. Das werden wir auch tun, wir lassen da nicht locker, denn wir vermuten, dass sich die gute Frau nur eine Ausrede hat einfallen lassen. Aber ehrlich gesagt, ich verspreche mir nicht viel von dem Gespräch mit Herrn Below. Da werden wieder viele Ausreden kommen.“

In diesem Moment betrat Berta Daum das Besprechungszimmer. „Für Sie“, sprach sie Hauptkommissar Bellinghausen an und übergab ihm einen Zettel. „Ein Anruf von Ihrer Teamassistentin“, fügte sie hinzu.

Bellinghausen las die Nachricht. „Ein Russe“, führte er aus. „Man hat seinen Wagen im Nordring gefunden.“

„Wovon sprechen Sie?“, wollte Bach wissen.

„Von dem Toten im Stadtpark. Er heißt Maxim Tolstoi.“

„Was machte er im Nordring?“, war Bachs Frage.

„Keine Ahnung“, gestand Bellinghausen. „Der Wagenschlüssel steckte in seinem Jackett. Unsere Leute sind mit der Fernbedienung den Nordring auf und ab gegangen. Ein Buick hat darauf reagiert. Das Auto ist jetzt zur labortechnischen Untersuchung bei uns. Wir haben seinen Führerschein und seinen Pass gefunden.

Was er im Nordring gemacht hat, wissen wir noch nicht. Die Frage kommt zu früh."

„Mein Gott", war Bach entsetzt. „Warum wurde er denn erschossen? Und wann?"

„Warum, wissen wir noch nicht", antwortete Bellinghausen genervt, „aber Professor Stich – der inzwischen auch am Tatort war – meinte, dass er letzte Nacht zwischen Mitternacht und heute Morgen sein Leben ausgehaucht hat. Die Leiche ist jedenfalls jetzt in der Rechtsmedizin. Mal sehen, was die Obduktion ergibt. Er hat zwei Einstiche im Hals, die auf einen Elektro-Taser hinweisen. So viel ist schon bekannt."

„Die Italiener." Krumm war in Gedanken versunken und flüsterte laut.

„Was ist mit den Italienern?", wollte Bach wissen.

„Das waren die Italiener", gab der zurück.

„Nichts überinterpretieren", tadelte ihn Bach. „Nicht jeder Russe wird von einem Italiener umgebracht und umgekehrt. Unser Fall scheint Ihnen zu Kopf gestiegen zu sein. Sie scheinen schon weiße Mäuse zu sehen."

„Warten wir es ab", kommentierte Krumm. „Das ist die zweite russische Leiche innerhalb von wenigen Tagen im oder in der Nähe des Stadtparks. Das ist doch kein Zufall. Das Bella Bari ist ganz in der Nähe."

„Sie vergessen, dass die Espositos tot sind", argumentierte Bach.

„Aber der alte Mann nicht", konterte Krumm.

Bach lächelte. „Was will denn so ein Greis gegen einen ausgewachsenen Mann unternehmen? Und selbst wenn Ihre Theorie stimmen würde, warum soll ein einzelner Russe in die Nähe des Tatorts zurückkehren? Um auch Opa Rico umzubringen?"

Vach zum Zweiten

Schon am frühen Montagmorgen, gleich nach Dienstbeginn, waren Bach und Schwarz wieder nach Vach unterwegs. „Mal sehen, welche Märchen uns der Hausherr heute auftischt", meinte Bach.

Als sie die Niederndorfer Straße erreicht hatten, stand ein dunkelblauer Wagen auf dem Grundstück. „Herr Below scheint zu Hause zu sein", meinte Bach. Schwarz nickte nur. Sie stiegen aus ihrem Polizeifahrzeug. Dann läuteten sie erneut die Hausklingel. Inzwischen war es neun Uhr geworden. Im Inneren des Hauses hörten sie schlurfende Schritte, dann wurde die Haustüre geöffnet.

„Die Polizei, nehme ich an", begrüßte sie ein etwa 1,80 Meter großer Mann mit grauen Schläfen in einem rostbraunen, seidenen Hausanzug. „Meine Freundin hat mir schon von ihrem letztwöchigen Besuch erzählt", fuhr er fort. „Kommen Sie doch herein. Wir sind gerade mit dem Frühstück fertig geworden. Sie erlauben doch, dass ich mir eine Zigarette anstecke?" Dabei kramte er nach seiner Marlboro-Schachtel. „Was kann ich für Sie tun?" Er öffnete ein Fenster im Wohnzimmer. „Wegen des Rauchs", entschuldigte er sich. „Nehmen Sie doch Platz, meine Herren", bot er ihnen generös eine Sitzgelegenheit an. Die Polizisten ließen sich auf das Sofa plumpsen.

„Herr Below", begann Bach, „ihre Partnerin wird Ihnen sicherlich verraten haben, dass wir auf der Suche nach einer Gruppe von Russen sind?"

„Sie suchen Herrn Tschaikowski und Herrn Koslow, nehme ich an, das sind jedenfalls die Namen, die mir meine Freundin genannt hat. Ich kenne die Herren."

„Nun, das stimmt", bestätigte ihm Bach, „wobei, Herrn Tschaikowski haben wir inzwischen gefunden. Er ist tot. Wie Sie wohl in der Zeitung gelesen haben dürften, wurde kürzlich auf das Bella Bari in Nürnberg ein Anschlag verübt. Dabei wurde einer der Angreifer getötet. Das war Tschaikowski. Das ist allerdings schon ein paar Tage her. Es sollen fünf Angreifer gewesen sein. Wir fragen uns, ob Koslow auch unter den Männern war, die das Bella Bari angegriffen haben. Und wenn Sie schon Tschaikowski und Koslow kennen, vielleicht kennen Sie dann auch die restlichen drei?"

„Oh, das war aber eine lange Rede", tat Below überrascht. „Tut mir leid, wenn ich Sie enttäuschen muss. Aber ich kenne nur Herrn Koslow und Herrn Tschaikowski persönlich. Sie wissen ja, dass unsere Firma Frau Dostojewski gehört. Sie hat mich gefragt, ob ich ihr in Visa-Angelegenheiten behilflich sein kann und hat mich um ein Einladungsschreiben für fünf ihrer Leute gebeten. Darunter waren auch Tschaikowski und Koslow."

„Und wie lauteten die Namen der anderen drei?", wollte Bach wissen.

„Sie fragen mich etwas. Das ist doch schon so lange her. Meinen Sie, ich merke mir alle Namen? Das lief alles über E-Mail."

„Dann brauchen Sie ja nur in Ihrem E-Mail-Account nachzusehen", warf Schwarz ein.

„Die habe ich doch längst gelöscht. Jedenfalls sind nur Tschaikowski und Koslow gereist."

„Wie haben Sie die beiden persönlich kennengelernt?", konkretisierte Bach die Frage.

„Ich habe die beiden am Nürnberger Flughafen abgeholt", log Below, „und sie in das Hotel Mercure gebracht."

„Wo sie niemals eingecheckt haben", erläuterte Bach. „Außerdem hatte Tschaikowski keinen Einreisestempel vom Flughafen in seinem Pass."

„Oh, dann weiß ich auch nicht, dann müssen sie wohl vom Mercure mit dem Taxi weitergefahren sein. Dann kann ich Ihnen auch nicht mehr weiterhelfen oder wollen Sie jetzt mich dafür verantwortlich machen, dass Herr Tschaikowski keinen Stempel vom Nürnberger Flughafen im Pass hatte? Wissen Sie, wenn die Firmeninhaberin einen um eine so kleine Gefälligkeit wie ein paar Visa bittet, dann macht man das. Wenn eine in Deutschland registrierte Firma wie die unsrige eine Reiseempfehlung ausspricht, geht das Visum doch schneller." Dass Dostojewski ihn kürzlich angewiesen hatte, erneut eine Einladung für fünf weitere Russen auszusprechen, verschwieg er.

„Sie wissen also nicht, wo sie sind", rekapitulierte Bach.

„So leid es mir tut, nein", antwortete Below. „Kann ich noch etwas anderes für Sie tun?", fragte er nach, als er sah, dass die beiden Polizisten etwas unschlüssig dreinblickten. Er hatte den Eindruck, sie wussten nicht, was sie nun tun sollten.

„Nein, das ist nicht notwendig", fasste Bach zusammen, „schade, dass Sie nicht kooperieren wollen."

„Aber ich sagte Ihnen doch bereits, dass ich nicht mehr weiß", versuchte Below seinen Worten erneut Glauben zu verleihen.

Bach winkte nur ab. „Sie brauchen sich nicht weiter zu bemühen", meinte er, „wir haben schon verstanden. Vielleicht aber erinnern Sie sich doch an einen Maxim Tolstoi. Stand er auch auf der Liste von Frau Dostojewski? Er ist inzwischen nämlich auch tot."

„Wie gesagt, ich habe die E-Mail meiner Chefin schon gelöscht. Der Name Tolstoi sagt mir nichts", antwortete Below. „Oder, Moment, gab es da nicht so einen Dichter?"

Planungen

Es kam der Mittwoch, normalerweise Ruhetag im Bella Bari. Der Tag oder die Nacht des Showdowns. Das Dreigestirn in Squinzano hatte am frühen Morgen grünes Licht für die endgültige Abrechnung mit der russischen Bande gegeben, auch weil sie gehört hatten, dass sich die Gegenseite um weitere fünf Mann verstärkt hatte. Motiviert wurden sie auch durch Opa Ricos Heldentat. Nun standen acht Russen gegen dreizehn Italiener, das bisherige Küchenpersonal, den neuen Wirt des Bella Bari und Opa Rico eingerechnet, aber ohne die beiden italienischen Architekten.

Das Paar in Vach, das Leon als Unterstützer der Russen identifiziert hatte, zählten sie auf der Gegenseite nicht mit. Das waren keine Profis, die konnten Nino und Leon erledigen, bevor es an die endgültige Abrechnung ging. Zwei Schüsse müssten genügen. Aber kommende Nacht ging es um alles. Es ging um Leben und Überleben. Es ging darum, wer in der Zukunft das Sexgeschäft in Fürth betreiben würde, aber nicht nur in Fürth, sondern auch in den anderen fränkischen Städten und in ganz Bayern. Die Anführer der Sacra Corona Unità hatten gehörig Respekt vor den Russen, auch wenn diese in der Unterzahl waren. Man hatte sich in Squinzano gut vorbereitet und Pläne der Uferstadt beschafft. Die drei Mitglieder der Societa Segreta gingen in ihren Überlegungen generalstabsmäßig vor. Auf der Karte sah man, dass die Uferstadt an der Pegnitz lag, dort, wo der Fluss eine große Schleife macht. Auf dem Areal der ehemaligen Kuranlage, das nach dem Zweiten Weltkrieg von Max Grundig erworben worden war, lagen drei Heilquellen, die König-Ludwig-Quelle 1 und 2 und die Bavaria-Quelle. Nach der Aufgabe des Grundig-Geschäfts war hier die „Uferstadt Fürth" entstanden. Von der Dr. Mack-Straße ausgehend führte ein Weg vorbei an Instituten, Lagerhallen und Parkplätzen bis zur Kita Uferstädtchen. Direkt dahinter ging es hinein in den grünen, baumbestandenen Pegnitzgrund. Zwischen der Kita und einem Parkplatz lag das von den Russen gemietete Anwesen, das von einem Maschendrahtzaun umgeben und eigentlich nur von der Straßenseite zugänglich war. „Wir müssen von hinten eindringen", schlug Tommaso vor, „nur so können wir den Überraschungseffekt für uns nutzen."

„Und wo lassen wir die Autos?", warf Francesco ein.

„Na, auf dem Parkplatz."

D'Angelo schwieg dazu. Er betrachtete den Plan und überlegte. Dann, nach einer Weile räusperte und äußerte er sich: „Wir machen das so", begann er. „Carlo soll tagsüber von seinem Eisstand aus das Grundstück und das Haus der Russen beobachten. Wir müssen sicher sein, dass sich alle acht in dem Haus befinden. Weiterhin müssen wir herausfinden, ob Kameras das Anwesen unter die Lupe nehmen und ob die Russen Wachen aufgestellt haben. Falls ja, müssen wir beide möglichst leise unschädlich machen. Wir dringen nachts von hinten, vom Wiesengrund, ein. Ein Bolzenschneider sollte genügen, um den Zaun zu überwinden. Dann umringen wir das Haus, mehrere Männer auf jeder Seite, jeder zusätzlich mit Sprenggranaten ausgerüstet. Opa Rico bleibt mit einem Gewehr und einem Nachtsichtgerät im Hintergrund und achtet auf fliehende Russen. Am besten, er positioniert sich in der Nähe des Grundstückseingangs. Unsere Leute sollen nicht vergessen, eine Leiter mitzunehmen. Vielleicht können sie auch über den Balkon eindringen. Das Ganze muss zeitlich gut koordiniert werden. Möglicherweise gibt es auch über den Keller eine Möglichkeit in das Haus zu gelangen. Wissen wir, in welchen Zimmern die Russen schlafen?"

„Das hat Carlo schon herausgekriegt", antwortete Tommaso.

„Gut, dann konzentrieren wir unseren Angriff auf diese Zimmer und erledigen sie im Schlaf. Das alles muss rasch gehen. Gibt es in der Nachbarschaft bewohnte Gebäude?"

„Nicht in unmittelbarer Nähe." Wieder war es Tommaso, der antwortete. Er hatte sich mit der Situation am Ort des Überfalls offensichtlich gründlich auseinandergesetzt.

„Es wird auf alles geschossen, was sich bewegt", setzte D'Angelo hinzu. „Sonst noch Fragen?"

*

Der Verlust von Maxim hatte die Russen regelrecht schockiert. „Wo ist er nur hingefahren?", schimpfte Konstantin, „und wer hat ihn erkannt? Gut, dass unsere Verstärkung noch rechtzeitig eingetroffen ist." Dabei sah er Kusnezow und seine Leute dankbar an. „Wir müssen davon ausgehen, dass unser Aufenthaltsort aufgeflogen ist", sprach er vor der versammelten Mannschaft. „Das lässt mir keine Ruhe und führt dazu, dass wir erhöhte Wachsamkeit walten lassen müssen. Wir werden jedenfalls unsere Wachen vor Einbruch der Dunkelheit verstärken. Danil und Michail, ihr wechselt euch im Beobachtungsraum ab und dass mir keiner den Bildschirm der Kameras aus den Augen lässt. Zusätzlich patrouillieren immer zwei von den Neuen im Gebäude. Wir schlafen nur noch mit griffbereiter Waffe! Die Kameras funktionieren?"

„Alles paletti", signalisierte Danil.

„Gut", fuhr Koslow fort. „Wir installieren noch eine zusätzliche am Eingangstor. Außerdem bringen wir im rückwärtigen Teil des

Grundstücks, dort wo es zum Wiesengrund hingeht, noch Stolperdrähte an. Dieser Teil des Grundstücks ist für euch ab jetzt tabu", ermahnte er seine Leute, „nicht, dass ihr mir da selbst noch hineinstolpert. Below, du besorgst uns wieder einen fahrbaren Untersatz."

Iwan, der ebenfalls an der Besprechung teilnahm, signalisierte Zustimmung.

„Gut, dann an die Arbeit", löste Koslow das Meeting auf.

*

Carlo hatte morgens um halb zehn wieder seinen Eisstand bezogen und beobachtete. Auf dem Grundstück stand der dunkelblaue Wagen, den Leon erst kürzlich bis nach Vach verfolgt hatte. Um zehn Uhr erschien der Fahrer und rauschte davon. Keine zehn Minuten später war auf dem Grundstück gegenüber rege Tätigkeit zu erkennen. Zwei Russen schleppten eine Kamera nebst Kabel herbei. Einer trug einen Werkzeugkoffer, der andere das Aufnahmegerät. Dann montierten sie die Kamera an den Stamm eines Baumes, der in der Nähe des Eingangs stand, und schlossen sie elektrisch an. Carlo hob heimlich sein Fernglas, als die beiden Russen wieder abzogen. Auch hinter dem Haus, dort wo sich außerhalb des Zaunes der Wiesengrund mit seinen Bäumen und Gebüschen anschloss, tat sich einiges. Carlo konnte das Geschehen nicht richtig verfolgen, das Haus stand im Weg. Der Italiener überlegte fieberhaft. Dann kam ihm die zündende Idee: Stolperdrähte. Flugs griff er zu seinem Telefon und rief Leonardo an.

Showdown

Langsam senkte sich die Dunkelheit über die mittelfränkische Landschaft. Der Vollmond wies dem Wagen, der von Burgfarrnbach nach Vach fuhr, seinen Weg. Der Fahrer lenkte den Wagen in den Ortsteil hinein und parkte in der Nähe der alten Korbbogenbrücke aus dem Jahr 1788.

Dort stiegen die beiden Männer aus und machten sich auf ihren Weg. Unter ihren Jacketts trugen sie Schulterhalfter. Als sie am Ortsrand, in der Niederndorfer Straße, angekommen waren, sicherten sie nach allen Richtungen und ließen einen ortsauswärts fahrenden Pkw passieren. Danach war wieder Ruhe. Sie näherten sich dem kleinen Haus mit der separaten Halle. Ein dunkelblauer Wagen stand vor der Garage. Leise sprangen sie über den niedrigen Bretterzaun und bewegten sich auf das Wohnhaus zu. Im Wohnzimmer brannte eine kleine Lampe. Nino zog sich Handschuhe über und klingelte, zog dabei seine Pistole mit dem Schalldämpfer und hielt sie hinter seinem Rücken versteckt. Es dauerte, bis sich im Haus etwas tat, dann hörten sie drinnen eine männliche Stimme, die sich über die späte Störung empörte. Schritte kamen näher und die Haustür flog auf. Ein Mann erschien.

„Sie sind Herr Below?", fragte Carlo.

Wer will das so spät wissen", antwortete der Mann. „Und wer sind Sie?" Weiter kam er nicht. Ein Geschoss aus Ninos Pistole zerfetzte seine Halsschlagader. Blutend und sterbend sank er zu Boden.

„Was ist denn da draußen los, Liebling?", hörten sie drinnen eine weibliche Stimme.

Carlo ging voran. Eine Blondine in Hausanzug und grell geschminktem Karpfenmund räkelte sich auf dem Sofa und sah fern. Sie erschrak, als sie Carlo erblickte. Es sollte der letzte Schreck ihres Lebens sein. Carlo erledigte sie mit einem ebenfalls schallgedämpften Kopfschuss und schaltete mit der Fernbedienung den Fernseher aus. Die beiden Männer löschten das Wohnzimmerlicht, zerrten den Leichnam von Herrn Below ins Hausinnere und zogen hinter sich die Haustür zu. Als sie wieder ihren Wagen erreicht hatten, schlug es vom Glockenturm der Kirche halb elf abends. Noch viereinhalb Stunden bis zum eigentlichen Showdown. Dann fuhren die beiden Eindringlinge wieder zurück nach Burgfarrnbach. Sie hatten ihren ersten Auftrag problemlos erledigt.

*

Drei Uhr nachts. Es herrschte Dunkelheit und Windstille. Drinnen im Haus war gerade Wachablösung. Draußen leuchtete der große Vollmond, während die Italiener sich anschlichen, allen voran Opa Rico. Sie kamen aus dem Wiesengrund, nachdem sie ihre Fahrzeuge auf dem nahegelegenen Parkplatz abgestellt hatten. Sie hatten alles dabei. Pietro trug eine ausziehbare Alu-Leiter, Carlo den Bolzenschneider und Leon eine Werkzeugkiste für alle Fälle. Jeder hatte außerdem ein Nachtsichtgerät bei sich. Am Maschendrahtzaun machten sie halt und lauschten. Keiner sprach ein Wort. Jeder kannte seine Aufgabe. Drinnen im Haus ging in einem Zimmer das Licht an. Waren sie schon entdeckt worden, bevor sie richtig angefangen hatten? Sie warteten, horchten in die Nacht hinein und hielten den Atem an. Es dauerte nicht lange und im Haus ging das Licht wieder aus. Die Männer der Sacra Corona Unità warteten noch eine Weile, dann durchtrennte der Bolzenschneider die dünnen Drähte des Maschendrahtzauns. Die dreizehn Italiener huschten durch das große Loch, das der Bolzenschneider geschnitten hatte. Opa Rico folgte dem Zaun, bis er den Eingangsbereich erreicht hatte. Von hinten näherte er sich dem Auge der Kamera. Dann nahm er eine kleine Zange und knipste das Kabel durch. Er nahm sein Gewehr in die Hand und verschanzte sich hinter einem mächtigen Pfingstrosenbusch. Dort wartete er auf fliehende Russen. Er würde sie alle abknallen!

Die anderen zwölf beobachteten besorgt die Kameras, die an jeder Hausecke hingen. Gleichzeitig suchten sie nach einem freien Weg durch die Stolperdrähte. Die Italiener trugen Tarnanzüge, die ihre Konturen auflösten, und hatten sich die Gesichter dunkel geschminkt. „Wir umgehen die Drähte", wies Leonardo seine Leute an. Die eine Hälfte nach links, die anderen folgen mir."

*

Drinnen im Haus saß Danil im Beobachtungszimmer vor den Bildschirmen der Kameras. Er war noch schlaftrunken, war er doch erst vor kurzem von Michail geweckt worden, um seinen Beobachtungsposten einzunehmen. Michail hatte es sich auf der Liege bequem gemacht, die im Beobachtungsraum stand, und war sofort in Tiefschlaf gefallen.

Danil konzentrierte seinen Blick auf die Bildschirme. Was war mit der Kamera im Eingangsbereich los? Sie funktionierte nicht mehr. War sie ausgefallen? Er weckte Michail. „Du musst sofort die Kamera am Tor überprüfen. Sie ist ausgefallen. Wahrscheinlich ein Wackelkontakt", sprach er leise. Michail rieb sich die Augen.

„Kann man denn hier nicht einmal ein paar Stunden in Ruhe schlafen, ohne dass man gestört wird", schimpfte er. Dann stand er doch auf, griff sich eine Taschenlampe und warf sich seine Jacke über. Er verließ das Zimmer. „Ich bin es, Michail, rief er in die Dunkelheit. „Die Kamera im Torbereich ist ausgefallen. Ich überprüfe sie schnell."

„Ist okay", kam es von den beiden Wachen zurück.

Michail stolperte die Treppe hinunter und öffnete die Haustür. Weiter als zehn Schritte kam er nicht. Dann legte sich von hinten eine Hand über seinen Mund und Leonardos Kampfmesser fuhr über die Halsschlagader. Röchelnd sank Michail zu Boden.

In der Zwischenzeit holte sich Danil aus der Küche einen Tee. Koslow hatte zwar gesagt, dass sie die Bildschirme nicht aus den Augen lassen sollten, aber was konnte in der kurzen Zeit schon passieren? Dort traf er die beiden Wachen. Sie rauchten. „Hey, ihr sollt doch getrennt im Erdgeschoss und im ersten Flur patrouillieren", herrschte er sie an.

„Und du sollst deine Bildschirme nicht verlassen", gab der eine zurück."

*

Die Italiener standen an die Hausmauern gedrückt. Dann entdeckten sie den Kellerzugang. Sie huschten die Treppe hinunter. Das Schloss war kein Problem für Leons Werkzeugkiste. Sie verschwanden im Haus.

*

Als Danil mit seinem Tee wieder an den Bildschirmen im ersten Stock Platz nahm, war Michail noch immer nicht von seinem Kurzausflug zurück. Danil entdeckte auf einem der Bildschirme eine Leiter, die an einer der Hauswände stand. Die war doch vorhin noch nicht da? Dann gab er Alarm.

*

Die Italiener lauschten in die Stille des Kellers. Sie hörten, wie oben jemand Alarm rief. „Wir müssen nach oben", entschied Leonardo. Der neue Koch des Bella Bari stürmte voran. Als er als erster aus der Kellertür in den Wohnbereich trat, zerfetzte ihm eine Kugel das Gesicht.

„Geht zurück und versucht mit der Leiter über den Balkon einzudringen", befahl Leonardo.

„Los, raus", schrien Pietro und ein Küchengehilfe des Bella Bari fast gleichzeitig. „Hier unten können sie uns ausräuchern wie die Wühlmäuse." Die beiden stürmten los. Als sie die Leiter an das Balkongeländer anlegten, sah Danil das auf einem der Bildschirme.

„Sie kommen über den Balkon", schrie er.

Konstantin hörte das und jagte durch das Wohnzimmer im ersten Stockwerk, riss die Balkontür auf und feuerte mit der Kalaschnikow eine Salve nach unten. Pietro und die Küchenhilfe stürzten tödlich getroffen von der Leiter.

Opa Rico hielt es nicht mehr hinter seinem Pfingstrosenstrauch. Er wollte dabei sein. So schnell ihn seine Füße trugen, eilte er an den Ort des Geschehens. Von außen durchs Fenster sah Rico in dem nun hell erleuchteten Zimmer, wie ein Russe hinter einem Sofa saß und den Kellerabgang in Schach hielt. Ohne zu überlegen, jagte Rico eine Gewehrsalve durch das Fenster. Glas zerbrach, der Russe wurde herumgewirbelt und brach zusammen.

„Die Kameras, die Scheiß-Kameras", rief Carlo, der sich aus seinem Kellerversteck hervorgewagt hatte. Draußen im Garten hörte

221

Opa Rico Carlos Schrei. Wie selbstverständlich legte er an und schoss. Es regnete Plastikkleinteile vom Himmel. Im Beobachtungsraum fielen Kamera 2 und 3 aus. „Setzt eure Nachtsichtgeräte auf", kommandierte Carlo. Irgendein Italiener traf Kamera 4 und 5.

„Sie haben die Kameras zerschossen", schrie Danil im ersten Stockwerk.

„Bleibt hier oben", wies Konstantin seine Männer an, „sie haben Nachtsichtgeräte." Die erste Eierhandgranate flog und ließ nicht mehr viel von der Wohnzimmerausstattung im Erdgeschoss übrig. Fenster barsten, die Möbel gingen zu Bruch und Opa Rico traf ein Glassplitter in den linken Oberarm. Er sah die Leiter am Balkongeländer. Ein Küchengehilfe und Pietro lagen tot am Boden. Wütend und kurzentschlossen nahm er Sprosse für Sprosse. Als er oben über das Balkongeländer gestiegen war, lugte er in den hell erleuchteten Raum. Was er sah, gefiel ihm nicht. Koslow und einige seiner Männer bereiteten Molotow-Cocktails vor, während die anderen von der Galerie aus seine Italiener in Schach hielten. Rico zielte sorgfältig. Niemand hatte bisher bemerkt, dass er auf dem dunklen Balkon stand. Dann schoss er. Er traf eine der bereits abgefüllten Flaschen, deren Lunte bereits brannte. Glassplitter stoben in alle Richtungen und sorgten für Verwirrung. Brennende Flüssigkeit setzte den Teppichboden in Brand. Koslow, Danil und Konstantin wurden im Gesicht verletzt. Ihre Kleidung fing Feuer. Opa Rico nutzte die Verwirrung und stieg so schnell er konnte wieder von der Leiter. Aus der Ferne hatte er Sirenengeheul gehört. Ein blaues, zuckendes Licht am westlichen Nachthimmel kündigte die baldige Ankunft von Polizeikräften an. Unten angekommen lief Rico um das Haus herum und verhedderte sich dabei etliche Male in den Stolperdrähten. Dann verschwand Rico durch das Loch im Zaun und tauchte in der Dunkelheit des Wiesengrundes unter.

*

Ein Nachtwächter des nahegelegenen Rundfunk-Museums unternahm um diese Uhrzeit seinen Außenkontrollgang. Er hörte die

Schüsse, die aus Richtung der Kita Uferstädtchen kamen. Er wählte die 110. Eine mobile Einheit des SEKs Nürnberg machte sich mit 20 Mann auf den Weg. Als sie am Einsatzort eintrafen, war die Schießerei zwischen den Russen und den Italienern noch voll in Gange. Die Beamten des Spezialeinsatzkommandos sprengten das Eingangstor und fuhren auf das Gelände. Dann ging alles sehr schnell. Die Polizisten umstellten das Haus und drangen in das Innere vor. Sie stießen auf Tote, Verletzte und Überlebende. Die noch Lebenden wurden verhaftet. Als der Tag graute, zählte man acht Tote und sechs Schwerverletzte.

Das Loblied

„Acht Tote am Tatort und zwei Leichen in Vach", resümierte Kriminalrat Liebermann in seiner Laudatio vor den Kollegen der Polizei, „und das alles nur, weil sich die Mafia und die russische Oligarchenbande um den Sexmarkt in Franken stritten. Und das in Fürth, der seit 15 Jahren sichersten Großstadt in Bayern", setzte er hinzu.

„Nicht zu vergessen die elf Leichen vorher", erinnerte Bach.

„Eine schlimme Sache für unsere Kriminalstatistik", fuhr Liebermann fort. „Es dauerte lange, bis ich glauben konnte, dass unsere Stadt Zentrum eines Bandenkrieges war. Im Gegensatz zu den Kollegen Bach, Schwarz und Krumm, die mir frühzeitig einen internationalen Bandenzwist ankündigten. Herr Krumm war von Anfang an auf dem richtigen Weg. Na, jedenfalls hat die Soko „Stadtpark" ihre Aufgabe bravourös erfüllt. Ich bin stolz auf euch", lobte Liebermann die Anwesenden. „Euch ist es zu verdanken, dass Fürth wieder eine sichere Stadt geworden ist. Ich soll euch auch die Glückwünsche des Bayerischen Innenministers aussprechen. Die Soko „Stadtpark" wird wieder aufgelöst, wenn die Nacharbeiten erledigt sind. Aber genug der Worte, nun lasst uns feiern. Die Rechnung heute übernehme ich."

Spaziergang mit Norbert und Hilde, Dieter und Eva

Sie waren dieses Mal zu siebt. Dieter und Eva waren wieder von Mallorca zurück. Norbert und Hilde waren auch dabei. Es gab ein großes Hallo und viel zu erzählen, als sich alle sieben, einschließlich Rasputin, an der U-Bahn-Station Hard trafen. Hans und Anton hatten diesen Spaziergang gründlich vorbereitet und viel Aufwand betrieben. Sie hatten ausgemacht, die Architektur der 1950er Jahre zu erkunden. Mit dem Aufzug fuhren fünf Menschen und ein Hund nach oben. Hilde saß im Rollstuhl, Rasputin auf ihrem Schoß. Der Hund fuhr ihr mit seiner Zunge über die streichelnden Hände. Oben angekommen erwartete sie Hans, der heute zu einer Exkursion in den Stadtteil Hard eingeladen hatte. Als die sieben nach herzlicher Begrüßung den U-Bahnhof verließen, standen sie mitten im Zentrum des Viertels: Drei Hochhäuser verliehen der Hardhöhe ihre markante Silhouette, davor erstreckte sich eine Einkaufszeile mit Post, Sparkasse, Kirche und Schule. Hier kreuzten sich alle Wege. So hatten es sich die Planer der Trabantenstadt gedacht. Außerdem sollte die Bebauung von innen nach außen lockerer werden. Rasputin war angesichts der vielen Menschen ganz begeistert. Es gefiel ihm, wenn Hilde ihn hinter den Ohren graulte. Auch Hilde genoss die Nähe des Tieres.

Hans blickte auf das höchste Haus der Stadt. 16 Stockwerke zählte es. „Von dort oben muss man einen herrlichen Blick auf Fürth haben", entfuhr es ihm. „Wer denkt da noch an historische Zeiten", bemerkte er, „als im Markgrafenkrieg hier die Truppen von Albrecht Achilles und später die von Gustav Adolf im 30-jährigen Krieg lagerten? Erst im 18. Jahrhundert wurde dieses Gelände hier urbar gemacht. Danach war es ein beliebtes Ausflugsziel der Fürther. Nach dem Ersten Weltkrieg hatte sich die Gothaer Waggonbau hier angesiedelt ..."

„... nicht zu vergessen der Bachmann von Blumenthal & Co Flugzeugbau Fürth. Damals der größte Arbeitgeber in Fürth", setzte Anton hinzu. „Allerdings auch Rüstungsindustrie für die Nazis! Zerstört durch Luftangriffe im Zweiten Weltkrieg."

„Ja, aber dann wurde die Hardhöhe Verkehrsflughafen", wusste Hans, „bis 1955 der Flughafen in Nürnberg seine Pforten öffnete. Da hatte die Stadt das Gelände bereits gekauft. So entstand dann der luftige, neue Stadtteil."

„Und, Norbert, bist du nun froh, dass du aus dem Job mit den Kugelschreibern und aus dem für den Swingerclub ausgestiegen bist?" Anton hatte die Frage gestellt, aber auch Hans lauschte interessiert auf eine Antwort.

„Das könnt ihr euch denken. Ich bin überglücklich, dass ihr mir von dem Heimarbeitsjob und der Arbeit im Sexclub abgeraten habt. Das wäre auf Dauer nichts gewesen. Wer weiß, eines Tages hätte ich es doch bereut."

„Kann man euch denn gar nicht für ein paar Monate allein lassen?", flocht Dieter ein. „Schon beginnt ihr einen Bandenkrieg."

„Wir?", regte sich Anton auf, „die Russen und die Italiener. Nur weil jeder von denen einen Fuß im Sexgeschäft haben wollte, mussten so viele Menschen sterben. Und das in unserer schönen Heimatstadt. Naja, jetzt ist wieder Ruhe eingekehrt. Wir haben unser beschauliches Fürth zurück."

„Glücklicherweise", stimmte Dieter ein. „Da sind wir ja zum richtigen Zeitpunkt von Mallorca zurückgekehrt."

„Wie war es denn auf Mallorca? Erzählt mal."

„Hilde zuhause zu pflegen ist okay", berichtete unterdessen Norbert an Hans gewandt. „Da kann ich mich viel besser um sie kümmern und habe genügend Zeit. Außerdem scheint sie einen neuen Freund gefunden zu haben." Norbert wies mit dem Kinn auf Rasputin, der immer noch auf Hildes Schoß saß und ihr seine Ohren zum Kraulen hinhielt. Eva schob den Rollstuhl.

„Kauf ihr doch einen Hund", meinte Hans.

Sie marschierten langsam weiter durch den Stadtteil, hielten mal hier und dort, tauschten ihre Erinnerungen aus und genossen den sonnigen Tag. Erst gegen 16 Uhr machten sich alle auf den Rückweg. „Wir kommen ab jetzt jedes Mal mit euch mit, wenn ihr die Stadt erkundet", äußerte Norbert begeistert, als er sich von Hans und Anton verabschiedete.

„Wir auch", stimmten Dieter und Eva mit ein", wenn wir da sind.

Anton musste grinsen. „Macht das", sprach er, „dann haben wir unsere alte Runde wieder zusammen!"

Epilog

Natürlich stieß man im Rahmen der weiteren Ermittlungen auch auf die Beteiligung von Opa Rico an dem Überfall in der Uferstadt. Man hatte seine Fingerabdrücke auf der Leiter gefunden.

„Es ist doch selbstverständlich, dass ihr meine Finger darauf entdecken musstet", verteidigte er sich, „die Leiter ist ja auch meine, sie wurde mir geklaut." Doch damit kam er nicht durch.

In Moskau und in Squinzano leckte man sich die Wunden. Beide Organisationen waren geschwächt. Jedenfalls setzten sie ihre Feindseligkeiten nicht fort. Dostojewski hatte keine Leute mehr. Die meisten saßen in Deutschland in Haft. Auch die Sacra Corona Unità beklagte blutige Verluste.

Bei einer Untersuchung im Stadtrat bezüglich der Frage, warum aus dem Gebiet um die Badstraße ein Mischgebiet geworden sei, stellte man fest, dass der zuständige Beamte von der Mafia bestochen worden war. Die Entscheidung wurde zurückgenommen. Aus der Badstraße wurde wieder ein reines Wohngebiet. Nun besaß die Mafia den alten Kasten, den niemand haben wollte. Um den Verlust zumindest etwas auszugleichen, entschied sich die Führungsspitze der Sacra Corona Unità, dort teure Luxuswohnungen bauen zu lassen. Von den Plänen für den Swingerclub mussten sie sich verabschieden und vom Einstieg in den Fürther Markt für käuflichen Sex waren sie meilenweit entfernt. Paul Wiesinger wusste nicht, wie er das alles schaffen sollte. Zuerst ein Swingerclub und nun doch eine Luxussanierung. Und alles sollte schnell gehen. Wenigstens war er das alte Haus los.

Hauptkommissar Bach wurde befördert.

Veronika Preiss und Julian Schwarz heirateten.

Giselher Krumm blieb der Kripo in Fürth treu. Im Rahmen der Nachuntersuchungen führte das Finanzamt eine Betriebsprüfung im Wunschlos Glücklich durch. Dabei traf er wieder auf Frau Wieshagen. Die beiden verliebten sich.

Die Mitglieder der Sacra Corona Unità und der russischen Bande wurden zu Gefängnisstrafen zwischen fünf und fünfzehn

Jahren verurteilt. Nur Opa Rico nicht. Dem konnte man eine definitive Beteiligung an dem Überfall in der Uferstadt nicht nachweisen. Er erhielt eine Bewährungsstrafe und kümmerte sich fortan rührend um Liza Montes und um Nicos Witwe Beate.

Die toten Russen und Italiener wurden nach Abschluss der Ermittlungen in ihre Heimatländer überführt.

Am meisten freuten sich Anton und Hans, dass sie Norbert vor einer großen Dummheit bewahren konnten und dass der alte Freundeskreis wieder zusammengefunden hatte.

Nichts zu lachen gab es für das Führungstrio der Sacra Corona Unità und Dostojewski. Sie hatten Tote, Verwundete und Verhaftete zu beklagen. Ihre Ziele hatten sie nicht erreicht: Das Wunschlos Glücklich wurde geschlossen und Daria, Natalia und Ewa konnten zu ihren Familien zurückkehren.

Mehr von Werner Rosenzweig

MÖRDERISCHES BAMBERG

Hochsommer in Bamberg: Die Leiche der zwölfjährigen Johanna
wird bei Schleuse 100 aus der Regnitz gefischt und die Wellen
schlagen hoch. Auch bei Franziska Berger, der gewitzt-charmanten
Lokal-redakteurin des „Fränkischen Tags", die der Sache nicht nur
aus journalistischem Interesse nachgeht. Bald gibt es einen zweiten
Toten, Bischof Esposito von der Römischen Kurie. Was hatte dieser
mit dem seltsamen Zweig der katholischen Kirche zu tun, der in der
Stadt eine Schule samt Internat für „schwierige Kinder" betreibt?
Ein ungeheuerlicher Verdacht keimt auf: Ist Exorzismus im Spiel?
Und das im beschaulichen Bamberg?

Ein Franken-Krimi, 304 Seiten, 15,90 Euro

MÖRDERISCHES WÜRZBURG

Ein Verbrechen erschüttert die Mainmetropole Würzburg: Das
bekannte Weingut Juliusspital wird erpresst. Ausgerechnet mit einem
Silvaner der Lage „Würzburger Stein" wurde ein Mann ermordet –
vergiftet! Nur gegen die Zahlung einer Millionensumme wollen die
Giftmischer aus dem Einzelfall keine Mordserie werden lassen.Die
Suche nach dem Tatmotiv führt Kriminalhauptkommissarin Leonie
von Brandenstein in die Tiefen – oder sind es gar Abgründe? – der
Würzburger Wein- und Gastro-Szene. Gut, dass sie auf die Unterstützung ihrer bodenständigen Kriminal-Kollegin Stefanie Volland
zählen kann. Und während die beiden Ermittlerinnen Zug um Zug
dem Geheimnis des Gift-Weins näher kommen, lauert eine weit
größere Bedrohung im Dunkeln?

Ein Franken-Krimi, 229 Seiten, 12,90 Euro

MÖRDERISCHES BAYREUTH

Benno Behringer, der kleine, kugelrunde Hauptkommissar mit der Leidenschaft für die Nibelungensage und für deftiges fränkisches Essen, hat noch zwei Jahre bis zum wohlverdienten Ruhestand. Da kommt der Mord an einem jungen Investmentberater, der im Park der örtlichen Eremitage niedergestochen wurde, mehr als ungelegen. Als sich herausstellt, dass das Mordopfer zuletzt in höchst zweifelhafte Aktiengeschäfte verwickelt war, wittern Behringer und sein Team einen schnellen Ermittlungserfolg. Aber plötzlich stehen sage und schreibe neun Verdächtige auf der Rechnung, alle mit eindeutigem Motiv – und alle ohne Alibi.

Ein Franken-Krimi, 328 Seiten, 15,90 Euro

MÖRDERISCHES NÜRNBERG

Kurz vor Weihnachten auf der B4 zwischen Erlangen und Nürnberg: Plötzlicher Eisregen, ein schlimmer Unfall, zwei Leichen im demolierten Krankenwagen der Malteser – doch nur einer der beiden Toten ist auch ein Opfer der Kollision. Hauptkommissar Tobias Bellinghausen und seine Kollegin Sandra Knobloch von der Mordkommission Nürnberg rätseln noch über den seltsamen Fall, da erreicht sie die Meldung über einen grausigen Fund auf dem St.-Rochus-Friedhof: Ein jüngst Verstorbener liegt nicht allein in seinem Sarg. Soll auf diese Weise ein Mord vertuscht, ein Toter entsorgt werden? Als die beiden Ermittler auf die Spur einer dubiosen mittelalterlichen Stiftung stoßen, kommen immer neue Geheimnisse ans Licht und sie werden mit der dunklen Vergangenheit der ehemaligen Reichsstadt konfrontiert.

Ein Franken-Krimi, 224 Seiten, 14,90 Euro